I0660186

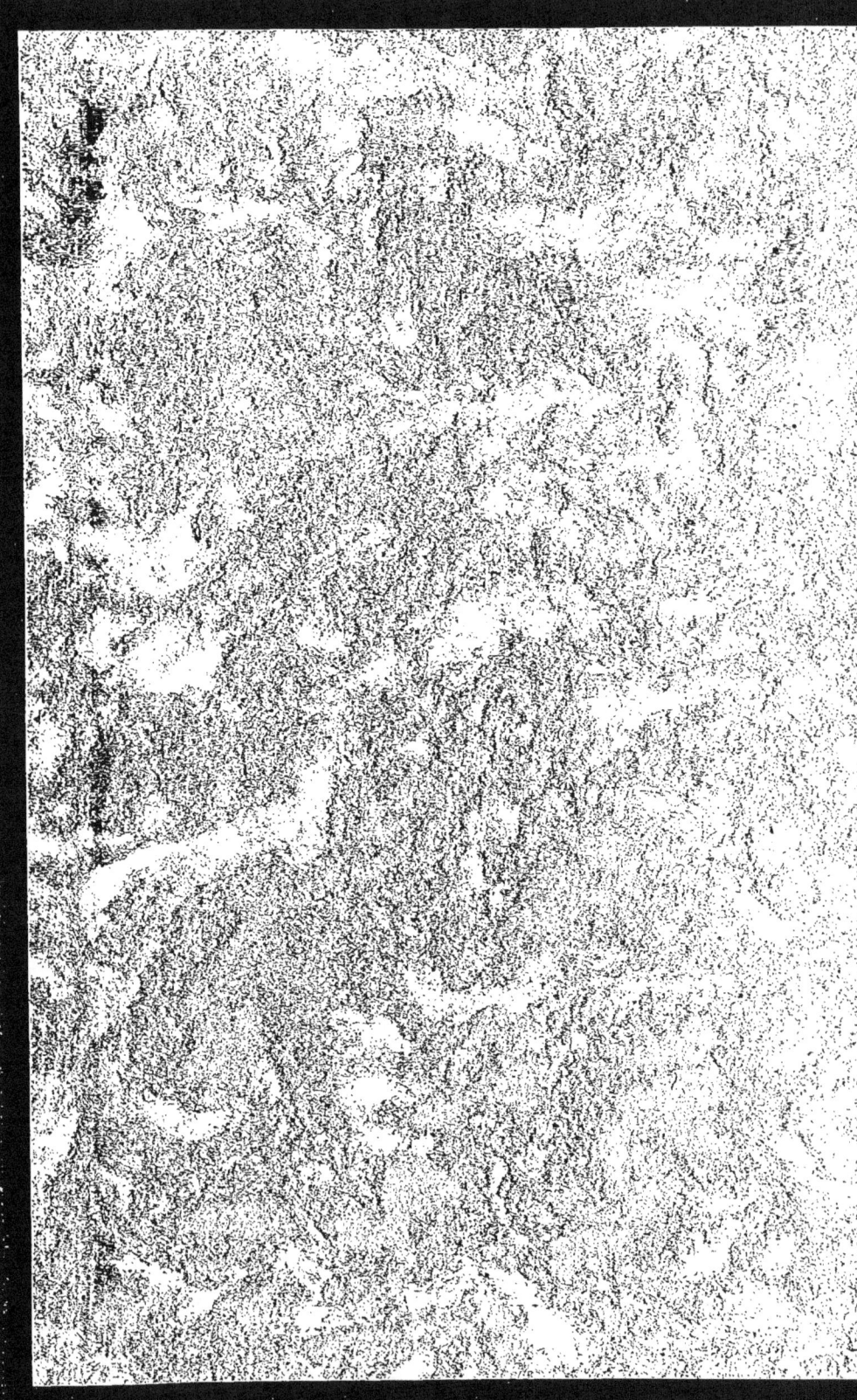

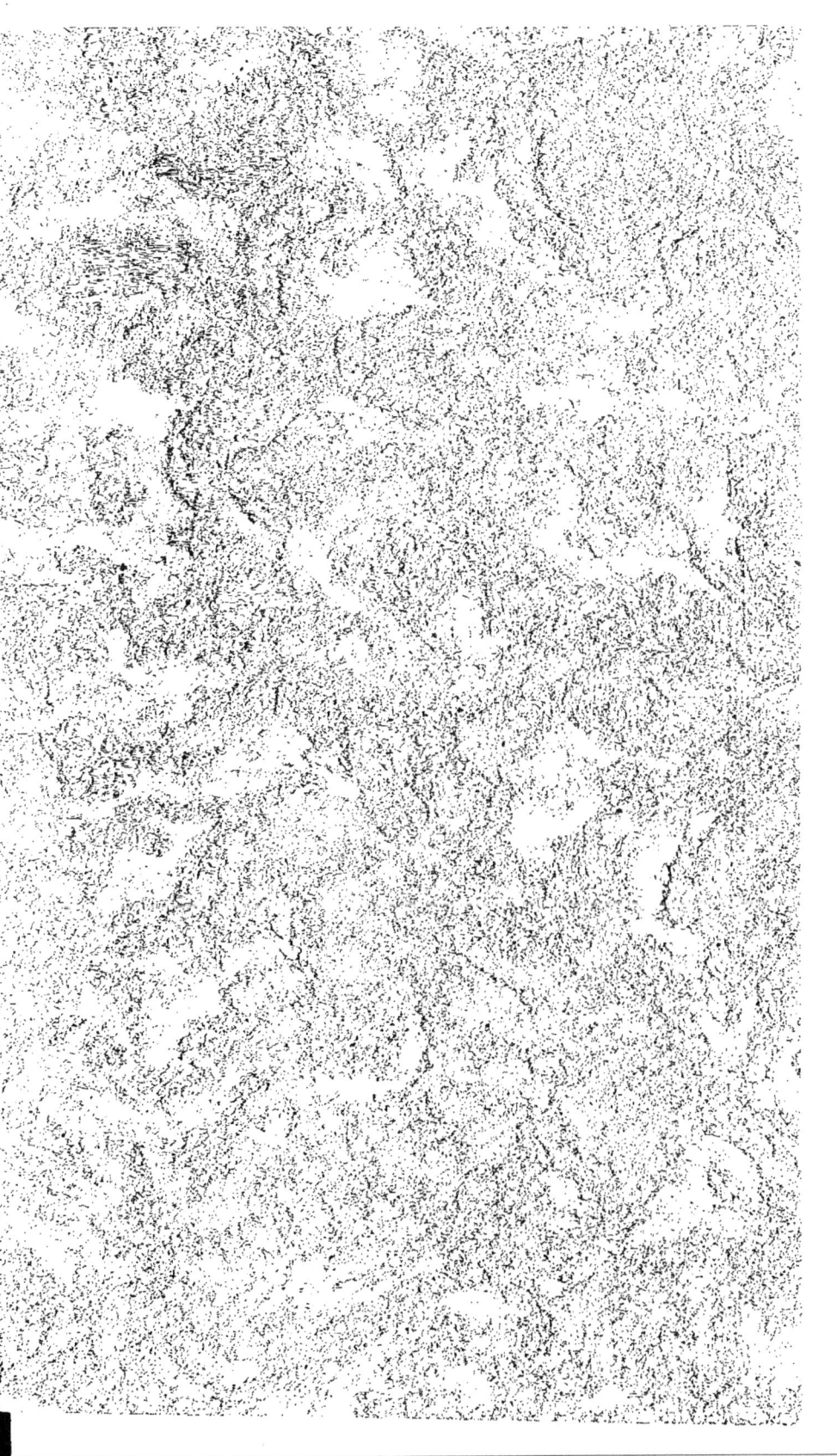

FERRET GUIONIE 1986

BIBLIOTHÈQUE CONTEMPORAINE

Csse LIONEL DE CHABRILLAN

MARIE BAUDE

PARIS

CALMANN LÉVY, ÉDITEUR

RUE AUBER, 3, ET BOULEVARD DES ITALIENS, 15

A LA LIBRAIRIE NOUVELLE

1883

MARIE BAUDE

CALMANN LÉVY, ÉDITEUR

DU MÊME AUTEUR

Format grand in-18

UN AMOUR TERRIBLE. . . . .   1 vol.

UN DEUIL AU BOUT DU MONDE . . . . .   1 —

LES DEUX SŒURS. . . . .   1 —

LA DUCHESSE DE MERS . . . .   1 —

EST-IL FOU?. . . . .   1 —

LES FORÇATS DE L'AMOUR. . . . .   1 —

UNE MÉCHANTE FEMME . . . .   1 —

MÉMOIRES . . . .   2 —

LES VOLEURS D'OR. . . . .   1 —

Imprimeries réunies, B, Puteaux

MARIE BAUDE

PAR

LA C^{sse} LIONEL DE CHABRILLAN

PARIS

CALMANN LÉVY, ÉDITEUR

ANCIENNE MAISON MICHEL LÉVY FRÈRES

3, RUE AUBER, 3

—

1883

MARIE BAUDE

Onze heures venaient de sonner, lorsqu'un grand jeune homme bien découplé, franc d'allures, à l'œil d'un bleu velouté, aux cheveux noirs et fins, bouclés naturellement, s'arrêta au carrefour de la rue Drouot, mit sa canne sous son bras gauche, tira de la poche de sa jaquette un portefeuille, parut y chercher une note, puis, s'adressant à l'agent qui surveillait le passage des voitures, si encombrantes à cet endroit-là, il lui demanda d'une voix très harmonieuse quel chemin il devait suivre pour se rendre au boulevard des Batignolles.

L'agent le lui indiqua, sans avoir besoin de consulter son dictionnaire de poche, une encyclopédie, depuis le bouleversement général des noms de rues.

Après l'avoir salué en soulevant son chapeau, le jeune homme s'éloigna la tête haute; mais pour un

1

observateur, il y avait une teinte de mélancolie dans ce beau regard limpide et loyal.

— Voilà certainement un provincial, pensa l'agent en le suivant du regard; les Parisiens ne nous saluent pas; à peine nous disent-ils « merci », quand ils ont besoin de nos services. Pour la majeure partie de la population, c'est nous qui sommes les malfaiteurs.

En quelques minutes, le jeune homme arriva sur le boulevard; mais, s'il est facile de se faire renseigner dans les rues, il n'en est pas de même dans les maisons confiées à la garde de ces fonctionnaires que l'on nommait autrefois des portiers.

Il n'y a plus de portiers en république; on a bien aboli l'esclavage, mais la fraternité se pratique rarement entre concierge et locataire. Le chevalier du cordon de « Porte, s'il vous plaît » ne badine pas avec les droits de l'homme; il est électeur, et un électeur ne s'abaisse pas à nettoyer d'autre *cabinet* que celui des ministres.....

M. Carnet, concierge, pérorait donc chez l'épicier, et le jeune homme fut obligé de s'écrier, du milieu de la cour :

— Le portier, s'il vous plaît?

Une fenêtre de l'entresol s'ouvrit brusquement; une femme mûre et très déplaisante répondit sèchement:

— Le portier, *c'est moi;* que lui voulez-vous, au portier?

—M. Alphonse est-il chez lui?

— Il n'y a pas d'Alphonse dans la maison ! Vous vous êtes trompé de porte, mon bon.

— Je ne crois pas ; je vous demande M. Alphonse Laville, peintre d'histoire.

— Ah! c'est différent ; mais vous auriez bien pu dire tout de suite son nom de famille!... Au quatrième, la porte à droite ; la clef est sur la serrure.

— Merci.

— Mais attendez-moi ; je vais lui demander s'il peut recevoir, parce qu'il est en séance, il a modèle, et ces modèles-là, paraît-il, c'est comme les fiacres, ça se paye à l'heure.

Le jeune homme la suivait sans lui répondre ; mais elle montait lentement, s'arrêtant à chaque étage pour respirer et surtout pour causer.

— C'est qu'il en reçoit de jolis, des modèles, M. Laville, et ça lui attire un tas de visiteurs qui lui font perdre son temps et son argent! Avec ça qu'il n'en a pas trop, d'argent! Aussi m'a-t-il dit: « Madame Carnel, ne laissez monter personne sans autorisation *préalable.* »

On était arrivé au quatrième étage ; elle s'arrêta et reprit :

— Je crois que son grand tableau va faire du bruit au salon. C'est joliment touché... Ah! je m'y connais. Depuis vingt ans que je fais des ménages *d'artisses,*

j'en ai vu de toutes les tailles... Si vous voulez me
dire votre nom ?...

— Marius, de Bordeaux.

« C'est un noble, pensa madame Carnet; voilà
pourquoi c'est si mal élevé; ça vous appelle portier,
au lieu de dire concierge !... »

Et elle entra en fermant la porte après elle, pour
bien faire comprendre à Marius qu'il devait attendre
sur le palier.

Mais on la rouvrit aussitôt, et Laville, se jetant au
cou du jeune homme, l'embrassa avec effusion, en lui
disant :

— Comment, c'est toi? toi à Paris, sans m'avoir annoncé la bonne nouvelle de ton arrivée, à moi, ton
ami d'enfance, ton camarade d'école, et bientôt ton
frère !

Puis, s'adressant à la portière qui les regardait tout
ébahie, il ajouta :

— Mère Carnet, faites-moi monter à déjeuner pour
deux, et dites à mon Brébant de *mastroquet* d'en
face, de nous soigner cela de main de chef!

Et, se retournant vers son ami, il reprit :

— Mon bon, mon cher Marius, je suis vraiment
heureux aujourd'hui! C'est qu'il y a deux ans que
je ne suis pas allé à Bordeaux! Je voulais être quelqu'un avant d'y retourner, afin de vous dire : « Me
voilà fort, fier et digne de vous. » Enfin le temps pas-

sait et la gloire n'arrivait pas... Et puis, quand on est
certain d'avoir affaire à de braves gens, on en prend à
son aise; on rit, on flâne, on fume de grosses pipes,
on boit de petits bocks; au fond, le cœur ne change
pas; mais, dans la forme on a l'air ingrat, oublieux...
Pas vrai? On doit penser mal de moi, là-bas? Et l'on
a joliment raison; mais je ferai oublier tout cela après
l'Exposition... Viens, ajouta-t-il, en attirant le nouveau
venu par la main pour le faire passer dans l'atelier,
viens et ne sois pas effarouché. Tu vas voir des déesses
court vêtues, mais je ne les laisse pas traîner chez
moi, et, comme la séance est finie, j'espère qu'elles
sont à peu près présentables.

Il ouvrit la porte sans frapper, et Marius aperçut
deux femmes s'occupant d'achever leur toilette.

L'une était de taille moyenne, très mince, brune,
l'air distingué, les traits fins, en un ensemble adorable, mais où manquait ce je ne sais quoi qui donne la
vie au corps et l'expression au visage. On l'appelait
cependant, parmi les peintres, « Jeanne la Belle ».

Sa compagne ne lui ressemblait en rien et faisait
en tout point, avec elle, le contraste le plus frappant
qui se puisse imaginer.

Elle était grande, forte, solidement bâtie; ses larges
épaules faisaient paraître mince sa taille cependant à
peine serrée; sa tête paraissait énorme sous une forêt
de cheveux d'un blond roux, frisés avec le plus grand

soin, retombant en boucles capricieusement dispo-
sées sur son front bas, et retenus seulement derrière
la nuque par un ruban de soie noire. Quant à la couleur de ses yeux, elle semblait à première vue indéfinis-
sable. On y trouvait un mélange de bleu, de gris, de
vert, de jaune échantillonnés comme sur une palette
d'artiste ; mais ses longs cils et ses sourcils épais, plus
foncés que ses cheveux, faisaient ressortir la blancheur
de sa peau. Les traits étaient forts, les lèvres épaisses
et rouges, la physionomie vulgaire.

— Mademoiselle Marie Baude, dite Mariotte... fit
Albert en la désignant à Marius ; un modèle pour
l'exactitude et le reste... Mademoiselle Jeanne, toujours en retard... Bonnes filles, d'ailleurs, toutes les
deux, et très appréciées dans nos ateliers.

— Pour la pose seulement, interrompit Mariotte,
avec une dignité comique... Monsieur n'a pas le plaisir
de nous connaître, et, d'après tes façons de parler, il
pourrait nous prendre pour des coureuses.

— Hein? quel caractère ! s'écria Albert en riant ;
Ah ! c'est qu'il ne faut pas lui marcher sur le pied ; un
homme ne lui ferait pas peur.

— Ma susceptibilité est légitime, répliqua Mariotte
d'un ton sec. Je ne t'ai jamais donné le droit de mé-
dire de moi ; on est camarade, mais c'est tout. Ne
l'oublie pas devant les étrangers ou je me fâche, et, tu
sais, un peintre de perdu, dix de trouvés. Viens-tu,

Jeanne, ajouta-t-elle, en liant les brides de son chapeau.

— Poserons-nous demain ? demanda Jeanne à Albert, en passant devant lui pour sortir.

— Non, le jour d'après. Demain, je fais relâche en l'honneur de mon ami ; et il serra la main de Marius, qui semblait prêter peu d'attention à ce qui se disait autour de lui.

— Au revoir, fit Jeanne d'une voix douce, en cherchant à rencontrer le regard d'Albert.

— Au revoir, répondit froidement Albert, en les reconduisant du côté de la porte.

A peine étaient-elles sorties, que Jeanne essuya de grosses larmes qui roulaient sur ses joues pâles.

— Voyons, lui dit Mariotte, tu sais bien qu'Albert est un bourru. Tu t'es monté la tête toute seule ; il ne t'a même pas fait la cour du regard. Tu l'aimes : mais aimer, ma pauvre chérie, ne suffit pas pour être aimée ; j'en sais quelque chose, crois-moi.

— L'expérience de l'une ne guérit pas la folie de l'autre, répondit Jeanne en fondant en pleurs. C'est plus fort que moi, mais, vois-tu, mon mal augmente avec mon chagrin, et je suis sûre que les deux m'emporteront bientôt.

— Bon ! fit Mariotte avec humeur, voilà les idées noires qui vont te reprendre. Enfant que tu es ! on ne meurt pas d'un rhume et d'une toquade pour un homme

comme Albert, un homme qui ne sait pas plus ce qu'il
veut que ce qu'il dit ; un fat, pour tout dire...

— Non : un honnête homme ; et puisque tu as aimé
un...

— Ah ! ne parle pas de moi, interrompit brusquement Mariotte ; je n'avais ni ta nature ni tes délicatesses.
Oublie Albert, pendant qu'il en est temps. Il doit avoir
une maîtresse, d'ailleurs.

— Ne me dis pas de pareilles choses, fit Jeanne en
s'arrêtant, tu me fais trop souffrir...

— Enfin si cela était ? il est libre, ce garçon.

— C'est vrai ; et, si cela était, je n'y retournerais
plus !

— Ce serait le mieux. Voyons, donne-moi le bras,
tu me parais fatiguée.

Jeanne répondit :

— Oui, bien fatiguée de la vie.

Et elles s'éloignèrent en silence de la maison de
l'artiste, où la pauvre Jeanne avait laissé toute son
âme.

Marius disait à son ami :

— Que d'événements se sont succédé dans ma vie,
depuis le jour où je t'ai quitté, mon brave Alphonse !

— Ne m'appelle plus Alphonse, mon cher Marius,
interrompit Laville en riant. C'est un nom devenu im-
portable, et particulièrement dans ce quartier. Je suis
à présent Albert Laville ; ne l'oublie pas, surtout

lorsque nous serons en public. Tu ne te figures pas les progrès que fait ici la bêtise humaine. Un homme qui s'appelle Alphonse doit être... c'est consacré... On frappe ! c'est notre déjeuner, sans doute.

Puis, désignant la concierge qui apportait un panier :

— La mère Carnet va mettre ici notre couvert : personne ne viendra nous déranger, et nous pourrons causer à notre aise aussi longtemps que nous le voudrons. Seulement fais-moi signe quand tu voudras parler, parce que, moi, tu sais, je n'ai pas perdu l'habitude de faire les demandes et les réponses.

— Il ne vous manque plus rien, dit madame Carnet après un coup d'œil jeté sur la table. Déjeunez ; je vais en faire autant. Si vous avez besoin de moi, appelez par la fenêtre et je ne mettrai pas longtemps à remonter.

— Oh ! maman Carnet, vous êtes la providence des artistes. Descendez doucement et remontez de même, fit Albert en la poussant vers la porte ; à votre âge, il ne faut pas changer ses habitudes... C'est une vraie sorcière de Macbeth, continua Albert, en venant s'asseoir en face de son ami. Mais sache-le, mon cher : Qui dit locataire, dit victime du portier. Quelquefois on s'exaspère, on se révolte ; mais la guerre n'est pas soutenable contre ces rongeurs-là ; il faut capituler pour ne pas déménager tous les trois mois... Tu vois, le festin n'est pas somptueux : une omelette, du lapin sauté, du brie, deux litres d'un petit vinaigre à seize, où il ne manque que des cornichons. C'est mon ordinaire des mauvais jours, c'est-à-dire depuis mon arrivée dans cette bonne ville de Paris, qui vous met en lumière, ou qui vous étouffe. Ah ! ce gueux d'argent... cela file, cela file comme un vélocipède... Voyons, à ton tour, parle. Je suis si content de te revoir, que j'en perds absolument la *boule*... Comme tu lui ressembles, à notre belle Adrienne !... Vous parliez de moi souvent, n'est-ce pas ? Plus souvent que tu ne m'écrivais, j'espère, grand paresseux !... Mais le commerce, les affaires vous absorbent, vous autres négociants ; votre correspondance amicale se borne à votre tenue de livres. La mienne se fait surtout dans ma pensée, quand je triture mes couleurs sur ma palette... Et puis, bah ! loin des yeux, près du cœur, dit le proverbe... Mais tu as l'air tout *chose ;* tu ne bois ni ne manges... Tout le monde va bien, là-bas ?

Pour toute réponse, les grands yeux de Marius se remplirent de larmes.

— Comment, s'écria l'artiste en jetant sa serviette à terre, il est arrivé quelque malheur, et tu ne commences pas par me l'annoncer ; tu me laisses *rigoler* comme un abruti, quand je devrais peut-être pleurer comme toi !

— J'ai perdu ma mère il y a quinze mois, répondit Marius en baissant la tête... Quinze mois déjà, et il me semble qu'elle m'embrassait encore hier.

— Comment! ta mère... ta mère qui devait être la mienne et que j'aimais autant que tu l'aimas... ta mère est morte, et je ne le savais pas! Cela dépasse toutes les bornes de l'indifférence!

— Hélas! répondit Marius, il est des circonstances où le silence est une preuve d'affection... A quoi bon torturer le cœur des autres, parce qu'il plaît à la destinée de déchirer le nôtre brutalement? Du reste, c'est ma pauvre mère qui m'avait prié de ne pas te parler...

— De sa mort? demanda l'artiste en regardant fixement son ami, pour le contraindre à lui répondre.

— Non, mais du départ de sa fille.

— Adrienne est partie?

— Oui, ma sœur nous a quittés, il y a deux ans bientôt. Elle s'est sauvée la nuit, furtivement, avec le dernier des misérables!

Albert resta un instant stupéfait, atterré, puis il demanda :

— Ce drôle était-il à Bordeaux en même temps que moi, lors de mon dernier voyage et de mon séjour chez ta mère?

— Non; il est arrivé quelque temps après ton départ.

— Mais Adrienne m'avait promis de m'épouser, elle m'avait laissé croire que je ne lui étais pas indifférent, et, si ta mère ne nous avait pas trouvés trop jeunes encore pour nous marier, tu te souviens...

— Ah! je me souviens surtout que ma pauvre mère
était folle de sa fille; que ce n'était pas de l'amour
qu'elle avait pour elle, mais de l'idolâtrie. Enfant,
elle l'avait tellement gâtée en faisant toutes ses volon-
tés, en prévenant ses moindres caprices! Tout son
temps se passait à rêver pour elle de toilettes merveil-
leuses, de fêtes, de plaisirs! Mais Adrienne avait déjà
l'esprit orgueilleux et méchant. A dix ans, elle nous
donnait ses ordres comme à des valets, pour la conduire au théâtre, au cirque, au concert, où elle ne
s'amusait même plus, tant elle était blasée sur les dis-
tractions de toute sorte.

— Pourquoi n'intervenais-tu pas? Ton père étant
mort, tu étais le chef de la famille.

— Ah! fit Marius en souriant, je n'avais que seize
ans, et un chef de famille de seize ans ne réclame guère,
d'habitude, contre des plaisirs qui sont de son âge; et
puis, à ce moment, ma mère ne me considérait pas
plus que si j'avais été le fils de mon père seulement...
Mais, bref, le mal fait des progrès rapides lorsque le
sang est déjà vicié. De qui ma sœur tient-elle? Je n'en
sais rien, mais je t'affirme que le plus grand malheur
qui aurait pu arriver à un brave garçon comme toi,
eût été de lui donner son cœur et son nom.

— Qui sait? murmura Albert en secouant la tête.
Elle s'ennuyait chez vous, elle était trop jolie pour
rester dans un commerce de papeterie, où les clients

sont plus nombreux que les clientes. Ajoute à cela le répertoire du cabinet de lecture, lu et relu à discrétion.

— Ma mère n'avait pas été élevée autrement, et ma mère est demeurée honnête femme..... Non, non, Adrienne était prédestinée à finir mal. Qu'elle suive donc le chemin qu'elle s'est choisi : je ne ferai rien pour l'en détourner ; elle n'existe plus pour moi, pour nous. Mais j'ai un compte à régler avec celui qui l'a décidée à fuir la maison. Il faut que je le retrouve, et naturellement j'ai compté sur toi pour m'y aider un peu.

— Je t'y aiderai certes, et même beaucoup, s'écria Laville en serrant les poings, et je te promets que, s'il est retrouvable, l'un de nous deux ne tardera pas à lui mettre un pied sur la gorge. Mais pourquoi avoir attendu si longtemps?

— Ma mère tomba malade aussitôt Adrienne partie. Après que la chère créature eut rendu l'âme, il a fallu liquider nos affaires d'intérêt, vendre la papeterie et l'imprimerie : tout cela a demandé plusieurs mois ; et puis la besogne ne manquait pas à l'atelier avec les journaux et les élections ; je travaillais nuit et jour ; le temps passait presque sans que je m'en rendisse compte. Enfin, avec de la patience, j'ai fini par vendre le fonds, le matériel et la clientèle, quatre-vingt mille francs ; il y en a quarante mille déposés chez le notaire de la famille, à la disposition de... ma sœur, car il a été impossible de découvrir sa résidence. On la dit à Paris cependant, mais elle aura sans doute changé de nom. Comme je vais me fixer ici, j'ai du temps devant moi. Je suis descendu hier au soir, provisoirement, dans un hôtel de la rue Geoffroy-Marie ; ce matin, je suis allé au cimetière Montmartre porter un bouquet à ma mère.

— Elle est donc enterrée à Paris ?

— Oui, avec ma grand-mère et mon père. Nous avons un caveau de famille.

— Alors nous irons la voir ensemble un de ces jours. Mais que vas-tu faire ici ?

— Rien, absolument rien ; je ne veux, pour le moment, que donner la chasse à ce *roi des Alphonses* dont je t'ai parlé.

— Ah ! je t'y prends à les *blaguer*, les Alphonses, fit Albert en riant ; car il n'était pas homme à éterniser un regret à propos d'amourette.

Adrienne lui avait plu par sa beauté, son élégance, et même par ses airs langoureux et penchés.

Comme un honnête homme ne séduit pas la sœur de son ami, Albert avait parlé mariage ; on lui avait répondu : « Il faut attendre, travailler, vous faire un nom, une situation ; » et cette réponse l'avait contraint à s'arraisonner, à s'exhorter à la patience, si bien qu'il en était insensiblement arrivé à un état d'esprit voisin de l'indifférence.

Cette quasi-tranquillité ne satisfaisait pas tout à fait Marius ; il aurait désiré trouver chez son ami un plus profond sentiment de jalousie, un plus vif désir de vengeance.

Marius connaissait à peine Paris; il lui fallait un guide, un cicérone expérimenté et intelligent pour visiter un à un les bouges et les tripots où il espérait retrouver son larron d'honneur. Après avoir tordu quelque minutes dans ses doigts le bout d'une fine moustache, sans parvenir à la défriser, il releva la tête et dit à son ami :

— C'est par bonté, n'est-ce pas, que tu me dissimules ta colère? On n'est pas humilié de la sorte dans les sentiments, dans les intérêts même les plus vulgaires de la vie, sans en éprouver quelque rage! Du reste, j'ai parlé trop brièvement... Tiens, tu liras cela à tête reposée, ajouta-t-il en lui présentant un paquet de lettres, écrites en caractères fins et déliés sur des feuilles de papier azuré.

— C'est à la fois la confession d'une mourante et le réquisitoire d'une mère offensée, qui nous lègue le soin de la venger. Il faut que je lave aussi mon honneur, sans accorder ni grâce ni pitié!

Albert, en prenant le paquet de lettres, remarqua soudain la profonde expression de colère et de menace empreinte sur la belle physionomie de son ami. Aussitôt, sans le quitter un instant des yeux, il glissa le

paquet de lettres dans un tiroir de table, qu'il ne prit
même pas la peine de refermer, courut à son chevalet,
découvrit son tableau, et saisit sa palette et ses pin-
ceaux, en disant à Marius :

— Tu as raison, il faut venger ta mère, Adrienne,
moi, toi, le monde entier, mais... mais plus tard. Pour
l'instant, ne bouge pas, je t'en supplie... Je te tiens...
C'est drôle, tu as le type de mes rêves, celui que j'ai
tant cherché chez les modèles, tandis que j'aurais pu
le retrouver de mémoire !

Et, tandis qu'il parlait, le pinceau glissait sur la
toile avec une rapidité fiévreuse.

Marius le regarda avec une surprise mêlée d'inquiétude, car il le croyait devenu fou.

Mais Albert travaillait toujours. Il faisait disparaître la tête d'un homme placé au milieu d'un groupe
de femmes et la remplaçait par celle de Marius.

— Que diable fais-tu là ? demanda le jeune homme
après quelques minutes d'une immobilité causée par
la surprise.

— Je t'embarque pour la postérité, lui répondit
Albert en riant. Je t'ai attrapé au vol, mais je te tiens
bien. Aies seulement encore un peu de patience.

Marius avait appuyé son coude sur la table et regardait son ami avec un véritable air de compassion.

Albert fit quelques pas en arrière, cligna des yeux
et dit à Marius :

— Maintenant je m'y reconnaîtrai... tu peux regarder, mais de loin.

Marius fit le tour du tableau, qui ne mesurait pas moins de trois mètres en longueur, et poussa une exclamation de surprise et d'admiration.

— C'est une composition étrange, n'est-ce pas? lui dit Albert, en lui désignant chaque personnage allégorique du bout de son appui-main. La scène est dans un salon de jeu, à Monaco. Ces femmes représentent toutes les tentations réunies : le luxe qui séduit... l'amour qui trompe... l'ivresse qui rend téméraire... l'or, dont le tintement attire, dont la vue fascine... Là-bas, à la porte de sortie, voici la mort, entre la honte et la misère... Le jeune homme du premier plan est ce décavé auquel il ne reste plus en poche et pour toute fortune qu'un revolver avec lequel il va se débarrasser de la vie ; il jette sur les mauvais génies qui l'ont perdu, un dernier regard, chargé de haine et de mépris...

— Alors c'est ma tête de tout à l'heure que tu vas mettre sur les épaules de ce petit monsieur sans cervelle? Je vais représenter un toqué, n'ayant pas plus de caractère qu'un poulet! J'aurais mieux aimé...

— Prendre ton café chaud, interrompit Albert en lui passant du sucre dans un papier ; prends garde de casser le sucrier... Veux-tu une cigarette?

— Merci, j'ai des cigares.

— C'est juste, un rentier !

— Et qui n'ira pas manger ses rentes à Monaco, je
t'en réponds.

— Mon cher, il ne faut jurer de rien ; et puis ce
n'est pas la peine d'aller si loin pour se faire *ratisser*.
Les gens de la Bourse sont à deux pas... C'est égal, tu
m'as rendu un fier service. Tous mes personnages
étaient *flou*, cotonneux, banals ; à présent, cela va
prendre de la vigueur et de l'expression. Je suis tout
à fait remonté. Ces brutes de modèles ne servent qu'à
énerver un artiste...

— Je reconnais très bien, dans ton tableau, les deux
femmes qui étaient ici lorsque je suis arrivé...

— Jeanne et Mariotte..., deux exceptions, celles-là,
fit Albert en souriant du bout des lèvres ; deux vertus,
mon cher, et non sans mérite, vu les circonstances.
L'une sort des Enfants-Trouvés ; l'autre, d'une famille
de coquins bons à pendre. Ici, du reste, on se contente
de la vue des modèles ; il est absurde de se mettre une
de ces femmes-là sur les bras ; on ne peut plus s'en
débarrasser, et je t'assure qu'il m'a fallu de la vertu
pour résister aux œillades et aux soupirs de Jeanne la
Belle. Si j'avais prévu ce qui m'arrive, par exemple !...
Enfin ! — Tiens, en fait d'art, je vais te donner un
aperçu des goûts du jour. Je peins, de temps à autre,
des têtes de femme pour les marchands de tableaux
des boulevards. Croirais-tu bien que Jeanne « ne se

vend pas, » tandis que cette frimousse chiffonnée de
Mariotte « s'enlève » à volonté.

— Elle n'est pas laide, elle a le type hollandais, à
ce qu'il me semble.

— C'est une Parisienne du faubourg du Temple,
cependant, répondit Albert en riant, mais sa mère a
eu quatre enfants de pères différents, et, dans le
nombre, je crois qu'il y avait un Alsacien. Une excen-
tricité vivante, cette grande fille-là : une enveloppe
vulgaire, mais un cœur d'or. Elle a pour Jeanne des
tendresses vraiment maternelles. Jeanne, d'ailleurs,
n'est pas solide, et je crois bien qu'elle s'en va de la
poitrine.

— Pauvre fille! elle ne paraît guère que vingt ans,
fit Marius distrait.

— A peu près; mais, vois-tu, les années comptent
double à Paris; puis, quand une fille n'a ni parents ni
moyens d'existence assurés, elle ne meurt jamais trop
jeune... Mais, voyons; parlons un peu de toi, de tes
projets.

— Pour le moment, te dis-je, je n'en ai qu'un : ac-
complir la dernière volonté de ma mère. La chère
femme! son souvenir est tout ce qui me reste de bonheur en ce monde; elle n'a pas toujours été tendre
pour moi, mais elle me faisait des économies de tendresse, et, sur la fin de sa vie, elle m'a payé les intérêts
et le capital. Quand on a perdu sa mère, on a perdu la

consolatrice de toutes ses peines : personne n'est encore parvenu à effacer son image de mes yeux et son souvenir de mon cœur. Tu me comprendras, après avoir lu les lettres que je t'ai remises, et que je te recommande encore. Tu connaîtras le gredin auquel nous devons courir sus. La procédure est toute faite, va ; et, quand tu auras pris connaissance du dossier de ce misérable, tu comprendras que, pour toute réparation, on ne peut que faire arrêter ces gens-là, pour en purger la société !

— On a frappé, dit Albert en se levant ; puis il cria : « Entrez ! »

— Tiens, c'est toi, ma vieille, fit-il en tendant la main à l'arrivant. C'était un homme d'une quarantaine d'années, de taille moyenne, d'un embonpoint déjà si prononcé que son cou se perdait dans ses épaules carrées ; sa barbe et ses cheveux coupés en brosse rappelaient des crins de sanglier, pour la nuance et pour la souplesse ; l'œil était petit, enfoncé dans l'orbite, et, derrière les verres de son lorgnon grossissant, on devinait un regard plus hardi qu'intelligent ; le nez retroussé, percé de larges et épaisses narines. Ce nez formait une disgracieuse saillie au milieu de cette large face, à laquelle il communiquait un air de bêtise impudente.

— Le café est pris, mais tu n'y perds rien, dit Albert en riant, il était exécrable ; et puis nous avons

encore du cognac, et avec un bon cigare que mon ami
Marius Bourdais, dit de Bordeaux, va se faire un
plaisir de t'offrir...

Marius se leva et présenta son porte-cigares à l'é-
tranger qui y puisa en s'inclinant.

— Mon cher Marius, comme tu es resté enfermé,
car c'est le mot, au fond d'une imprimerie située dans
l'un des quartiers les plus déserts de Bordeaux, tu ne
connais pas, de vue du moins, nos célébrités pari-
siennes; sans cela, je n'aurais pas besoin de te présenter M. César de la Caldas, de Toulouse, surnommé
le Courbet II de l'école réaliste, un maître!

Marius s'inclina.

— Roi ne puis, Courbet ne daigne, Caldas suis, répondit César en se redressant et en allumant son cigare.

— C'est ton droit; si, de nos deux noms, il en passe
un à la postérité, ce sera le tien. Et quel esprit!...
ajouta Albert en s'adressant à Marius, qui s'appliquait
le mieux possible à garder son sérieux.

— C'est qu'il en faut, allez, répondit César en s'a-
dressant à Marius, qu'il croyait en admiration devant
lui, il en faut pour condenser sur un bout de toile ce
que les écrivassiers spécialistes n'ont pas su faire connaître aux masses dans des centaines de feuilletons
décousus et dans des piles de volumes que le peuple
n'a pas le moyen de payer trois francs! Avec mon pin-

ceau, je démontre les choses telles qu'elles sont. La vérité hideuse, s'il le faut, mais la vérité avant tout.

— Mais il me semble, répondit froidement le jeune homme, qu'il n'est pas indispensable pour le bien de l'humanité, d'écrire son histoire avec de l'encre boueuse ou de tracer d'elle des portraits abjects et repoussants. Pourquoi ne pas laisser dans l'ombre ces types indignes d'être mis en lumière. Je n'aime pas l'illustration des gueux ou des monstres. Du reste, vous n'êtes pas l'inventeur du genre.

Albert, qui faisait aussi tout son possible pour garder son sérieux, envoya sous la table un coup de pied à Marius; mais il se trompa de jambe et ce fut César qui le reçut.

— Laisse dire Monsieur, fit César, qui avait deviné le rappel à l'ordre, et ne joins pas tes « coups de patte » aux siens.

— Je n'ai pas voulu faire de personnalité, cher monsieur; du reste, le véritable talent justifie tout. Je n'ai jamais eu le plaisir de voir l'une de vos œuvres et j'espère être bientôt au nombre de vos admirateurs.

— Je conduirai Marius chez toi, demain, si tu le permets : un réactionnaire du genre à convertir. C'est ton affaire.

— Oh ! répondit Caldas momifié dans son imperturbable vanité, les opinions isolées me touchent peu;

j'ai l'approbation des masses, tout est là... C'est dit,
venez déjeuner avec moi, à onze heures, car à une heure
j'attends des modèles, mais d'un genre différent de
ceux que vous recevez ici, reprit-il en regardant le tableau d'Albert.

— Oh bien ! par exemple, s'écria ce dernier en riant
de bon cœur, nous mettrons de la poudre insecti-
cide dans nos poches.

— Soit, fit César en examinant toujours le tableau,
mais tes grues de modèles ne valent pas, pour la vérité de l'art, mes mendiants et mes chiffonniers.

— Vois un peu à quoi tu en as été réduit avec ton
bataillon de poseuses, ajouta-t-il en désignant chaque
figure du tableau d'Albert. Elles se sont tellement
appliquées à donner à leurs corps la forme raide et
d'allure guindée du mannequin de leurs couturières,
que, même débarrassées de leurs corsets-cuirasses et
habillées d'une draperie avantageuse, elles paraissent
encore être en bois : poitrines bombées à l'excès,
ventre rentré, derrière tendu, coude en arrière, tête en
avant et jambes arquées; dès qu'elles ont quitté leurs
chaussures à hauts talons, elles ne semblent plus être
d'aplomb. — Tenez, monsieur Marius, vous devez vous
y connaître assez pour juger si je dis vrai : est-ce
que ce groupe de femmes-là n'a pas l'air d'être empaillé?

— C'est un peu vrai, répondit Marius en regardant

Albert. Mademoiselle Mariotte, qui représente l'ivresse, manque de laisser-aller ; puis on dirait que son amie Jeanne...

— Fait de l'œil au croupier, s'écria Albert en se tordant de rire.

— Eh bien, et ton luxe qui a l'air de demander un louis à l'Or, ajouta César, enchanté de se voir donner raison.

— Heureusement, moi, je sais profiter des avis qu'on me donne : demain, je brosserai tout ça.

— Non, pas tout, répondit César. Il y a un chef-d'œuvre au dernier plan : La Misère ; c'est souple, gracieux et touchant ; les yeux ont une expression suppliante, admirablement réussie.....

— Ah ! celle-là est toujours nature, et pour cause, répondit Albert en s'étalant sur son divan, si près du chapeau de César, que ce dernier poussa un cri, le croyant absolument aplati.

— Il n'y a pas de mal, fit Albert en le lui présentant ; mets-le sur le coin du chevalet et viens t'asseoir. C'est assez de « sucre cassé » sur mon tableau pour aujourd'hui ; tu ne m'as dit, du reste, que des choses absolument justes et je t'en remercie.

— Qui a posé pour la Misère ?

— Ma foi, je n'en sais trop rien. Je l'ai rencontrée sur l'impériale d'un omnibus allant de la Madeleine à la Bastille. Elle avait, sous le bras, un gros paquet de papiers qu'elle cherchait à mettre à l'abri sous un coin de mon parapluie ; ce que voyant, je le penchai au-dessus d'elle, en lui touchant un peu le coude involontairement. « Merci, Monsieur ! » me dit-elle d'une voix si douce, que je me sentis tout ému ; et je la regardai plus attentivement. Elle baissait les yeux. Ah ! mon cher, un profil de vierge martyre, des oreilles fines, transparentes, bien dessinées, grandes comme une petite coquille ; une forêt de cheveux châtains, frisés au bas de la nuque en boucles gracieuses que le vent agitait comme une vapeur ; la tête petite, le cou délicat, les épaules larges, tombantes ; la taille cambrée naturellement ; bref, elle avait *la ligne* empreinte sur tous les contours de son exquise personne !

» La pluie redoubla, et ma voisine se serra contre moi, en me mettant presque son paquet sur les genoux.

» — Allez-vous loin, Mademoiselle ? lui demandai-je, plus par intérêt que par curiosité.

» — Au théâtre des Fantaisies-Parisiennes, près de la Bastille.

» — Vous êtes artiste ?

» — Oh ! non, Monsieur. Je fais de la copie pour le directeur. C'est mon travail que je lui porte, et, s'il était abîmé, je serais mal reçue.

» — Copier des pièces de théâtre, c'est, je crois, une besogne pénible et peu lucrative.

2

» — Oh ! je vais très vite, et, en passant les nuits,
je m'en tire encore.

» — Alors pourquoi monter sur l'impériale, par
un temps pareil?

» — Je n'avais que cinq sous ; mais on va me payer
et je reviendrai dans l'intérieur.

» — Et si l'on ne vous payait pas, vous retourneriez
à pied... loin sans doute?

» — Oui, rue du Rocher.

» — Diable ! près de la gare Saint-Lazare ; c'est impossible. Je puis remettre ma visite à Vincennes ; voulez-vous me permettre de vous attendre dans un café?

» — Oh ! cent fois merci, Monsieur, car je serai
retenue longtemps, peut-être.

» — Et puis vous ne me connaissez pas. Tant mieux,
car j'ai mauvaise réputation ; mais je suis incapable
de vous manquer d'égards. Je ne suis ni un corrupteur
ni un séducteur.

» — Je n'ai pas peur de vous, Monsieur. On ne séduit
et on ne corrompt que les personnes qui ne sont pas
sûres d'elles-mêmes, et je me suis habituée très jeune
à répondre de moi.

» — Alors, lui dis-je en sortant une carte de ma poche,
acceptez mon adresse et mon parapluie. Vous me le
rapporterez quand il fera beau ; en attendant, je vais
prendre place dans l'intérieur de la voiture.

— Je veux bien ; seulement il faut avoir confiance

en moi, car je ne peux pas **vous** dire où je demeure.

» Nous étions arrivés devant le **théâtre**; je descendis le premier, je lui offris la main et mon **parapluie** en lui disant :

» — Si vous le perdez ou si vous m'oubliez, je n'en serai pas moins très heureux de vous avoir été agréable.

» — Je suis soigneuse et j'ai de la mémoire, fit-elle en touchant terre.

» Et elle se sauva en baissant la tête, son manuscrit d'une main, et mon parapluie de l'autre. »

— Et tu l'as revue? demanda Marius avec intérêt.

— Naturellement, puisque j'ai fait son portrait. Trois jours après notre rencontre, on frappait discrètement à ma porte. J'étais en séance, tous mes sujets étaient groupés, et je criai : « Entrez! » d'un ton si hargneux, que la pauvre fille eut envie de redescendre les escaliers quatre à quatre; enfin elle fit tourner la clef dans la serrure, et je vis apparaître le manche de mon parapluie qu'elle me tendait du dehors. Nous fûmes pris d'un fou rire. J'allai au-devant d'elle et la fis entrer de force. Elle regarda tout le monde avec plus de curiosité que de crainte, et me dit à voix basse:

» — J'aurais dû le remettre chez la concierge... mais, comme votre carte portait, au-dessous du nom, « artiste peintre »... et que je brûlais d'envie de voir votre atelier, j'ai forcé la consigne en faisant un men-

songe. Quand j'ai dit votre nom, on m'a répondu que
vous étiez en séance et que j'aie la bonté de repasser,
à moins que je ne fusse un modèle venant pour poser.
J'ai fait signe de la tête que oui.

» — Vous avez eu raison, mon enfant, et si vous avez
quelques instants à perdre, asseyez-vous, et permettez-
moi de continuer.

» Elle ne se fit pas prier ; elle ouvrait ses grands yeux
avec un air ébloui ; mais les autres, jalouses comme
des chattes et méchantes comme des pieuvres, se mirent à chuchotter.

» — Qu'est-ce encore que celle-là ? disait l'une.

» — Parbleu ! disait l'autre, ce n'est pas malin à deviner : une poseuse de plus.

» — Il aurait dû la prendre pour Misère ; elle n'aurait pas perdu de temps à changer de costume. Méa,
qui est toujours en retard, aurait été joliment vexée !

» La petite au parapluie les entendait ; aussi devint-
elle toute pâle, et de grosses larmes brillèrent dans ses
yeux.

» Alors je fus tout à coup saisi d'une idée qui ne
pouvait rien avoir d'offensant pour la fille la plus
chaste, puisque la Misère garde sa robe et n'a qu'à se
faire un manteau de ses cheveux.

» — Venez là, dis-je à ma compagne d'omnibus, en
lui tendant la main ; appuyez-vous contre ce mur qui
figure le jardin, l'air accablé de fatigue, le regard fixé

timidement sur le profil du jeune homme qui est au milieu de ces demoiselles... C'est parfait! Vos cheveux sont bien à vous?...

» Elle me fit signe que oui ; à peine osait-elle respirer, tant elle craignait de déranger sa pose.

» — Alors permettez-moi de retirer votre peigne.

» Et je joignis l'action à la parole, sans même attendre de réponse. Deux grosses nattes se déroulèrent sur ses épaules. Je les défis... Ah! mes amis, quelle merveille!... Ce fut une exclamation unanime d'admiration, et je me mis à l'œuvre avec une joie, une ardeur dont vous avez sous les yeux le résultat. »

— C'est excellent, dit César, rien n'y manque ; il me faudrait ce modèle-là pour faire pendant à l'un de mes tableaux ; tu me l'enverras.

— Impossible, mon cher ; j'ai eu toutes les peines du monde à la faire revenir deux fois.

— En y mettant le prix...

— Elle n'a rien voulu accepter, sous prétexte qu'un service en valait un autre.

— Tu sais son nom, son adresse?

— Ni l'un ni l'autre. Je sais seulement qu'elle n'habite pas seule et qu'elle avait une peur effroyable qu'on apprît qu'elle venait chez moi.

— Alors, amour et mystère.

— Mystère, oui, répondit sérieusement Albert; amour, non, je te le jure.

— Elle doit avoir un amant qui veut mettre la lumière sous le boisseau.

— A sa place, j'en ferais autant, interrompit Marius en regardant le tableau. Quelle jolie bouche! Et ses yeux... ils feraient damner un saint... Tu ne l'as pas flattée un peu ?

— Oh non! répondit Albert, je suis resté au-dessous de la vérité.

— Alors nous la retrouverons un de ces soirs aux Folies-Bergères, fit César en prenant son chapeau. Au revoir et à demain, onze heures. Je compte sur vous, ajouta-t-il en tendant cordialement la main à Marius, qui lui répondit :

— J'accepte sans façon, à demain.

— Eh bien, fit en rentrant Albert, qui avait accompagné son ami jusque sur le palier, que penses-tu de mon original de réaliste.

— Qu'il avait besoin d'un grand talent pour faire excuser sa vantardise.

— Mon cher, pour l'imagination, c'est un mollusque; il copie cependant assez habilement les œuvres originales : de notre temps, le démarquage est très à la mode. En fait, il ne voit juste que pour critiquer le travail des autres, et cela rend toujours des services aux jeunes; aussi je flatte sa manie, et je te serai très obligé de faire comme moi.

— On peut toujours se taire, répondit Marius, qui

se sentait incapable de cacher sa pensée autrement que par le silence.

— Ah! mais cela ne ferait pas son compte, et je serais désolé qu'il se désintéressât de moi; dans sa pensée, je suis sa créature; il me vante, il me recommande à tous ceux qui font le commerce des tableaux, et que je n'aurais jamais connus sans lui; car je n'entends rien aux courses et aux stations chez les brocanteurs, et ce sont eux qui font bouillir la marmite des débutants. J'aurais pu retrouver la trace de Misère, car c'est le seul nom sous lequel nous la connaissions, mais il ne l'aurait pas comprise, et il me l'aurait abîmée.

— Il est si laid et si déplaisant, qu'il doit voir tout en laid, répondit Marius en regardant le portrait de Misère. Pauvre fille! elle a véritablement l'air malheureux.

— Pour toute coiffure, hiver comme été, ses cheveux; son unique costume : une robe de laine noire devenue marron avec le temps, mais sans trou ni tache; des bras admirablement modelés sous ses manches étroites; des mains longues aux doigts effilés et des yeux d'une angélique douceur; bref, une perfection achevée. Si elle n'est pas foncièrement honnête, elle paraît du moins si bien, que je n'ai jamais osé la traiter familièrement, comme un modèle ordinaire.

— J'aurais bien voulu la voir, fit Marius en allumant un cigare. C'est un type qui doit reposer des autres.

» — Eh bien, regarde-la, et si tu la rencontres un jour, je te réponds que tu pourras la reconnaître.

— Demain, je n'y penserai plus ; mais je lui sais gré d'avoir charmé pendant quelques instants mon esprit attristé... Allons, je vais rentrer à l'hôtel pour écrire quelques lettres ; je me coucherai ensuite, car je suis rompu.

— Je vais t'accompagner. J'irai dîner dans un res· taurant quelconque, et je rentrerai sans te quitter, de la pensée du moins, car je lirai les lettres que tu m'as confiées.

En disant cela, Albert prenait son paletot, son cha- peau, et les deux hommes descendirent ensemble.

Ainsi qu'il en avait, du reste, l'habitude, Albert laissa la clef sur sa porte ; madame Carnet ne faisait, en effet, le ménage de l'artiste que lorsqu'il était sorti ; puis elle mettait la clef sous le paillasson, afin qu'il ne la dérangeât pas lorsqu'il rentrait tard.

Les deux amis étaient à peine sortis depuis dix minutes, lorsqu'on frappa plusieurs petits coups secs à la porte, puis la clef tourna dans la serrure, et Ma- riotte entra en disant :

— C'est moi ; on s'est tellement pressé de déguer- pir ce matin, que j'ai oublié mon bracelet porte-bon- heur.

Puis elle ajouta en regardant autour d'elle :

— Tiens! personne ; les oiseaux sont dénichés ; tant pis, je ne m'en vais pas moins chercher mon bracelet ; il est en cuivre doré, mais il me vient de Jules... C'est la seule chose qui me reste de lui, et j'y tiens autant qu'à ma vie..., plus peut-être, ajouta-t-elle en soupirant. Albert l'aura peut-être resserré ! Où peut-il l'avoir fourré ? Comme c'est imprudent, de laisser sa clef sur la porte ; un voleur pourrait entrer et fourrager dans la chambre, aussi bien que moi.

Après avoir à peu près tout visité, tout retourné, elle allait renoncer à ses recherches, lorsqu'elle aperçut le tiroir entr'ouvert de la table.

— Ah ! là dedans, sans doute...

Elle ouvrit le tiroir.

— Non... rien que des paperasses, des lettres d'amour peut-être, fit-elle en prenant le paquet que Marius avait confié à son ami.

Et, les regardant machinalement :

— Pauvre Jeanne ! C'est qu'elle dépérit à en perdre le sommeil... Oh ! fit-elle en se redressant, c'est drôle... J'ai bien lu le nom de Jules Signard... Mais oui... Jules Signard... C'est bien écrit là...

En prononçant ce nom, sa voix s'était éteinte dans sa gorge devenue sèche. Son regard, d'abord troublé, était devenu ardent et fiévreux. Mariotte fut obligée de s'asseoir pour ne pas tomber à terre. De sa main droite, crispée, elle serrait les lettres ; de la gauche elle cherchait à comprimer les battements de son cœur.

— Allons, murmura-t-elle en se redressant... Il faut que je sache... Je veux savoir ce qu'il est devenu.

Au moment où elle se préparait à lire, le clef tourna dans la serrure. Mariotte fit un bond sur elle-même, jeta le paquet de lettres sur le divan, et se laissa tomber dessus, pour le dissimuler.

— Tiens, vous êtes là, vous, fit madame Cornet toute surprise de la voir ; par où donc êtes-vous passée ?

— Par la porte, ma petite madame Cornet, par la porte.

— Pourquoi que vous grimpez comme ça, sans me parler ?

— Allons, pensa la jeune fille, il faut payer d'audace ou je ne saurai rien ; et je veux savoir n'importe à quel prix.

Mariotte, qui ne supportait pas les plus légères allusions sur les défaillances de sa vertu et qui se croyait une honnête fille parce qu'elle n'avait eu qu'un amant et un amour dans sa vie, se décida soudainement à faire le sacrifice de sa « réputation ». Elle répondit :

— Albert m'a donné sa clef pour venir l'attendre chez lui.

— En ce cas, c'est différent ; mais, alors, faites le

ménage en l'attendant, parce que j'ai d'autres occupations.

Et madame Carnet sortit en grommelant entre ses
dents :

— Ah! ces artistes... ça en mène-t-il une existence de pacha!

Mariotte se leva brusquement, courut vers la porte
sur la pointe des pieds, prêta l'oreille et respira en se
redressant, lorsqu'elle se fut assurée que la mère Carnet était bien partie.

— Ah! fit-elle en se passant la main sur le front...
Quelle peur j'ai eue! Eh bien, je connais à présent
les émotions que doivent éprouver les voleurs... Si
Albert rentrait!...

Elle eut encore un frisson.

—Bah! je suis en voie d'imagination, je trouverai
autre chose.

— Elle reprit les lettres, les tourna, les retourna
en se disant :

— Quelle écriture serrée! des pattes de mouche!
je ne retrouve pas le passage qui m'intéresse.

Alors elle revint au commencement, en épelant les
mots :

« Mon cher Marius, mon enfant adoré, je sens que
la mort va me prendre, m'emporter loin de toi pour
l'éternité; mais, avant cette séparation dernière, je
veux te confesser toutes mes fautes. J'ai commis un

crime en ne te disant pas la vérité ; mais j'avais peur de te perdre aussi. »

— Marius.... c'est le nom du jeune homme qui était ici ce matin... Quel rapport peut-il y avoir entre lui et ces gens?

Elle continua :

« J'ai été une mère injuste vis-à-vis de toi, en comblant ta sœur des bienfaits et des tendresses que toi seul aurais mérités... Oui, bien injuste car tu ne sais pas à quel point elle en était indigne. Pour fuir la maison avec ce misérable Jules Signard... »

— Ah! j'y suis enfin, s'écria Mariotte en frappant lourdement de son point fermé le paquet de lettres posé sur la table. La sœur de ce beau Marius est la maîtresse de Jules. Eh bien, c'est Marius qui m'aidera à les retrouver... Mais la colère et la jalousie m'aveuglent, reprit-elle en se frottant les yeux du revers de ses mains.

Mariotte était en proie à une surexcitation nerveuse, impossible à décrire ; toute la sauvagerie de sa nature primitive avait repris le dessus en un instant ; elle se frappait le front et recommençait à lire les mêmes phrases en les comprenant de moins en moins. Elle n'avait été à l'école des sœurs que pendant deux ans, et les douces femmes lui avaient appris bien plus de prières que de grammaire.

Pour comprendre, d'ailleurs, le caractère et les

actes de cette fille, non moins étrange au moral qu'au physique, il est nécessaire de remonter un certain nombre d'années.

Aussitôt après la première communion de Mariotte, sa mère, mademoiselle Maria Baude, la mit en apprentissage chez une blanchisseuse de la rue du Temple.

Maria Baude avait alors quarante ans; elle était grande, mince, paresseuse, sans ordre, sans ressource. Elle se laissait aller à vivre au jour le jour avec des individus qui la quittaient aussi insoucieusement qu'ils l'avaient prise, en lui laissant parfois en outre, pour tout souvenir, un bébé sur les bras. Elle s'était longtemps leurrée de cette idée que ses enfants lui feraient des rentes; mais son fils aîné, Paul, avait atteint ses quinze ans, et ne paraissait guère songer à lui venir en aide; il fallait cependant bien le loger, le nourrir et l'habiller. Paul était le bien-aimé; il ressemblait à sa mère, dont il avait également tous les défauts, sans parler d'un vice qui devait le conduire fatalement à sa perte. A toutes les observations, il se contentait de lever les épaules, ou il répondait par une grossièreté; néanmoins, il rentrait régulièrement à la maison, aux heures des repas surtout, et c'était toujours lui qu'on servait le premier. Quant à Marie, qu'on appelait la Mariotte, ni la mère ni le fils ne pouvaient la souffrir. Elle n'avait pour société, pour consolation, que ses deux petites sœurs, l'une âgée de six ans, l'autre de sept.

Mariotte fut donc mise en apprentissage chez une blanchisseuse à laquelle on recommanda de ne pas lui ménager la besogne. Mariotte n'avait que douze ans; mais elle était courageuse et ne se plaignait jamais de la fatigue; aussi sa patronne ne se faisait-elle pas faute d'abuser de la bonne volonté de l'enfant. Elle l'envoyait au bateau du canal avec des charges de linge sous le poids desquelles un âne aurait plié les jarrets. Ce rude métier développa prodigieusement les forces de la jeune fille.

Un jour... elle avait seize ans... en rentrant de son travail, elle trouva sa mère et son frère en train de se quereller; on en était arrivé aux dernières limites de l'injure.

Paul, exaspéré, finit par lever la main sur sa mère; alors Mariotte sauta d'un bond à la gorge de son frère, et le maintint si fortement collé contre le mur, qu'elle l'aurait complètement étranglé, si la mère ne fût intervenue aussitôt; et encore ne lui fut-il pas facile de faire lâcher prise à Mariotte, dont les muscles, crispés par la colère, résistaient même aux efforts de sa propre volonté.

Maria Baude commença par donner tort à sa fille de s'être mêlée de ce qui ne la regardait pas, en ajoutant que, si Paul l'avait battue, elle se serait bien défendue toute seule.

A partir de ce jour-là, une haine implacable divisa

le frère et la sœur. Les querelles se succédaient journellement sans grandes variantes. Mariotte lui reprochait sa paresse et le pain qu'elle était forcée de par-
tager avec lui ; car, ce pain, il était acheté avec les deux
misérables francs qu'elle gagnait à grand'peine.

Le logement qu'ils habitaient, rue Saint-Maur, se
composait de deux pièces au cinquième ; il était garni
de meubles en mauvais état, sans valeur aucune ; mais
l'aspect de l'appartement dénotait encore plus la mal-
propreté et le désordre que la misère. Les quatre enfants couchaient pêle-mêle sur des paillasses, rangées
à terre dans un cabinet sombre ; c'est à peine si, en
ouvrant une fenêtre donnant sur une cour noire, ils
avaient assez d'air pour respirer.

La pièce d'entrée, beaucoup plus spacieuse, était la
chambre de mademoiselle Baude mère ; on y voyait un
grand lit. Aussitôt les enfants entrés dans leur niche,
elle fermait un verrou, et sous aucun prétexte la pauvre
nichée ne devait demander à sortir avant le jour. Cela
se passait depuis si longtemps, que le pli en était pris
dans la famille Baude.

Paul approchait de dix-neuf ans ; il commençait bien
à rêver de se procurer une situation meilleure, mais
il ne trouvait rien qui vaille ; et puis il avait une raison
majeure pour rester chez sa mère. En attendant, ses journées étaient remplies par des courses et des promenades
en compagnie de vauriens plus jeunes que lui, et sur

l'esprit desquels il prenait de jour en jour une certaine autorité. Il voulait commander ; aussi se choisissait-il pour camarades tous les va-nu-pieds du quartier, des voyous sans état, sans asile, qui couchaient, les uns dans les carrières, les autres sous les arches des ponts. Il avait ses idées en tête ; mais, comme les projets ne nourrissent guère, il rentrait généralement chez lui avec un appétit d'enfer, et, quand la Mariotte, brisée de fatigue par le travail, n'arrivait pas à heure fixe, elle avait fort à craindre qu'il ne lui restât que de l'eau et du pain pour restaurer ses forces.

Elle avait fini par ne plus rien dire à personne ; elle habillait et embrassait ses deux petites sœurs, Louise et Anita, et partait à son ouvrage avant que Paul et sa mère fussent éveillés.

Sous la porte de la rue se tenait une vieille femme, appelée la mère Caron, qui vendait des fleurs. Elle était âgée de quatre-vingt-huit ans ; en passant, Mariotte lui recommandait les petites, qu'on laissait jouer dans la rue toute la journée ; en échange de cette surveillance, la jeune fille rendait de petits services à la vieille femme, qui demeurait à l'étage supérieur de la même maison.

La mère Caron aimait, et surtout elle estimait Mariotte. Mariotte ne désirait rien de plus ; mais l'estime dont elle jouissait dans le quartier l'avait rendue méticuleuse sur le point d'honneur. Or elle s'aperçut à la longue que son frère rapportait souvent des objets utiles au ménage et dont sa mère se servait sans se préoccuper sérieusement de leur provenance.

Paul prétendait parfois les avoir trouvés, parfois les avoir gagnés au jeu.

L'ouvrage ayant subitement abondé à la blanchisserie, la patronne écrivit à la mère de Mariotte pour lui dire : « Ne soyez pas inquiète de la petite aujourd'hui et les jours suivants ; je la ferai déjeuner avec moi pour lui épargner la fatigue d'une course au milieu de la journée. » Cette lettre fut accueillie avec joie par la mère et le fils ; car Mariotte devenait gênante, avec son sérieux et sa morale de maîtresse d'école ; aussi mademoiselle Baude s'était-elle bien promis à elle-même de ne pas envoyer ses deux plus jeunes filles en classe chez les sœurs, des béguines, comme elle disait, qui avaient fait de Mariotte une *buse à prières*.

Un lundi, cependant, Mariotte n'ayant travaillé qu'une demi-journée, rentra sans qu'on l'attendît. Elle trouva sa mère attablée avec un homme que la jeune fille ne connaissait pas, mais qu'elle devina, d'instinct, être celui qui venait chez eux, la nuit, en cachette.

Comme il y avait des verres et du vin sur la table, sa mère lui demanda si elle voulait se rafraîchir.

Mariotte était devenue toute pâle ; ses traits s'étaient contractés ; elle répondit sèchement : « Non ! » et passa

dans sa chambre ; puis elle poussa brusquement la
porte, qui ne se ferma pas, car elle entendit l'homme
dire à mademoiselle Baude :

— Elle n'a pas l'air aimable ton aînée, grosse Per-
cheronne. La, vrai, on ne croirait jamais que c'est ta
fille.

— Oh ! elle nous la fait comme ça à la pose, tous les
jours, répondit mademoiselle Baude ; puis, à moitié
ivre, se levant avec peine, elle ajouta : Viens avec
moi, je veux voir où sont les petits. « Mademoiselle
l'Embarras » n'entend pas que je les laisse jouer dans
la rue.

— C'est ça, répondit l'homme, nous prendrons
quelque chose en face.

Et ils sortirent ensemble, sans que Mariotte y prît
garde. Son cœur s'était mis à battre avec force ; le
sang lui bouillait dans les veines ; elle cherchait à
dominer une colère sourde, mais terrible, qui menaçait de terrasser sa volonté. Jamais on ne lui disait
merci pour l'encourager à supporter ses fatigues et ses
privations ; elle n'avait à se mettre qu'une mauvaise
robe, elle marchait presque pieds nus ; après son travail, elle recommençait sa journée pour que sa mère et
les petits eussent au moins du linge propre et sans
trous ; et tout cela ne servait qu'à lui attirer des re-
buffades et des injures !...

Elle se laissa tomber assise sur son grabat, la tête

dans ses mains ; puis, regardant autour d'elle, sans
pouvoir s'arrêter à une idée, elle remarqua la malpro-
preté qui régnait dans leur taudis.

— Pauvres enfants ! murmura-t-elle, en pensant à
ses deux petites sœurs ; si je ne les avais pas, je ne
rentrerais jamais ici ; mais, pendant que je me tue au
travail, on les laisse vivre dans l'ordure...

Elle se mit à tout ranger, secoua, battit et retourna
les paillasses ; mais, dans l'une, celle de son frère, elle
trouva divers objets qu'il y avait évidemment cachés.
Une montre d'argent, un paquet de bas neufs, des
mouchoirs en pièce, deux foulards de couleur...

Elle comprit tout de suite, avec une inexprimable
épouvante, que tout cela avait été volé. Un moment il
lui sembla que la police allait venir les arrêter tous,
comme étant les complices de son misérable frère.

— Oh ! mais il n'en peut pas être ainsi, s'écria-
t-elle en mettant tous les objets dans son tablier. Je
vais porter tout cela chez le commissaire de police, et
je lui dirai la vérité !

A cet instant, la porte s'ouvrit et elle se trouva face à
face avec Paul, qui rentrait, tenant un paquet caché
sous sa blouse.

— Qu'est-ce encore que cela, lui dit-elle d'une voix
étranglée, en lui arrachant le paquet avant qu'il eût
même le temps de faire un mouvement pour le re-
tenir.

— Ça?... c'est une jaquette qu'un monsieur, pour qui j'ai fait des courses, m'a donnée, répondit Paul visiblement troublé.

— Alors, tu trouves un état, te voilà commissionnaire, fit-elle en le regardant en face; eh bien, je crois que tu auras de la peine pour obtenir une patente de la préfecture... voleur que tu es!

— Veux-tu bien ne pas crier si haut, interrompit Paul en levant la main sur elle.

Mais Mariotte s'éloigna brusquement, mit la table entre elle et lui, et jeta dessus tout ce qu'il y avait dans son tablier, en disant :

— Ne me touche pas, coquin! tu auras assez à répondre de tous ces vols-là, devant la justice; car tu sais que je vais de ce pas te dénoncer!

— Ne dis pas que tu veux faire ce coup-là, Mariotte, parce que je ne te laisserais sortir vivante d'ici!

— Lâche et fainéant, fit-elle en haussant les épaules, tu sais bien que je n'ai pas peur de toi.

Et, en disant ces mots, elle s'avança vers la porte.

Il la laissa faire quelques pas ; puis, s'élançant sur elle et la saisissant par les cheveux, il l'attira en arrière et se mit à rire comme l'eût fait un idiot, en lui disant :

— Fais pas la méchante avec Paul! il a douze mois de plus qu'il y a un an, et il n'est plus assez serin pour se laisser pincer au collet. Donc, tais-toi!

Surmontant une douleur aiguë, Mariotte se retourna, et lui donna un si vigoureux coup de genou dans le bas-ventre, qu'il recula en lâchant prise... Mais, avant qu'elle eût le temps d'ouvrir la porte pour se sauver, il revint sur elle, et la lutte entre le frère et la sœur recommença, terrible, farouche, comme un combat entre des loups enragés, qui hurlent sans pouvoir crier. Paul était fou, et ne trouvait à dire que ces mots : « Je vais te tuer !... Mariotte se sentait perdue ; alors, dans un mouvement plus prompt que la pensée, elle prit par le goulot une bouteille restée sur la table, et la lança à la tête de son frère, sur le front duquel elle se brisa.

Un cri terrible se fit entendre ; la mère venait d'entrer, au moment où Paul tombait à terre, le visage baigné de sang.

— Coquine ! s'écria-t-elle en arrivant sur Mariotte, les poings serrés ; si tu me l'as tué, c'est moi qui te ferai ton affaire !

Et elle la frappa au visage à plusieurs reprises.

Mariotte ne chercha ni à fuir ni à se défendre. Elle indiqua seulement de la main à sa mère tout ce qui était sur la table, en disant :

— Il a volé !

— Ça ne te donnait pas le droit de l'assassiner, lui répondit-elle en pleurant et en prodiguant ses soins à son fils, qui avait perdu connaissance.

3.

— Donne-moi de l'eau, dit-elle à la petite Anita, qui venait d'entrer.

Mais, à la vue du sang, l'enfant eut peur et se sauva dans les escaliers en criant :

— Ah! mon Dieu, mon Dieu! on a tué mon grand frère!

Alors les voisins accoururent, puis des agents de police; le commissaire même fut averti, et, lorsqu'il entra, Marie Baude, dans son égarement, lui désigna Mariotte, comme étant l'auteur du crime commis chez elle en son absence.

Tous les voisins accourus en foule défendirent la jeune fille contre les accusations de sa mère.

— C'est elle qui leur donnait la pâtée, s'écria la vieille madame Caron. J'ai quatre-vingt-huit ans, je travaille encore pour gagner ma vie, et je m'y connais en fait de mauvais monde. La mère de cette pauvre Mariotte ne vaut pas grand'chose et son fils valait moins qu'elle.

Alors tout le monde ajouta un mot de défense pour Mariotte et d'accusation pour les autres.

Un médecin, accouru en hâte, faisait un premier pansement au blessé.

Mariotte, à bout de forces, s'était laissé tomber sur une chaise, près de la fenêtre, en face du lit où on avait déposé son frère. Les deux petites entouraient de leurs bras enlacés le cou de leur grande sœur; elles en avaient assez entendu pour comprendre ce qui s'était passé, et Anita disait à Mariotte, à voix basse et inconsciemment :

— Tu as bien fait de le tuer. Il ne nous battra plus pendant que tu ne seras pas là.

Après avoir entendu une quinzaine de dépositions qui ne variaient guère dans la forme et qui concluaient toutes en faveur de la jeune fille, le commissaire s'approcha d'elle et lui dit avec douceur :

— Mon enfant, il faut nous suivre... Mais rassurez-vous, je ne vous garderai pas longtemps.

— Oh ! lui répondit Mariotte en relevant la tête, en quelque lieu que vous m'envoyiez, je serai toujours mieux qu'ici!... Mais que deviendront mes pauvres petites sœurs?

Le commissaire s'aperçut, au jour, que le visage de la pauvre fille était couvert de meurtrissures déjà bleuâtres et de déchirures faites avec les ongles.

— Vous vous êtes battus? lui demanda-t-il, en lui indiquant Paul qui venait de faire un mouvement.

— Oui, répondit Mariotte, et à cause de vous... parce que je voulais vous reporter ce que j'avais trouvé dans sa paillasse.

En suivant son regard, il vit les objets restés sur la table.

— Lequel de vous deux a commencé à battre l'autre?

— C'est lui, Monsieur, en me disant : « Faut que je

te tue, puisque tu ne veux pas taire ton bec. » Et il
cognait fort, allez ; alors, comme je n'avais que ça
sous la main, je lui ai jeté la bouteille à la tête...
Allons, ajouta-t-elle en se levant avec peine, dites à
quelqu'un de me donner le bras, parce que je ne suis
pas solide sur mes jambes.

— Restez assise, fit le commissaire en la repoussant doucement. Vous étiez en droit de légitime défense... Vous n'aurez qu'à passer à mon bureau, lorsque je vous ferai demander.

Puis il se retourna, examina un à un les objets étalés
sur la table, et fit signe à l'un de ses hommes de les
prendre pour les porter au greffe.

Paul était complétement revenu à lui ; on avait rap-
proché avec des bandelettes de diachylon les tissus
du front, du coin de l'œil droit et de la joue, sillonnés
par deux larges fentes, qui ressemblaient à des coups
de sabre.

— Il en sera quitte pour deux rudes balafres, dit le
médecin en s'adressant au commissaire de police.

— Croyez-vous, docteur, que je puisse l'interroger ?

— Oui, dans quelques minutes. Les blessures à la
tête ne sont pas dangereuses.

Alors le commissaire s'adressa à la mère du jeune
homme et lui demanda, en la regardant bien en face,
si elle reconnaissait comme appartenant à son fils les
objets trouvés chez elle.

Dans sa joie de savoir son garçon hors de danger, elle répondit indifféremment :

— Non, je ne les ai jamais vus, je ne savais même pas qu'ils étaient chez nous.

— Cette montre a été volée chez un concierge du faubourg du Temple, qui est venu me faire sa déclaration, en me donnant le numéro gravé à l'intérieur du boîtier.

— C'est possible, répondit-elle en regardant toujours du côté du lit, mais ce n'est pas moi qui l'ai prise.

— Malgré la présence de vos enfants, vous vivez clandestinement avec un homme marié ; vous lui faites faire mauvais ménage, et sa femme a déposé une plainte contre vous.

— Ça, c'est notre affaire, répondit-elle impudemment.

— C'est aussi la mienne, interrompit sévèrement le commissaire ; car la loi punit les gens coupables d'adultère, et la femme de votre amant possède des preuves de vos relations avec son mari. Vous lui avez écrit des lettres dans lesquelles vous lui dites de quitter sa femme pour rester avec vous.

— Je suis libre de mes actions.

— Croyez-vous ?... répondit le commissaire irrité d'un tel cynisme. Croyez-vous aussi être libre de faire métier de recéleuse ? reprit-il sévèrement. Vous

portez à vos oreilles deux perles de corail, taillées à
facettes, qui ont été volées à un enfant en train de
jouer. La mère de la petite fille m'a apporté le collier
dont elle les avait détachées... Qui vous les a données ?

— C'est Paul, qui m'a dit les avoir trouvées, répondit-elle, en commençant à perdre un peu de son
aplomb...

— Et cela vous a suffi !... Vous n'avez pas d'état :
de quoi vivez-vous ?

— Les pères de mes enfants m'ont aidée, et puis
je fais des journées de ménage.

— Et des dupes. Vous devez à tout le monde dans
le quartier, au marchand de vin surtout. Ah! je vous
connais de réputation.

Elle baissa la tête et répondit :

— Je suis affaiblie depuis longtemps; j'ai été à
l'hôpital pour une maladie de cœur, qui m'empêche
encore de travailler quand je voudrais le faire.

Le commissaire haussa les épaules et se dirigea
vers le lit. Il demanda à Paul s'il se sentait en état de
lui répondre.

— Je n'ai pas la langue coupée, murmura le drôle
en se tenant la tête entre les mains.

— Où avez-vous pris les objets trouvés dans votre
lit?

— Ah! un peu partout, avec des camarades... on
partageait... J'aime mieux en finir tout de suite; je n'ai

pas la force de vous faire des contes qui ne serviraient à rien ; mais c'est roide, d'être arrangé comme ça et vendu par une sœur !

— Vous avez commencé l'attaque.

— Oui... mais je ne lui en ai pas f.... assez.

— Vous n'êtes qu'un vaurien, absolument indigne de pitié !

— Je n'en demande à personne... Je ferai mon temps... mais après... nous nous reverrons, Mariotte.

— Aidez-le à se lever, dit le commissaire à deux agents, et faites avancer un fiacre pour conduire ce drôle à l'hôpital et sa mère au Dépôt... Quant à vous, dit-il en s'adressant à Mariotte, qui tenait Louise et Anita serrées dans ses bras, gardez ces enfants, veillez sur eux le mieux que vous pourrez.

— Mais, répondit la pauvre fille, dont les larmes avaient seules lavé les plaies du visage... je ne peux pas travailler au dehors pour leur gagner du pain et les garder à la maison.

— Venez me voir demain matin, au bureau, et je tâcherai de vous faire aider par l'Assistance.

Pendant ce temps, comme la voiture était arrivée, Paul était sorti avec deux agents ; sa mère l'avait suivi sans même jeter un regard du côté des autres enfants.

Le médecin et le commissaire allaient sortir ensemble, lorsque ce dernier revint sur ses pas, regarda les trois enfants enlacés qui n'avaient pas fait un mouvement, s'avança et mit discrètement une pièce de dix francs dans la main de Mariotte en lui disant à voix basse :

— Il va falloir vous reposer un peu ; allons, du courage ! s'il y a une justice pour les coquins, il y en a une aussi pour les innocents.

Mariotte le remercia du regard. Il sortit en lui faisant encore un petit signe affectueux.

— Mes chéries, dit enfin Mariotte aux deux petites, en les embrassant à tour de rôle sur le front et sur les cheveux, nous ne sommes plus que nous trois ; mais le bon Dieu ne nous abandonnera pas, parce que nous ne l'avons jamais offensé.

— Tu nous emmèneras avec toi travailler, fit Louise en lui rendant ses caresses. Nous serons bien sages... n'est-ce pas, Anita ?

La nuit commençait à venir. La vieille voisine, madame Caron, entra sans frapper, une chandelle à la main ; puis elle tira de son cabas du pain, un peu de charcuterie, deux pommes, un demi-litre de vin ; elle déposa le tout sur la table, et dit aux trois enfants :

— Je viens faire la dînette avec vous, mes mignonnes, j'ai apporté mon plat.

Louise et Anita accoururent à elle, en regardant les pommes du coin de l'œil.

— Il n'y en a que deux, fit Louisette d'un air inquiet.

— On les coupera en quatre morceaux, Mademoiselle, répondit la bonne femme ; je n'en peux plus manger ; la plus sage aura ma part.

— Et si nous sommes sages toutes les deux ? demanda Louisette qui avait à peine six ans et n'avait pas conscience de tout ce qui s'était passé autour d'elle.

— Eh bien, vous partagerez. Allons, Mariotte, viens te mettre à table.

— Merci, je n'ai pas faim.

— Il ne faut pas les attrister, reprit madame Caron en désignant les petites du regard ; elles ont bien le temps d'avoir leur part des chagrins de la vie.

Mariotte approcha sa chaise, et l'offrit à la bonne femme.

La pauvre vieille n'avait plus une seule dent. Son visage était sillonné de rides profondes ; ses yeux étaient tout petits et d'un bleu clair passé, mais leurs regards étaient intelligents et doux.

Tout le monde l'estimait et la respectait dans la maison, ainsi que dans le quartier. Depuis soixante ans qu'elle l'habitait, on la voyait toujours seule, sans parents, sans amis. Mais les petites la connaissaient bien. C'est elle qui s'était chargée de les surveiller, quand elles jouaient dans la rue, où elle vendait des fruits, des fleurs ou des légumes, selon la saison. Elle voyait les pas et démarches de tout le monde, elle savait tout ce qu'on faisait ou ce qu'on disait, et ne se mêlait jamais de rien; mais, ce jour-là, l'indignation l'avait emporté sur la réserve, et l'excellente femme n'avait pu s'empêcher d'élever la voix pour défendre Mariotte.

Elle regardait les enfants manger d'un air tout joyeux; il lui semblait que Dieu ne l'avait laissée vivre si longtemps que pour lui permettre de les protéger; aussi dit-elle à Mariotte en lui serrant la main :

— Ne te tourmente pas. Je suis là tout près de vous. Je ne vais pas vite, mais je marche encore... En attendant qu'*ils* reviennent, on enverra les petits à l'école. Je garnirai leur panier et j'irai les chercher.

— C'est, en effet, ce qui serait le mieux, répondit Mariotte, si l'on ne demandait pas trop cher, car il faut payer à présent ou attendre indéfiniment. Je m'étais déjà informée pour Louisette, qui ne connaît pas encore une lettre de l'alphabet...

— On payera ce qu'il faut, répondit fièrement la bonne femme, j'ai des économies. Et si je meurs...

— Ah! pas tout de suite, interrompit Anita en lui passant son bras autour du cou, puisque c'est toi qui dois nous conduire en classe.

— Non, ma chérie, non, pas tout de suite. Je partirais avec trop de regrets de vous quitter, mes trésors; moi qui ne tenais plus à rien en ce monde, je vais maintenant avoir peur de m'en aller... Et deux grosses larmes roulèrent sur ses joues creuses. Louisette les essuya du revers de sa petite main.

— Ah! dans mon malheur, je suis bien heureuse
e vous avoir, fit Mariotte en se touchant le visage ;
ar je n'oserai jamais sortir dans un pareil état. Je
rois qu'il cherchait à m'arracher les yeux, le monstre.

— Demain, j'irai faire tes courses et voir pour les
nfants, répondit madame Caron en se levant. Cou-
hez-vous dans le lit de votre mère, vous serez mieux.

— Ah! non, elle nous gronderait en rentrant, ré-
ondit Louisette en secouant sa jolie tête chargée de
heveux blonds bouclés.

Il se fit un silence avant que la bonne femme ré-
ondît :

— Elle ne reviendra que dans quelques jours, mon
nfant. Ton frère s'est blessé en tombant ; on l'a
onduit à l'hôpital, et elle est allée avec lui pour le
oigner.

— Ah! c'est différent alors, fit Louisette en com-
nençant à déshabiller Anita, comme elle le faisait
ous les soirs.

Une fois couchée l'une près de l'autre, elles ne tardèrent pas à s'endormir d'un profond sommeil.

Mariotte reconduisit madame Caron jusque dans la
petite chambre qu'elle occupait au-dessus d'eux : tout
y était propre, bien rangé, en ordre.

— Personne n'est jamais entré ici, lui dit la bonne
femme en détachant un médaillon pendu à la tête de
son lit. Tiens, voilà le portrait de mon pauvre mari ;

il avait trente ans quand je l'ai perdu, six ans après
notre mariage; je lui avais juré fidélité jusqu'à ma
mort, j'ai tenu ma parole. Aie confiance en moi. Tu
n'as pas de reproche à te faire, ce qui est arrivé aujourd'hui serait forcément arrivé tôt ou tard.

— Oui, mais pensez donc : un jugement, la prison,
quelle honte!

— Oh! la honte ne rejaillit que sur les coupables.

— Maman ne savait rien, on l'acquittera certainement!

— Après un mois ou deux de prévention; et, qui
sait? elle est si mal vue! Enfin on ne peut pas s'occuper de tout le monde à la fois. Songeons d'abord
aux innocents... Je te répète que j'ai de quoi faire
élever tes sœurs à mes frais, convenablement et peut-
être en pension dans une école; mais ne dis cela à
personne au monde, petite! car ton Popol avait de
mauvaises connaissances et une indiscrétion pourrait
bien me coûter la vie.

— Oh! soyez sans crainte, répondit Mariotte qui
s'était sentie frissonner de la tête aux pieds. D'abord
je ne connais personne, et puis je ne suis pas bavarde;
si vous avez besoin de moi à n'importe quelle heure,
frappez sur le parquet; moi, j'en ferai autant à notre
plafond. Allons, bonsoir, ma bonne et chère madame
Caron, et encore cent fois merci.

Elle l'embrassa avec effusion et redescendit, en

outant et en regardant autour d'elle avec crainte ;
r elle avait peur même de son ombre.

Avant de se coucher, elle dénoua ses cheveux, dont
moitié lui tomba entre les mains. Elle se souvint
ors avec colère de tout ce qui s'était passé et s'en-
ormit, vaincue par la fatigue, sans éprouver un seul
egret.

Cette journée-là cependant devait décider du sort
e toute sa vie.

Une fois sa porte fermée à double tour, la mère
aron poussa deux gros verrous en fer placés tout
u haut et tout en bas de cette porte, promena sa
umière autour de sa chambre, regarda sous son lit et
e dirigea vers son armoire, espèce de grand bahut
u vieux chêne, arrondi vers le haut et orné de mou-
ures sculptées dans le bois; ce vieux meuble, d'une
olidité à toute épreuve, était encore intact, après
eux siècles et plus. La bonne femme prit une clef
ans l'une des poches suspendues à sa taille par
essous sa jupe de laine marron foncé, et ouvrit l'ar-
ioire ; puis elle posa son chandelier à terre, se mit à
enoux, souleva une planche qui faisait double fond,
t atteignit une très grande enveloppe en papier fort,
oute gonflée par la quantité de choses qu'elle con-
enait.

Elle se releva, prit sa lumière et posa le tout sur
ne petite table en bois de noyer. Après avoir encore

regardé autour d'elle, comme si elle craignait d'être
épiée, elle ouvrit l'enveloppe et en retira, un à un,
les papiers qu'elle contenait. Après un examen qui
parut la satisfaire, elle les divisa en deux parts : d'un
côté, elle mit ses actes de naissance et de mariage,
l'acte de décès de son mari; de l'autre, des titres de
rentes au porteur qui représentaient un capital de
douze mille cinq cents francs, amassé depuis cinquante ans sou par sou.

— Vous allez partir plus vite que vous n'êtes venus,
murmura-t-elle en les comptant; après moi, je vous
destinais aux pauvres... puisque je suis toute seule en
ce monde. Ah! mais plus à présent, fit-elle en secouant la tête : j'ai deux petites et je crois que je vais
vous quitter avec moins de regret, mes chères économies... Ah! mon testament adressé à M. le curé de
la paroisse ne servira plus à rien.

Et elle déchira le testament par lequel elle donnait
tout son avoir à la fabrique.

— Cela suffira pour mes frais d'enterrement, ajouta-
t-elle en secouant une petite bourse faite à la main
avec un morceau de soie noire, et dans laquelle il y
avait quelques pièces d'or qu'elle fit tinter près de son
oreille.

Après avoir remis tous ses papiers en deux paquets
séparés, sur l'une des planches de son armoire, la
bonne vieille femme se déshabilla lentement, mit sa

jupe et son caraco de flanelle rayée de blanc et de noir,
sur le pied de son lit, ses chausses en tresse et ses bas
de coton à la portée de sa main, et se coucha plus heureuse, à l'idée de laisser son trésor aux deux petites,
que si elle venait d'hériter elle-même. Elle dormit,
mais pas longtemps. Les vieillards ont peu de sommeil : on dirait qu'ils désirent entendre sonner les
dernières heures qui leur restent à vivre.

La fenêtre de sa chambre, qui donnait sur la pente
du toit de la maison, était garnie extérieurement de
gros barreaux de fer solidement scellés aux murs :
cette précaution avait été prise, en construisant l'im-
meuble, pour empêcher les voleurs d'essayer d'entrer
chez les locataires absents, en suivant simplement le
chemin très accessible formé par le rebord des larges
gouttières qui faisaient le tour de la maison. Entre la
grille et l'appui de la fenêtre, il y avait une petite
caisse de bois peinte en vert, pleine de fleurs modestes, de plantes grimpantes, s'enroulant, l'été, autour des barreaux; cela faisait un rideau de verdure,
qui donnait un peu d'ombre et de gaieté à l'intérieur
de la chambre exposée en plein midi.

La bonne mère Caron avait les yeux grands ouverts,
quand l'aube du jour parut. Elle s'habilla presque entièrement en restant assise sur son lit; sa toilette ne
variait jamais; seulement, à la place de sa marmotte
et de son mouchoir à carreaux, elle mit son bonnet

de soie noire, et garni d'une petite ruche de dentelles également noires aussi. Ce changement de coiffure était l'indice d'une grande révolution dans ses habitudes. Elle prit ensuite dans l'armoire l'un des paquets de papiers qu'elle avait examinés la veille et le mit dans sa poche qu'elle ferma avec une grosse épingle. Enfin elle arrosa son jardinet, caressa ses fleurs du regard ; puis, en faisant un visible effort de volonté, elle coupa une belle pensée, deux petites marguerites rosées, et elle descendit, le cœur et l'esprit légers, comme si elle avait eu vingt ans de moins. Elle frappa doucement à la porte de Mariotte en disant :

— Ouvre, petite, c'est moi.

Mariotte était déjà levée. Louisette et Anita jouaient sur le lit.

— Tenez, fit la mère Caron en donnant à chacune des petites une paquerette, et la pensée à la grande sœur, voici des fleurs de « mon jardin ».

Pour toute réponse, Mariotte porta la pensée à ses lèvres, encore meurtries par les coups de la veille, et elle embrassa la mère Caron, qui se sentait tout émue.

— Il faut les mettre dans l'eau, s'écria Louisette, qui tenait sa marguerite du bout de ses petits doigts.

Et, s'emparant de celle d'Anita, elle sauta à bas du lit, en disant :

— Tu l'abîmerais, je vais les mettre dans un petit verre, sur la cheminée.

Pendant ce temps, Mariotte avait pris dans un tiroir de la commode son livre de messe et elle y glissa avec soin la pensée violette qu'elle voulait garder toute sa vie.

— Allons, passons aux choses sérieuses, fit la vieille femme en s'asseyant et en s'adressant à Mariotte. Il faut que tu viennes avec moi chez le commissaire : j'ai besoin de le consulter.

— Ah ! c'est impossible, regardez ma figure.

— Oui, c'est épouvantable, répondit madame Caron en retirant les lunettes, qu'elle avait mises pour examiner les blessures de Mariotte ; tu as les yeux pochés et les ongles de ton bandit de frère t'ont dessiné sur les joues un véritable tatouage ; mais cela prouvera que tu n'as fait que te défendre. Du courage ! viens avec moi, il le faut absolument, car je ne suis, pour vous, qu'une étrangère, et je n'ai pas mandat pour agir en ton nom.

Mariotte ne la comprit pas, mais elle acheva de s'habiller, et elle la suivit, après avoir dit aux petites d'être bien sages, de n'ouvrir la porte à personne, et qu'elle ne tarderait pas à rentrer en apportant le déjeuner.

Elle tira la porte en sortant, et dit à madame Caron, qui descendait lentement :

4

— Quoi qu'il arrive, je ne veux pas les charger, et je vous serais obligée de n'en pas dire trop de mal devant moi.

— Sois tranquille, répondit la bonne femme en s'arrêtant au deuxième étage pour respirer. Nous n'allons là-bas que dans l'intérêt des petites, qu'il faut faire élever honnêtement; seulement, reprit-elle après un instant de réflexion, il faut que tu dises que tu ne peux pas les garder avec toi.

— Pour ce qui est de cela, je ne dirai que la vérité. Maman doit trois termes : on a saisi tout ce qui est chez nous, et, le 8 avril, dans cinq jours, nous serons toutes les trois sur le pavé.

— Je le sais, fit madame Caron en recommençant à descendre.

Elles arrivèrent au bureau de police sans avoir échangé d'autres paroles.

En les voyant entrer, le greffier du commissaire les fit asseoir près de lui.

— Le gredin, dit-il en regardant Mariotte, vous a-t-il arrangée!... C'est dommage que vous ne l'ayez pas assommé tout à fait; mais son compte est bon.

— Vous avez de ses nouvelles?

— Oui, cela ne sera rien. Ces vermines-là ont la vie plus dure que des chats. Vous venez pour faire votre déclaration? Nous pouvons commencer en attendant l'arrivée de M. le commissaire.

— J'ai dit tout ce que j'avais à dire, répondit Mariotte en baissant la tête.

— A peu près, fit-il en prenant sur son bureau les pièces verbales inscrites la veille. Votre signature suffit.

— Je ne signerai rien.

— Il le faut cependant, répondit-il sèchement.

— Ah! Monsieur, ne vous fâchez pas, interrompit la mère Caron. Laissez-lui le temps de se remettre un peu de la révolution d'hier; sa pauvre tête doit être comme une pomme cuite.

— Alors, pourquoi êtes-vous venues?

— Pour dire quelques mots à M. le commissaire, s'il veut bien le permettre.

— Alors, attendez-le; car il ne tardera pas à venir. Puis il se mit à examiner les rapports de la nuit, et il ajouta en se parlant à lui-même :

— On a beau arrêter des régiments de ces canailles-là, le nombre en augmente tous les jours. On dirait qu'ils sortent de dessous terre. Je crois même qu'ils se font pincer les uns les autres pour se retrouver en-semble, logés et nourris à nos frais... Quelle peste!

— Monsieur, demanda timidement Mariotte, pen-sez-vous que mon frère aille en prison, en sortant de l'hôpital?

— J'en suis certain... Croyez-vous donc qu'on va le reconduire chez vous, en voiture, avec un beau certi-

ficat de vie et mœurs, pour vous avoir accablée de coups
et de blessures?

— Oh! moi, je me suis fait justice; je crois qu'il
est bien assez puni. C'était un beau garçon, fier de
lui-même, et, s'il est défiguré...

— Je crois avoir entendu M. le commissaire dans
son bureau. Je vais demander s'il peut vous recevoir,
maman Caron.

— Vous me connaissez donc? demanda madame Caron avec un léger sentiment de fierté.

— Je serais bien malheureux si je ne connaissais
que la lie du peuple. Oui, ma vieille, je sais que vous
êtes une brave et honnête créature, et j'ai souvent fait
aller votre petit commerce en vous achetant un bouquet
de deux sous pour ma femme.

— Ah! si j'avais su, je vous l'aurais donné.

— Eh bien, il n'aurait plus manqué que ça! fit-il en
riant.

— Dame! répondit-elle, on ne m'a jamais rien fait
payer pour ma place; je dois bien quelque chose au
gouvernement.

Il sortit, et revint bientôt prévenir les deux femmes
qu'elles pouvaient entrer.

— Au revoir, Monsieur, dit en se levant la vieille
marchande; à présent, je vous reconnaîtrai.

Et elle entra, suivie de Mariotte, dans le bureau du

commissaire, qui les salua et leur fit signe de la main de s'asseoir.

La mère Caron fit une révérence et dit :

— Monsieur le commissaire, j'ai pris la liberté de venir vous consulter, parce que je sais que vous êtes un bon juge. Lorsque des parents sont arrêtés, qu'on ne sait pas quand ils reviendront, que leur ménage va être vendu par le propriétaire, qu'il y a deux petits enfants, car Mariotte ne compte pas, elle peut gagner sa vie : elle a un état et du courage!... que peut-on faire pour les petites, qui vont se trouver dans la rue, n'ayant plus ni pain ni asile?... Elles vont mendier, se faire ramasser par la police, car Mariotte ne peut pas suffire à leurs besoins... Comment empêcher ce nouveau malheur ?

— Est-ce que des voisins obligeants ne pourraient pas se charger d'elles, en attendant la sortie de leur mère, demanda le commissaire en regardant la vieille femme?

— Leur mère?... fit-elle en hochant la tête. Elle serait la première cause qui les ferait repousser. Comme elle se trouve elle-même sans ressources et sans logis...

— On ne peut cependant pas les envoyer aux enfants trouvés, interrompit Mariotte. J'aimerais mieux aller mendier avec elles et nous faire arrêter toutes les trois...

4.

— Il y a loin de ma pensée à la tienne, ma fille, répondit la mère Caron, affligée d'être mal comprise. Je voudrais les savoir entre bonnes mains et bien gardées, afin qu'on ne vienne pas les reprendre et les exposer de nouveau à l'abandon. Je ferai, de ma poche, un sacrifice pour cela, mais je veux qu'il leur profite, et à elles seules...

Le commissaire la regardait et l'écoutait avec inté-rêt. Elle reprit :

— Elles sont trop petites pour que la mère puisse prétendre qu'elle en a besoin afin de l'aider au travail. D'abord, elle n'a jamais fait rien qui vaille; elle ne changera pas à quarante ans. Dans tous les cas, seule, elle se tirera toujours mieux d'affaire, n'est-ce pas? et elle n'aurait pas raison auprès de vous, si elle se refusait à ce que les petites, deux amours, soient bien nourries, apprennent à lire, à écrire et à travailler.

— Le cas est grave : ses enfants sont à elle.

— Je le sais bien; mais, si vous vouliez la sermonner, lui faire entendre raison... l'effrayer un peu, au sujet des fautes commises par son garçon, qu'elle n'a pas assez surveillé...

— Sans doute, sans doute... mais la justice ne devance pas les actes. Ces mères-là sont toutes les mêmes; à certain moment, elles affectent un excès d'amour maternel, d'autant plus violent qu'il n'est jamais durable. Elles promettent, elles jurent même de travailler, de se bien conduire pour racheter leur passé, et comme Dieu a dit : « A tout pécheur, miséricorde... » Et puis les orphelinats, les maisons d'asile regorgent d'enfants abandonnés, et cela contribue beaucoup à rendre plus facile la restitution des enfants à ceux qui les réclament. Enfin, je vais néanmoins examiner ce qu'il est possible de faire, ajouta-t-il en se levant.

Les deux femmes comprirent que l'audience était finie et se dirigèrent vers la porte.

— Ah! fit la mère Caron en s'arrêtant, j'ai encore quelque chose à vous demander... — Prends les devants, Mariotte, les petites doivent s'impatienter.

Elle la poussa doucement dehors et ferma la porte.

— Encore quelques minutes, je vous en prie, dit-elle au commissaire.

Et elle lui fit signe de se rasseoir, pendant qu'elle tirait de sa poche un paquet de papiers.

Puis elle reprit sa chaise, et étala ses titres de rentes sur le bureau :

— Il n'y a que Dieu, vous et moi qui doivent savoir ce qui me reste à vous dire. Voici toute ma fortune : six cent cinquante francs de rente. Pour faciliter le placement des petites, je vais vous donner dix mille francs.

Comme il faisait de la tête un mouvement négatif, elle reprit :

—Attendez : cinq mille francs pour chacune d'elles,

insaisissables, et qu'elles ne pourront toucher qu'à leur majorité. Jusque-là, le revenu servira à les faire élever, dans un couvent, en province, par exemple, la vie est moins chère; mais, si, pour une raison ou pour une autre, elles sortaient de cet asile, elles n'auraient plus droit à rien; la survivante, en cas de décès de l'une des deux, en hériterait, et si elles mouraient toutes les deux, le capital reviendrait aux pauvres de notre arrondissement. Prenez donc sur vous, Monsieur, je vous en supplie, la triple responsabilité de cette bonne action; car je n'ai plus longtemps à vivre et je ne partirai tranquillement que si mon dernier vœu est exaucé.

— Brave et digne femme! répondit le commissaire, qui se sentait tout ému, je ne puis faire moi-même ce que vous désirez; mais voici l'adresse de mon notaire avec un mot de recommandation : il vous fera en bonne forme l'acte nécessaire pour assurer aux enfants la garantie de votre donation. Il existe, près d'Orléans, une maison spéciale où, pour un prix modeste, on élève et on instruit les enfants des veufs et des veuves, quand les parents sont très recommandés, et qu'ils ne possèdent pas les moyens de subvenir convenablement aux besoins d'une famille trop nombreuse. C'est là que nous expédierons vos deux protégées; mais, auparavant, et pour la forme, il faudra, quand on aura tout déménagé du logement qu'elles habitent, les amener ici, pour les déclarer abandonnées et sans asile. Au lieu de les envoyer au dépôt, on vous les conduira à la gare du chemin de fer d'Orléans; mais pas un mot de tout cela, car vous me compromettriez inutilement. Il faut que les enfants eux-mêmes ignorent dans quelles conditions elles sont admises là-bas; le notaire doit en informer le directeur.

— Comptez sur ma discrétion, comme si j'étais morte... Et il n'y aura rien à craindre de la mère, à sa sortie de prison?

— Non, parce que j'aurai fait constater que les enfants étaient abandonnées sur la voie publique, et que, pour les reprendre, il lui faudrait payer quinze francs par mois écoulé pour chacune des fillettes, sans parler des frais de voyage. Comme elle n'aura pas trop d'argent pour elle... et puis mon avis est qu'elle sera enchantée d'être débarrassée de ses filles. C'est une mauvaise femme...

— D'autant plus, répondit la mère Caron, qu'elle n'a jamais aimé que son chenapan de garçon.

— Naturellement. Eh bien, il lui restera, à moins qu'il ne se fasse envoyer dans une maison centrale ou à la Nouvelle-Calédonie. Allons, partez tranquille, ma brave femme, et ménagez-vous bien.

— Ah! je vivrai jusqu'à cent ans, pour veiller de loin sur mes chères petites.

— Reprenez vos papiers.

— Vous ne voulez pas les garder?

— Non, vous les déposerez chez votre notaire.

Il la reconduisit jusqu'à la porte de la rue, la regarda s'éloigner, et rentra en se disant :

— Il est malheureux que ces êtres-là ne soient pas immortels.

Sur son chemin, en rentrant, Mariotte avait acheté le déjeuner : des œufs, du fromage, un peu de vin et du pain. Les petites s'étaient habillées mutuellement, et elles attendaient avec impatience le retour de la grande sœur. En la voyant mettre quatre couverts, Louisette demanda :

— Est-ce que maman va venir?

— Non, ma chérie, c'est pour la voisine.

— Elle devrait bien venir : nous avons faim. Quelqu'un est monté et s'est arrêté à notre porte, reprit-elle en écoutant.

Mariotte, pensant que c'était leur vieille amie, alla ouvrir et se trouva en face d'un grand gaillard de mauvaise mine qui lui dit en lui donnant une lettre :

— Ce doit être vous que je cherche; la maison n'a pas de portier, et voilà une heure que je me *balade* dans l'escalier.

Mariotte lut. Sa mère lui écrivait :

« Je suis au dépôt où j'ai passé une fichue nuit; envoie-moi du linge, un peigne, un morceau de savon, et un peu d'argent. Donne-moi des nouvelles de ton pauvre frère, si tu peux en avoir... »

C'était tout.

Mariotte fit un paquet, à la hâte, de tout ce qu'elle trouva de meilleur dans la commode... C'était toujours cela de sauvé ; elle le remit au porteur avec une pièce de deux francs pour sa mère et vingt sous pour lui. Il partit en grognant.

La mère Caron, qui le croisa dans l'escalier, lui voyant un paquet sous le bras, eut envie de crier au voleur. Mariotte lui expliqua ce qui s'était passé.

— Elle te demande de l'argent sans s'inquiéter seulement si les enfants ont du pain à manger !

— Il y en a un tout entier, répondit Louisette en attirant la mère Caron par sa jupe du côté de la table.

Pendant le peu de temps que dura le modeste déjeuner, la bonne femme, placée entre les petites, ne cessa pas un instant de les regarder, de les caresser à tour de rôle.

— Que vous êtes gentilles, mes anges du bon Dieu ! toi, ma mignonne Louisette, avec tes cheveux blonds frisotés et tes grands yeux noirs, que tu as certainement pris à Anita qui est brune et qui a des yeux couleur d'azur. C'est égal, l'échange vous va bien, ajouta-t-elle, en passant ses mains sèches et ridées sur les épaules nues des petites qui n'avaient mis qu'un jupon sur leur chemise. Vous êtes d'ailleurs bien sages, et la sagesse vaut encore mieux que la beauté.

Puis, fouillant dans sa poche, elle en sortit trois gâteaux qu'elle posa sur les assiettes...

— Voilà le dessert. A présent, il faut que je vous quitte, j'ai des courses à faire.

— Vous devez être fatiguée, et si je puis y aller à votre place, fit Mariotte en se levant aussi.

— Non, ma fille, répondit la bonne femme en prenant dans un coin le gros parapluie en cotonnade bleue qui lui servait de canne. Non, mais c'est de vous que je vais m'occuper et cela me donnera des forces. A tantôt, mes chérubins.

Les enfants l'attirèrent chacune de son côté et l'embrassèrent à la fois.

— Allons, du courage, Mariotte, repose-toi; je rapporterai le dîner.

Et la mère Caron sortit en se disant à voix basse :

— Maître Perrier, notaire, rue... numéro... 44 Hé! hé!... j'ai encore bonne mémoire.

Les choses se passèrent en tout point suivant la marche que le commissaire avait indiquée à la mère Caron, pour arriver au but qu'elle se proposait.

Les meubles vendus, les enfants furent amenés au bureau du magistrat; on les envoya passer quelques heures au Dépôt pour la forme; mais un agent vint les chercher, le soir même, avec un fiacre dans lequel

attendaient Mariotte et la mère Caron, les mains pleines
de chatteries et de jouets à un sou la pièce. La voiture
les conduisit à la gare d'Orléans ; un rendez-vous avait
été pris avec une jeune femme qui partait aussi pour
l'asile, afin de remplacer une institutrice démission-
naire.

Les adieux aux enfants furent touchants mais courts,
car on était arrivé à l'heure même du départ.

Après avoir bien recommandé les petites à la personne qui voulait bien se charger de veiller sur elles,
la mère Caron entraîna Mariotte vers la voiture.

— Ah ! disait la pauvre fille en fondant en larmes,
à présent, je regrette que Paul ne m'ait pas tuée.

— C'est en te souvenant de lui qu'il faut savoir te
résigner et prendre courage, répondit la bonne vieille,
qui se sentait au bout de ses forces... Filles et sœurs
de gens traduits en justice et condamnés pour vol, que
seraient-elles devenues, je te le demande ?

— J'aurais dû les garder, cependant ; j'ai eu tort de
vous écouter.

— Tu regretteras, plus tard, de m'avoir dit cela...
mais aujourd'hui je fais la part de ton chagrin... Tu
auras déjà bien de la peine à te garder toi-même, car
je ne peux pas te prendre avec moi, ma chambre est
trop petite.

— Et puis je ne veux pas retourner dans la maison ;
j'y tomberais malade ou je mourrais de peur. La der-

nière parole de Paul a été une menace pour moi, et,
s'il me battait encore, je ne me défendrais plus.

— C'est ce que je pense aussi, mais j'ai pris mes
précautions.

On était arrivé rue du Temple ; la voiture s'arrêta
en face du jardin. La mère Caron paya le cocher et
descendit en s'appuyant sur le bras de Mariotte, qui ne
chercha même pas à comprendre ce qui se passait autour d'elle.

Une grosse femme d'une cinquantaine d'années,
coiffée d'un bonnet à rubans rouges, quitta le seuil
d'une étroite porte d'allée, et vint à leur rencontre en
disant à la mère Caron :

— Je vous attendais depuis deux heures... C'est
là votre jeunesse, ajouta-t-elle en examinant Mariotte
à la lueur du bec de gaz.

— Oui, madame Pinchet, et je vous la recommande
encore. C'est courageux, honnête...

— Du moment que vous en répondez, maman Caron,
je la prends les yeux fermés. Allons, venez, j'ai tout
préparé là-haut.

La mère Caron passa son bras sous celui de Mariotte. Elles suivirent la portière, qui prit une lumière
dans le recoin qui lui servait de loge, et elles montèrent
lentement un escalier étroit, sans que Mariotte adressât
la moindre question à personne. Arrivée au sixième,
madame Pinchet ouvrit la porte d'une chambre pro-

prement meublée, posa sa lumière sur la cheminée et
dit à Mariotte :

— Vous voilà chez vous, ma fille, vous voyez, tout
cela est en bon état ; il faudra en avoir bien soin : mon
cordon et mes deux chambres garnies sont toute ma
fortune, à moi.

Mariotte comprit tout ; elle prit la mère Caron dans
ses bras, et lui couvrit le visage de larmes et de
baisers.

— Tu m'étouffes !... s'écria la pauvre vieille, en
cherchant à se dégager. Elle est forte comme un Turc,
cette gamine-là... J'ai payé un mois d'avance ; cela te
donnera le temps de te retourner. Tu trouveras dans
la commode un peu de linge passable, que j'avais mis
de côté et que je n'aurais pas le temps d'user, et puis
autre chose encore qui te fera plaisir, ajouta-t-elle en
lui donant une petite clef... tu verras cela, lorsque tu
seras seule. Allons, remets-toi un peu. Demain, je re-
prendrai ma place ; les passants doivent me croire
morte... Si tu avais besoin de moi, madame Pinchet
viendrait me le dire.

—Ah ! c'est moi qui irai vous voir, répondit Mariotte en lui serrant les mains ; je vous suis bien reconnaissante, allez ! mais je ne sais pas exprimer ma
pensée comme je le voudrais. Cela me viendra peut-
être en chemin, car je vais vous reconduire.

— Non, répondit la bonne femme, car le chemin

qu'on fait à deux ne raccourcit pas la route. Je suivrai
le long des maisons ; puis j'ai ma troisième jambe,
la plus solide, ajouta-t-elle en prenant son parapluie...
Bonsoir !... Ah ! s'il venait une lettre pour toi, je la
prendrais ; ce n'est pas la peine de donner ton adresse
à personne... à personne au monde, ajouta-t-elle plus
bas, à cause de Paul, surtout.

— Ah ! je désire rester cachée le plus possible ; mais
il faudra bien retourner travailler.

— Nous y songerons plus tard ; ne t'inquiète de rien
pour le moment.

Et la brave femme s'éloigna avec la portière.

Mariotte, restée seule, se mit à pleurer.

Cependant elle dormit d'un profond sommeil et ce
fut madame Pinchet qui l'éveilla le lendemain, en lui
apportant une tasse de café au lait et du pain.

— Je vais faire le ménage de mon autre locataire,
lui dit-elle en posant le déjeuner sur la table de nuit ;
c'est dans la chambre à côté de la vôtre ; si vous avez
besoin d'autre chose, vous n'aurez qu'à frapper à cette
porte condamnée qui est là, près de votre cheminée.
Les deux pièces formaient un appartement que j'ai
divisé. J'ai loué celle-là à un jeune homme qui fait la
place pour la librairie. Il part le matin, ne rentre que
le soir, et ne reçoit jamais personne ici. Ah ! la consigne est formelle : ni visiteurs ni visiteuses.

Et elle sortit, enchantée d'avoir si adroitement

glissé, à sa nouvelle locataire, cet avis déguisé.

Mariotte ne l'avait même pas compris. Elle se leva et se dirigea machinalement vers la fenêtre, mais elle s'en éloigna presque aussitôt avec tristesse. Elle avait aperçu, dans le jardin du Temple, des enfants qui jouaient ; alors son cœur s'était gonflé de chagrin en pensant aux petites, et elle s'était dit :

— Le seul moyen de les revoir, c'est de me remettre au travail avec acharnement. Je passerai les nuits s'il le faut.

Avant de commencer sa toilette, elle s'approcha de la glace et s'y regarda attentivement mais sans le moindre sentiment de coquetterie. C'était la première fois qu'elle revoyait son visage, depuis que son frère l'avait maltraitée. Elle s'aperçut avec plaisir que la trace des contusions avait disparu et que les déchirures des ongles de Paul ne laisseraient pas de cicatrices.

Elle n'avait point averti sa patronne de ce qui s'était passé, et cette dernière, très avare de son temps, ne s'en était sans doute pas informée. Mariotte espérait donc qu'on ignorait tout, à la blanchisserie, et que des questions et des réponses pénibles lui seraient ainsi épargnées à sa rentrée.

Une fois prête, elle descendit et se rendit à l'atelier. C'était jour de repassage. Dix ouvrières étaient installées, les unes sur les autres, dans la boutique de madame Servier.

Lorsque Mariotte entra, ce ne fut de toute part qu'un cri de surprise ; on déposa les fers un peu partout ; on vint à elle, on l'entoura, on la pressa de demandes : « On l'avait défigurée, arrêtée avec les autres... »

Mariotte ne savait à qui répondre, tant elle était surprise et étourdie ; mais la patronne fit son entrée, et, s'adressant à ses ouvrières, de l'air le plus désagréable du monde :

— Faites-moi donc le plaisir de reprendre vos places et plus vite que cela ! s'écria-t-elle ! Croyez-vous que j'achète du charbon pour le laisser brûler pendant que vous jacassez comme des pies ?

Puis, s'adressant à Mariotte, elle ajouta :

— Passe dans mon bureau, toi, j'ai à te causer.

Mariotte la suivit dans l'arrière-boutique, une petite salle à manger si sombre, qu'on y tenait toute la journée un bec de gaz allumé.

— Assieds-toi, dit-elle à Mariotte, et ne t'effarouche pas trop de ce que je vais te dire, quoique ce soit grave. Pendant que tu travaillais ici, je m'apercevais, toutes les semaines, qu'il me manquait quelque chose, tantôt une chemise, tantôt un gilet ou un caleçon.

Mariotte fit un mouvement.

— Oh ! je ne dis pas que ce fût toi qui me *filoutais* : c'était toujours des articles pour hommes ; mais ton Baude de frère venait te chercher ou te parler au moins une fois la semaine, et c'est lui qui faisait le coup.

Mariotte baissa la tête ; elle était anéantie et ne pouvait même pas tenter de se défendre.

— J'ai préféré rembourser mes pratiques, continua madame Servier d'un ton un peu radouci, plutôt que d'aller perdre mon temps devant la justice ; mais tu comprends assez que je ne puis ni te reprendre à la maison, ni te recommander ailleurs. Tu n'es pas coupable, je le crois ; mais tu n'en es pas moins compromise, et, à ta place...

— Vous iriez vous jeter dans le canal ? fit brusquement Mariotte d'une voix étranglée par un sentiment d'indignation qu'elle ne pouvait plus contenir.

— Je ne dis pas cela ; mais, à ta place, je ferais un autre métier.

— Je vous ai donné trois années de temps pour apprendre le vôtre, et je me suis si bien appliquée à vous satisfaire, que je n'ai guère pu en apprendre un autre. Si vous me refusez un certificat, il faudra que je vole à mon tour pour manger.

— Envoie prendre ici tes renseignements, et je dirai le bien que je pense de toi ; mais c'est tout ce que je peux faire, tant que ton frère et ta mère ne seront pas jugés ; car, si tu étais compromise dans le procès...

— Si j'avais dû l'être, répondit Mariotte en se levant, je ne serais pas ici ; mais n'en parlons plus.

Seulement, je vous affirme qu'un jour ou l'autre, vous vous souviendrez du chagrin que vous venez de me faire injustement.

Et, sans attendre de réponse, elle sortit par la porte qui donnait dans la cour, afin de ne pas repasser par la boutique. Une fois dans la rue, Mariotte se souvint des paroles de la mère Caron.

— Sainte femme, pensa-t-elle, comme elle a eu raison de me séparer des petites; que serais-je devenue, avec ces deux enfants sur les bras?

Elle était arrivée en face du jardin du Temple, et elle y entra machinalement, afin d'avoir le temps de recueillir un peu ses idées. Aller raconter à madame Caron la cruelle déception qu'elle venait d'éprouver, c'était l'affliger encore inutilement. Mariotte en était sérieusement arrivée à regretter qu'on ne l'eût pas arrêtée avec les autres. Elle restait assise sur un banc, la tête penchée et les bras abandonnés, sans idées, sans forces...

Elle demeura longtemps ainsi, sans rien voir ni rien entendre de ce qui se passait autour d'elle; vers deux heures seulement, elle se sentit prise de crampes d'estomac. Les chagrins, hélas! ne nourrissent pas... Elle se dirigea alors vers la boutique d'un boulanger, acheta une livre de pain qu'elle cacha dans son tablier, monta à sa chambre, s'enferma, et, du bout de ses dents admirablement blanches et bien rangées, comme celles d'un jeune chien, elle se mit à grignoter un morceau

de son pain ; puis, afin que le reste ne séchât pas trop
vite, elle chercha du regard autour d'elle quelque chose
pour l'envelopper, et elle se souvint que la bonne mère
Caron lui avait dit qu'elle trouverait du linge dans la
commode. Elle prit donc la clef déposée sur la cheminée, ouvrit un tiroir et, à côté d'une pile de serviettes
et de mouchoirs, elle vit un petit paquet, entouré de
ficelle rose.

La pauvre fille le prit avec crainte, délicatement,
comme si elle avait eu peur de briser le contenu, le
posa sur le marbre de la commode et l'ouvrit d'une
main tremblante.

— Ah !... fit-elle avec joie, mon livre de messe de
première communion que je croyais perdu... Quel
bonheur !

Elle l'ouvrit et y trouva la pensée violette, ainsi
qu'une enveloppe où elle lut ces mots tracés au
crayon :

« Pour la grande sœur Mariotte : cheveux coupés
aux petites la veille de leur départ pour la *pension*. »

Les boucles de cheveux étaient enlacées. Mariotte
les porta à ses lèvres en se disant :

— Je n'avais pas pensé à cela, moi, et c'était pourtant le seul trésor qui pût me rester d'elles !

Une seconde enveloppe, sans inscription, était placée
à la fin du livre ; elle contenait, sur une même carte,
le portrait de la mère Caron, assise, et tenant dans ses

bras Louise et Anita... La pauvre Mariotte pensa devenir folle de joie... Ainsi les enfants mêmes avaient pu
garder le secret de la surprise, et elle, dans la séche-
resse de son cœur, elle n'avait rien deviné ! Aussi gar-
dait-elle la carte dans sa main sans oser faire un
mouvement, tant elle avait peur de la voir disparaître...

— Ah ! mes chéries, s'écria-t-elle enfin avec trans-
port, je ne sais comment je ferai, mais je suis certaine,
à présent, que je trouverai le moyen de vous revoir
et peut-être de vous reprendre avec moi... Je vous
achèterai un beau cadre, allez, continuait Mariotte en
admirant toujours les petites... C'est qu'elles n'ont
pas bougé, ces chères amours!... Elles sont jolies...
elles ont l'air de me sourire... et la bonne femme avec
elles. C'est une sainte entre deux anges... Mais que
pourrais-je donc lui faire pour lui prouver combien je
l'aime ? Mon Dieu, vivre près d'elle, l'aider, la servir,
la soigner jusqu'à la fin de ses jours!... Il n'y a pas
de honte à vendre des bouquets... Depuis longtemps,
elle ne va plus aux Halles ; on lui apporte ses fleurs...
Eh bien, j'irai les chercher avec les miennes ; comme
cela, les passants ne me demanderont pas qui je suis,
ni d'où je viens... Décidément les bonnes idées se ga-
gnent.

Elle remit les portraits dans son livre, et le livre
dans la commode, à côté d'une petite boîte qu'elle
n'avait pas encore vue. Elle l'ouvrit et y trouva un

papier plié qui renfermait une pièce de vingt francs.

— Eh! voilà de quoi acheter mon cadre et m'établir! s'écria Mariotte en sautant de joie... Ah! je n'y tiens plus; il faut que j'embrasse maman Caron. Je n'ai plus peur de personne; et, si Paul était sorti, s'il me menaçait, je le tuerais plutôt, pour que les petites n'aient plus à rougir de lui!

Elle ferma sa porte, descendit les escaliers quatre à quatre, grimpa le faubourg du Temple au galop, et arriva dans la rue Saint-Maur en quelques minutes.

Mais la bonne femme n'était pas à sa place. Mariotte devint toute pâle, et un frisson parcourut son corps; elle n'osait pas monter dans cette maison maudite, tant elle craignait qu'il ne fût arrivé malheur à son amie.

Après une courte hésitation, elle s'élança dans l'escalier et arriva au sixième étage sans avoir repris haleine. Elle frappa trois coups secs à la porte, en criant :

— C'est moi, maman Caron, ouvrez!

— Voilà, voilà, répondit la bonne femme d'une voix faible.

Mariotte appuya la main sur son cœur, et respira longuement.

La mère Caron ouvrit; elle avait remis son mouchoir sur sa tête; on voyait à peine ses pauvres yeux qui paraissaient à demi éteints.

— Vous êtes malade? demanda Mariotte avec inquiétude.

—Je ne sais pas. Je ne puis remuer ni les bras ni
les jambes... un peu de fatigue, sans doute... et puis
je pense que j'ai pris froid... Je me suis fait un
peu de tisane de bourrache, et, si je peux transpirer,
ça ne sera rien, fit la bonne femme en se mettant au
lit.

Mariotte la couvrit avec tout ce qu'elle trouva d'effets
dans la chambre.

— Ah! mon Dieu, mon Dieu, mais vous tremblez la
fièvre! Et dire que j'étais si heureuse tout à l'heure en
trouvant tous vos cadeaux!... Je vais aller chercher
un médecin, et, après, je ne vous quitterai plus... ah!
pas un jour, pas une nuit. Je serai très bien dans votre
fauteuil... Comme vous êtes bonne d'avoir pensé à
tant de choses! Aussi j'ai décidé que je vendrais des
fleurs à côté de vous; je ferai vos courses, j'arrangerai
vos bouquets; ah! j'apprendrai vite, allez... Mais je
cours chercher le médecin.

— Je ne crois pas que ce soit la peine, répondit la
mère Caron en souriant tristement.

— Mais si, mais si, répondit Mariotte en mettant
la clef sur la porte; j'amènerai n'importe lequel...

Et elle partit avec toute la vitesse de ses jambes.

Au bout de vingt minutes, Mariotte ramenait un vieux
docteur qu'elle avait rencontré chez un pharmacien

auquel elle s'était adressée afin de ne pas perdre de temps dans des recherches.

Il examina la malade.

— Elle n'a rien de grave, dit-il à Mariotte ; mais, ajouta-t-il en baissant la voix, son temps est fait ; ce n'est pas la peine de la ruiner en médicaments inutiles. Faites chauffer un peu de bon vin, mêlé de sucre et de cannelle ; cela la fera transpirer. Du repos surtout ; demain, après, nous verrons s'il y a autre chose à faire.

Et il sortit en hochant la tête.

— Vous voyez, dit Mariotte en se penchant sur le lit, cela ne sera rien.

— Oh ! fit à voix basse la bonne femme, à présent que j'ai fait tout ce que je voulais, je puis partir ; mais il était temps d'agir.

— Et moi, demanda Mariotte sur le même ton, vous ne m'aimez donc pas ?

— Si, oh ! si, tu verras...

Ses yeux se refermèrent, elle s'endormit.

Mariotte eut peur et se pencha pour écouter ; la respiration de la malade était faible mais régulière. Alors la jeune fille, s'éloignant doucement, sortit à reculons et sans bruit, pour aller chercher du vin et de la cannelle. Lorsqu'elle rentra, elle aperçut que madame Caron n'avait pas fait un mouvement pendant son absence ; elle n'avait donc qu'à s'installer dans le fauteuil, au pied du lit, pour y guetter le réveil de la malade.

La nuit était complètement venue et Mariotte ne tarda pas à retomber dans une tristesse profonde. Elle se demandait ce qu'elle avait fait à Dieu pour qu'il lui envoyât tant de chagrins à la fois.

— Mariotte, Mariotte, murmura la bonne femme, es-tu là?

— Oui, répondit la jeune fille en cherchant à tâtons les allumettes qu'elle avait remarquées sur la cheminée. Ne vous ai-je pas dit que je ne vous quitterais plus?

Lorsque la lampe fut allumée, elle vit madame Caron assise sur son lit. Ses yeux étaient brillants, et elle roulait entre ses doigts agités, l'ourlet de son drap de lit.

— Le sommeil vous a sans doute fait du bien, dit Mariotte en allumant un petit réchaud à esprit de vin; mais il faut couvrir vos bras.

— Écoute bien, dit la vieille femme en cherchant à rassembler ses idées... oh! je me souviens.... Ouvre l'armoire : il y a une enveloppe, sur la planche du milieu, en face de toi... Prends-la.

— La voici, répondit Mariotte en la lui présentant.

— Elle est pour toi; garde-la cachée... tu l'ouvriras quand je ne serai plus.

— Mon Dieu, s'écria Mariotte, est-ce que vous vous
sentez plus mal ?

— Non, mais je suis engourdie ; c'est à peine si je
distingue la lumière. Je crois que je m'en irai comme
cela, sans souffrir.

— Buvez donc, répondit Mariotte en lui présentant
un bol de vin chaud sucré ; cela va chasser vos vilaines idées noires.

—Je n'ai pas d'idées noires, au contraire, j'ai comme
des visions... Je vois des choses que je ne connais
pas... La maison et le jardin... c'est très beau... il y a
du soleil et des fleurs partout...

— Buvez, pendant que le vin est chaud, je vous en
prie.

—Bois-en aussi, cela te fera plus de bien qu'à moi.

Mariotte, pour ne pas la contrarier, aspira quelques gorgées de vin chaud qui lui donnèrent en effet
quelques forces ; car elle n'avait mangé qu'un morceau de pain sec dans toute la journée. Puis, d'une
main, elle présenta la tasse à sa vieille amie, et de
l'autre lui soutint la tête pendant qu'elle buvait.

— C'est bon tout de même, murmura la mère Caron en se laissant retomber en arrière; je me sens
bien mieux. Où est la lettre ? demanda-t-elle avec inquiétude.

— Prends-la donc, tu me la rendras quand je serai
remise sur pied ; en attendant, cache-la bien... je le

veux... Tu ne vas me faire mettre en colère, je pense ?

Mariotte dégrafa quelques boutons du corsage de sa robe et elle y glissa l'enveloppe.

— Bien ; comme cela, je pourrai dormir tranquille... Se fait-il tard ?... Regarde si mon réveille-matin marche encore ?...

— Oui, répondit Mariotte après avoir regardé... Il marque dix heures.

— Il est bon. Voilà bien des années qu'il me réveille à six heures du matin.... Ah ! fit la bonne femme en s'allongeant dans son lit, je me sens tout à fait bien... Demain, je me lèverai et il n'y paraîtra plus... Que va penser la mère Pinchet, ta portière et propriétaire, en te voyant découcher dès la première nuit ?... Mais je te reconduirai chez elle : je suis bien heureuse que tu sois venue... Bonsoir. Tu vas bien mal dormir, ajouta-t-elle presque intelligemment. Enfin...

Et sa voix s'éteignit dans un soupir.

Mariotte l'embrassa doucement sur la joue, remonta le drap, la couverture, borda le lit et reprit sa place dans le fauteuil. Au bout de quelques minutes, la lumière s'éteignit et tout rentra dans l'ombre et le silence.

Comme l'avait annoncé la mère Caron, qui ne devait plus l'entendre, à six heures du matin, le timbre de la sonnerie se mit à résonner bruyamment sous les coups précipités du marteau d'acier.

Mariotte, éveillée en sursaut, se leva brusquement et vint auprès du lit en disant, les yeux à peine ouverts :

— Ah ! comme j'ai dormi !... c'est que j'ai le sommeil si dur... Ne m'avez-vous pas appelée ?

Rien ne lui répondit..... Le jour commençait à glisser ses pâles rayons à travers les plantes grimpantes qui servaient de rideaux à la fenêtre ; les feuilles agitées par le vent faisaient sautiller de petites ombres sur le visage de la mère Caron qui, le regard fixe, semblait en contemplation devant le ciel.

Mariotte, qui, par une sorte d'hallucination, croyait avoir vu ses lèvres remuer, se pencha vers elle pour l'embrasser.

La tête de la pauvre vieille était déjà froide comme le marbre.

Mariotte voulut la soulever, mais le cou ne fléchit point sous la main.

— Elle est morte ! s'écria-t-elle en ouvrant la porte. Mon Dieu ! mon Dieu !... elle est morte là, près de moi, et je n'ai rien entendu !...

Puis elle revint près du lit et fixa son regard sur celui de la bonne femme ; mais les larmes ne tardèrent pas à l'aveugler. Alors elle tomba sur ses genoux, cacha sa figure dans ses mains et resta ainsi accroupie sur elle-même, sans avoir conscience de rien, si ce n'est qu'elle souffrait au cœur et n'avait pas la force de se lever...

Quand on est le médecin des pauvres, il faut être matinal, car on a beaucoup à faire pour gagner peu.

Il était à peine huit heures, lorsque le vieux docteur arriva. La porte était restée ouverte, et il posa sa main sur l'épaule de Mariotte, en lui disant :

— A quelle heure est-elle morte ?

— Tout est donc bien fini ? murmura-t-elle en se relevant avec peine ?

— Depuis cinq heures au moins, répondit le docteur, qui avait eu le temps de faire son examen. Elle n'a pas dû souffrir; il n'y avait plus d'huile dans la lampe et elle s'est éteinte doucement. Il faut aller faire votre déclaration.

— Mais je ne peux pas la quitter, s'écria Mariotte.

— Oh ! les morts se gardent bien seuls... Enfin, je puis vous rendre ce service et vous envoyer une femme du métier, pour vous aider à l'ensevelir.

Mariotte fit un signe de tête qui répondait à une réflexion de sa pensée.

Le docteur le prit pour un signe d'assentiment et il sortit en lui disant :

— Du courage ! allez, tôt ou tard, la mort est le dénouement prévu de la vie.

Une fois seule, Mariotte secoua sa torpeur. Elle songea aux tristes et derniers devoirs qu'elle avait à remplir. Elle ôta le mouchoir qui couvrait la tête de sa bienfaitrice, lui dégagea le front de son épaisse chevelure blanche, qu'elle rejeta en arrière en la lissant avec ses mains; puis elle se dirigea vers l'armoire et l'ouvrit pour y chercher un bonnet et un drap blanc. Sur la planche du milieu, elle vit la bourse de soie noire avec ces mots écrits au crayon, comme sur l'enveloppe qui contenait les cheveux des petites :

« Ceci est pour payer mes frais d'enterrement : soit cent francs qui suffiront, en me faisant dire une messe basse. Je laisse à mademoiselle Marie Baude, mon ménage et tout ce qui se trouvera dans mes meubles à l'époque de ma mort, comme lui appartenant, sans qu'on ait rien à lui réclamer car je n'ai ni parent ni dettes.

» Veuve SOPHIE CARON.

» Paris le..... »

Oh ! je ne veux rien accepter, fit Mariotte résolument; tout servira à lui faire dire une grand'messe, à acheter un terrain, et à lui faire une enterrement digne d'elle.

Elle remit à leur place le papier et la bourse, et prit tout ce qu'il fallait pour ensevelir la bonne femme.

Après un court inventaire du regard, elle vit qu'elle

aurait bien deux cents francs de son héritage. Son idée était fixement arrêtée.

La femme envoyée par le docteur étant arrivée, et le commissaire des morts parti, elle courut à l'église commander une messe avec chants et orgue; elle se rendit ensuite aux pompes funèbres et fit informer tout le quartier que les obsèques de madame Sophie, veuve Caron, décédée dans sa quatre-vingt-huitième année, auraient lieu le lendemain, à onze heures.

Le tout terminé, elle rentra, exténuée de fatigue, reprendre sa place au chevet de sa chère morte.

Le lendemain ce fut elle qui aida à la coucher avec précaution dans la bière.

Cent personnes au moins assistaient à l'office et accompagnèrent jusqu'à sa dernière demeure la pauvre marchande ambulante; et c'était une belle manifestation, par ce temps d'égoïsme où l'on accorde si peu d'intérêt et de regrets aux gens qui n'ont en ce monde que l'honneur pour fortune.

Au retour, Mariotte, qui avait toutes les sympathies des voisins et des habitants du quartier, fut vivement félicitée pour sa belle conduite et pour son désintéressement; car le bruit s'était vite répandu qu'elle avait refusé de profiter du petit héritage de la défunte.

— Celle-là, disait-on en montrant Mariotte, rachète les coquineries de sa famille.

Mariotte laissa la clef du logement de la mère Caron

à un marchand de meubles du voisinage qui avait avancé l'argent nécessaire et qui devait tout enlever aussitôt les formalités remplies.

La pauvre fille ne voulait absolument rien garder, que les cheveux blancs de sa vieille amie qu'elle mit avec ceux des petites.

Elle suivit le chemin du faubourg du Temple, en se soutenant à peine. Depuis trois jours qu'elle ne s'était pas déshabillée, ses pieds avaient enflé dans ses souliers lacés ; un moment même, elle pensa qu'elle ne pourrait jamais se traîner jusqu'à son logement.

Elle arriva cependant, mais elle était à bout de forces, et elle se laissa tomber sur une chaise, à l'entrée de la loge de sa propriétaire.

En deux mots elle lui fit savoir ce qui s'était passé.

Madame Pinchet poussa des « hélas! mon Dieu! » à n'en plus finir ; puis elle fit prendre à Mariotte, presque de force, un bouillon dans lequel elle avait mis un verre de vin.

Pendant ce temps, un bras s'allongeait au-dessus de la tête de la jeune fille pour décrocher une clef le long du mur.

— Tiens, c'est vous, Jules, cria la portière du fond de sa loge. Voilà votre voisine revenue, ce ne sera pas la peine d'aller à la Morgue en faisant vos courses.

— J'y suis déjà passé, répondit M. Jules, en entrant dans la loge et en regardant Mariotte d'un air curieux et impudent. Je me paye ce spectacle-là quelquefois, depuis la disparition d'une femme à laquelle je... m'intéressais.

— Ah! oui, répondit madame Pinchet d'un air pincé... votre idéal envolé; vous y pensez donc encore?

— Cela commence à se calmer, fit M. Jules en regardant encore Mariotte; mais je n'en retourne pas moins là-bas, pour mon plaisir; c'est le dernier mot du mélodrame, l'Ambigu n'est rien à côté: il n'y a que cela pour vous donner des émotions poignantes.

Mariotte avait posé le bol sur la petite table ronde, et regardait la portière et son locataire, l'un après l'autre, sans comprendre.

— C'est à la Morgue qu'on va chercher les gens disparus, fit madame Pinchet en rinçant sa tasse, et, comme vous n'étiez pas revenue, j'ai fait part de mes craintes à M. Jules, à qui j'avais donné votre signalement.

— Pas flatté, répondit M. Jules, qui faisait métier de dire des choses aimables à toutes les femmes, même à la mère Pinchet, et celle-ci les prenait au sérieux.

Aussi le trouvait-elle beau, aimable, spirituel. Elle en était entichée au point de tout lui permettre, même de ne pas payer ses termes régulièrement.

L'Adonis de madame Pinchet, Jules Signart avait

trente ans, mais il ne les paraissait pas. Il était de petite taille, cinq pieds à peine ; mais il portait haut sa
tête ornée d'assez beaux cheveux châtains, frisés naturellement, sous lesquels il cachait une partie de son
front trop élevé et de ses oreilles un peu longues et
trop écartées de sa figure. Ses yeux, d'un marron
changeant, étaient fendus en amande, bordés de longs
cils et surmontés de sourcils bien dessinés en arc ; le
nez un peu long était finement modelé ; la bouche
était grande, les lèvres, épaisses dans toute leur longueur, étaient adroitement dissimulées sous des moustaches soyeuses et brillantes ; les dents, d'un blanc
jaune, avaient plus d'éclat à la lumière qu'au jour.
En somme, l'ensemble n'était pas désagréable ; mais le
tout était mal ajusté ; la tête était trop grosse, les
épaules trop hautes, les bras trop longs.

Cependant, M. Jules, à force d'études, était arrivé
à dissimuler ces petites imperfections. Il portait de
larges vêtements qu'il laissait flotter au vent avec une
certaine grâce ; il avait la parole facile, entraînante
même ; il avait beaucoup vu, beaucoup retenu, et puis
il inventait au besoin ce qu'il ne savait pas. On ne connaissait de son histoire personnelle que ce qu'il lui
plaisait de raconter et ses récits variaient à l'infini.

Un jour, il était le fils d'un ancien militaire, officier
de la Légion d'honneur ; un autre jour, celui d'un député de l'Indre ; puis un bâtard de prince. Ce qu'il y

avait de certain, c'est qu'il avait fait tous les métiers qui peuvent se faire sans travail, sans argent, avec un peu de bagout et beaucoup de hardiesse. Il avait fait de la propagande pour les gens de toutes nuances politiques qui se présentaient aux élections. Il faisait « mousser » un député en espérance, comme les limonadiers font mousser un verre de bière. Il avait même été, sous le titre pompeux d'*impresario*, directeur d'une troupe d'artistes ambulants ; mais il se dégoûta vite des « cabotins » vulgaires, qu'il ne payait pas du reste. Il rêvait une étoile lumineuse et surtout productive.

Il se mit à sa recherche et la découvrit ; mais c'était une étoile filante qui entraîna Jules dans sa chute. Elle disparut, tandis qu'il restait sur le pavé, et c'est à la suite de ce malheur inattendu qu'il vint se réfugier rue du Temple pour dérober sa honte, sa rage et sa misère aux yeux des « boulevardiers » de Montmartre, qui avaient envié sa chance au moment de sa splendeur.

Mariotte était si profondément affligée, lorsque M. Jules entra chez la concierge, qu'elle l'avait écouté sans l'entendre et regardé sans le voir.

Lorsqu'il fut monté chez lui, madame Pinchet demanda à la jeune fille comment elle trouvait M. Jules. Mariotte répondit d'un air distrait :

— Il a l'air très honnête.

— Il est aimable et *rigolo* comme tout... toujours le mot pour rire... Il est charmant, charmant, charmant.

— Bonsoir, Madame, fit Mariotte en se levant avec peine ; je suis si fatiguée, qu'il me semble que je vais dormir au moins vingt-quatre heures.

— Ah ! le corps doit toujours regagner ce qu'il a perdu ; d'abord il faut manger. Je vous monterai la soupe et le bœuf à l'heure de mon dîner.

— Vous êtes bonne aussi, vous, Madame.

— On fait ce qu'on peut entre femmes seules ; il faut bien s'aider.

Mariotte était déjà dans l'escalier ; elle montait lentement, la tête baissée, le cœur serré en pensant à sa vieille amie qu'elle ne reverrait plus. Au moment où elle rentrait dans sa chambre, M. Jules sortait de chez lui.

— Bonsoir, voisine, lui dit-il en fermant sa porte.

Et il passa sans ajouter un mot de plus, ce dont elle lui sut gré.

Elle s'enferma, défit les cordons de ses souliers qu'elle eut de la peine à retirer de ses pieds enflés, dénoua ses cheveux, secoua sa tête alourdie, puis dégrafa sa robe, et poussa un cri de surprise en voyant, collée et moulée entre sa chemise et son corset, la lettre que madame Caron lui avait dit de cacher et qu'elle avait complètement oubliée. Sans savoir ce qu'elle

6

contenait, elle la couvrit de baisers. L'écriture était irrégulière, mais néanmoins très lisible pour Mariotte.

La pauvre mère Caron s'était appliquée pour indiquer à la jeune fille la marche qui lui restait à suivre dans le chemin tortueux de cette vie, qu'elle se préparait à quitter sans regrets, heureuse de laisser un bon souvenir à ses chères petites protégées.

Mariotte, stupéfaite, trouva d'abord, dans l'enveloppe deux mille francs en billets de banque, puis le contrat, sur papier timbré, de la donation faite aux petites. Presque inconsciemment la jeune fille fit le signe de la croix, murmura une prière qu'elle commença par le nom de sa bienfaitrice ; et, après avoir essuyé de grosses larmes qui obscurcissaient sa vue, elle lut, à plusieurs reprises :

« Ma chère Mariotte,

» Je crois que j'ai usé à votre service mes dernières forces, et j'ai dans l'idée que ma fin est proche. Mais chacun doit remplir la volonté du Créateur, qui ne fait que nous prêter la vie ici-bas et qui place ses âmes dans une enveloppe mortelle, susceptible de tant de faiblesses ! Pour moi, je lui rendrai la mienne sans crainte. Je n'ai jamais eu d'autre souci que le repos de ma conscience. C'est la conscience, en effet, qu'il faut toujours consulter en toute chose ; on en sait toujours assez pour distinguer le bien du mal.

» Mais il ne faut jamais fléchir, car les petites faiblesses amènent fatalement les grandes. On doit encore se méfier plus de soi-même que des autres.

» Si je te quitte plus tôt que je ne le voudrais, car tu aurais encore besoin de moi pour te diriger, ne me donne pas trop de regrets. Ma vie a été longue et bien remplie. Reprends tout ton courage ; le peu que je te laisse n'est pas une fortune ; il te faudra donc travailler sans relâche pour le garder ; entreprends un petit commerce, en aventurant le moins possible, et, si tu trouves un garçon honnête, laborieux surtout, marie-toi, après lui avoir toutefois confié le malheur qui t'a frappé dans ta famille. Il est des choses qu'il ne faut pas s'exposer à s'entendre reprocher plus tard.

» Je me sens fatiguée ; on dirait un anéantissement complet de moi-même. J'ai eu raison de ne pas remettre à demain ce que je voulais faire aujourd'hui... Ne dis notre secret à personne ; moi, je vais l'emporter en lieu sûr.

» Allons, ma chère Mariotte, crois, espère et prie. Mieux vaut avoir la crainte de Dieu que celle des hommes et lire l'Évangile que le Code.

Je t'embrasse en te remerçiant de l'attachement que tu m'as témoigné.

» Veuve CARON. »

— J'agirai en toute chose comme vous me le conseillez, murmura Mariotte, comme si son amie pouvait l'entendre. J'ai maintenant l'expérience que donne le chagrin... Mes seize années de souffrances et de misère peuvent m'être comptées double.

Mariotte cacha sa lettre et son argent, et se coucha, le cœur gros, mais l'esprit complètement rassuré pour son avenir.

Elle dormait déjà depuis longtemps d'un lourd et profond sommeil, lorsqu'elle fut réveillée par des coups redoublés frappés à sa porte. Elle fit un bond sur son lit, y resta assise, le regard fixe, perdu dans l'ombre, retenant sa respiration, tout son corps frissonnait, mais on eût dit que son cœur avait cessé de battre.

Qui cela pouvait-il être?... sa mère ou son frère étaient-ils libres?... Il devait être tard; des voleurs ne feraient pas autant de bruit; la concierge, elle, dirait son nom.

On frappa de nouveau, et, comme elle ne répondait pas, M. Jules lui cria au travers de la porte de communication :

— Voisine, je n'ai pas d'allumettes; en avez-vous une à me prêter. Je rentre du théâtre et je ne voudrais pas redescendre six étages.

Mariotte, un peu rassurée, avait sauté à bas de son lit pour chercher une boîte placée sur sa cheminée, mais elle se souvint subitement des recommandations de sa vieille amie, et elle répondit dans sa mauvaise humeur :

— Je n'en ai pas, Monsieur, et dans tous les cas je ne vous ouvrirais pas à pareille heure. J'ai cru que le feu était à la maison. Il fait clair de lune : couchez-vous sans lumière.

— Aussi n'est-ce pas pour me coucher, répondit Jules en riant, mais pour allumer une cigarette. Je meurs d'envie de fumer.

— Et moi d'envie de dormir. Bonsoir, Monsieur.

— Vous n'êtes pas aimable. Vous me refusez la première chose que je vous demande. Ce n'est pas gentil.

— Ah çà ! cria Mariotte impatientée, est-ce que vous avez pensé que j'allais vous recevoir ou aller causer avec vous sur le carré, pour faire penser mal de moi. Si vous n'êtes pas fou, vous êtes sans gêne.

— Vous pouviez me passer la chose par la porte de communication, en tirant le verrou de votre côté.

Et, disant cela, il fit tourner une clef dans la serrure.

— Si vous cherchez à ouvrir cette porte, répondit Mariotte en allumant sa lampe, je vais crier au voleur.

— A propos d'allumettes, ça serait drôle, fit Jules, qu'elle entendit s'éloigner de la porte. Gardez votre feu, jeune sauvage : on va descendre chez la mère Pinchet. Elle ne se fera pas tirer l'oreille pour me recevoir, la vieille, et elle me donnera tout ce que je voudrai et le reste...

La voix s'éloignait... Mariotte, n'entendant plus rien, se remit au lit, après s'être assurée que la porte de communication fermait bien de son côté, et en se promettant d'y ajouter un cadenas le lendemain.

Elle n'était pas couchée depuis dix minutes, qu'elle entendit des bruits de pas et de voix dans les escaliers. Il y avait au moins quatre personnes qui parlaient à la fois.

— C'est horrible, c'est épouvantable, disait distinctement madame Pinchet; le pauvre garçon en aura au moins pour six semaines à garder la chambre. Dans cette sale maison, les marches ne tiennent plus à rien; elles sont usées à outrance. Appuyez-vous sur moi, monsieur Jules, je suis solide; vous auriez dû vous coucher dans ma loge.

— Comment cela est-il donc arrivé? demanda une voix d'homme.

— Parbleu! il est descendu sans lumière, il a fait un faux pas et il s'est foulé le pied, répondit madame Pinchet d'un ton attendri.

— Si j'étais certain que ce ne fût que cela, répondit Jules; mais j'ai peur d'avoir la jambe cassée.

— Ah! mon Dieu, mon Dieu, pensa Mariotte. Pauvre garçon! et c'est moi qui suis cause de l'accident...

Elle ouvrit sa porte et se trouva en face de Jules
soutenu d'un côté par la portière et de l'autre par un
voisin en chemise.

Jules, déjà très pâle de sa nature, était livide. Il
souffrait évidemment beaucoup ; on le fit asseoir dans
un fauteuil que madame Pinchet avait eu la gracieuseté de faire monter chez lui sans qu'il le demandât.

Elle se mit à genoux devant Jules et lui ôta sa
bottine, dont plusieurs boutons avait été arrachés par
la violence de la chute. Le pied était très enflé à la
cheville et presque bleu.

Jules se tenait cramponné aux bras du fauteuil en
criant :

— Oh ! là là, j'ai le pied cassé !

— Non, non, répondit doucement madame Pinchet,
après l'avoir examiné de près ; non, pas de fracture,
mais une entorse de premier choix. J'ai heureusement
dans ma loge de l'alcool camphré ; je vais vous faire
une compresse de main de maître, et vous serez sou-
lagé jusqu'à demain. — Mademoiselle Mariotte, allez
donc prendre du linge et une bouteille dans le pla-
card à la tête de mon lit, s'il vous plaît ; dépêchez-
vous et prenez garde d'en attraper autant que lui.

Mariotte était déjà loin, lorsqu'on lui fit cette recommandation.

Le voisin du second, un peu honteux du costume
nocturne dans lequel il s'était montré à la jeune fille,

avait demandé la permission de se retirer et était parti
sans attendre de réponse. Il rencontra Mariotte dans
l'escalier, ôta son bonnet de coton et rentra chez lui
tout confus.

Madame Pinchet déchira une vieille serviette en six
bandes, qu'elle pria Mariotte de coudre les unes au
bout des autres, pendant qu'elle bassinait, au-dessus
de la cuvette, le pied de son malade.

— Mon pauvre petit, lui disait-elle, vous en voilà
pour un mois au moins, sans pouvoir travailler : quelle
mauvaise chance !... Avec cela, vous n'avez jamais un
sou de côté... Heureusement que je suis là ; il ne faut
pas vous tourmenter ; je ne vous laisserai pas mourir
de faim ; je me priverai plutôt maintenant, ajouta-
t-elle en prenant les bandes de linge, que Mariotte
avait assemblées et roulées... Rappelez votre courage,
parce que je vais serrer... Mariotte, tenez bien la
jambe un peu haut.

Mariotte se baissa et prit dans ses deux mains le
mollet de Jules, qui se pencha et l'embrassa sur le
cou.

— Ah ! bien, vous allez mieux, dit en se reculant
Mariotte et...

— Ne lâchez donc pas ! s'écria madame Pinchet, qui
n'avait rien vu et qui enroulait très adroitement autour
du pied la bande, en forme de brodequin.

— Vous me devez bien cela, fit Jules en s'adressant à Mariotte... Oh! je pouvais me tuer; il m'a semblé que je tombais de mille mètres de haut, et j'ai pensé à vous à ce moment-là.

— Je suis désolée, répondit tristement Mariotte.

— Cette bonne madame Pinchet!... elle n'a pas sa pareille; seulement elle n'y va pas de main morte; elle me sangle le pied!...

— C'est pour empêcher le sang de descendre et pour arrêter l'enflure; il faut mouiller souvent la compresse, mais se garder de la retirer. Malheureusement je ne puis pas rester tout le temps à côté de vous; mais la voisine vous rendra bien ce petit service-là d'heure en heure, n'est-ce pas, mademoiselle Mariotte? Vous avez besoin de vous distraire un peu; cela vous occupera sans vous déranger.

— Je serai peut-être plus heureux avec l'eau que je ne l'ai été avec le feu, répondit Jules en regardant sa voisine.

Madame Pinchet dit à Mariotte:

— Rentrez chez vous, petite; je vais l'aider à se mettre au lit, et, après...

— J'aime mieux rester là, le pied étendu sur une chaise, fit vivement Jules en voyant que Mariotte se préparait à sortir. Restez encore un peu, je vous en prie; n'ayez pas peur, je souffre en diable; c'est bête, on dirait que je vais me trouver mal.

— Le jour sera bientôt venu, répondit madame Pin-

chet en donnant une chaise à Mariotte, et j'irai chercher le médecin ; il faut que je descende, moi, parce
que mon cordon ne se tire pas tout seul.

— Oh! vous pâlissez, Monsieur, interrompit Mariotte en remarquant que Jules laissait aller sa tête en
arrière. Restez là, madame Pinchet, je vais aller chercher du vinaigre chez vous et, après, je redescendrai
garder votre loge.

Elle descendit encore et remonta plus vite que la
première fois.

Jules ne s'était pas évanoui, mais il était tout étourdi ;
il avait, en outre, un grand besoin de sommeil ; ses
paupières s'alourdissaient et il perdait peu à peu conscience de ce qui se passait autour de lui.

Mariotte le quitta donc cette fois sans qu'il s'en
aperçût, puis il s'endormit tout à fait.

Madame Pinchet sortit sur la pointe des pieds et
rejoignit Mariotte qui l'attendait assise dans sa loge

— C'est un grand malheur, lui dit la concierge en
finissant de s'habiller. Un si brave garçon... qui n'a
pour l'aider ni parents ni amis ; certes, je ferai ce que
je pourrai, mais je ne peux pas grand'chose... Quant
à l'envoyer se faire soigner à l'hôpital... je n'aurais
jamais le courage de lui dire d'y aller. Je m'y connais,
il en aura pour longtemps.

— Ah! oui, c'est malheureux, répondit Mariotte ;
mais cela peut arriver à tout le monde.

— Enfin, reprit madame Pinchet après une pause, je vous ai trouvé de l'ouvrage à faire chez vous... des raccommodages... et cela ne vous dérangera pas trop de m'aider à le soigner... Je vais tâcher de pincer le médecin au saut du lit.

Et elle partit aussi lestement que si elle avait eu ses jambes de vingt ans.

Mariotte n'était pas causeuse; puis, avec madame Pinchet, qui se faisait les demandes et les réponses, il eût été difficile de placer un mot.

Elle se mit donc à réfléchir aux malencontreux événements de la nuit. Ainsi, c'était bien une fatalité: elle ne pouvait avoir un instant de repos; les événements de toute sorte se succédaient autour d'elle sans qu'elle pût se dispenser d'y jouer un rôle. Ce pauvre M. Jules avait payé bien cher une simple plaisanterie qu'elle se reprochait intérieurement d'avoir prise trop au sérieux.

— Pourquoi donc, se disait-elle, en se regardant dans la glace posée au-dessus de la cheminée, ces effarouchements et ces craintes. Je suis trop laide pour être attaquée, et assez solide pour me défendre. J'ai été absolument ridicule. Les recommandations de maman Caron m'avaient un peu fourvoyé le jugement. Ah! mon Dieu, s'écria-t-elle en devenant toute pâle, mais j'ai laissé ma porte ouverte!

Et, ne songeant plus qu'à son trésor, elle s'élança

dans l'escalier et grimpa les six étages avec la rapidité
de l'éclair Lor.squ'elle entra dans sa chambre, elle
avait la gorg scerrꝑe, la bouche sèche. En passant sur
le carré, elle avait jeté un regard inquiet par la porte
de M. Jules restée entr'ouverte. Il n'avait pas fait un
mouvement, il dormait.

Elle ouvrit avec précaution le tiroir de la commode
et y prit ses papiers : rien n'y manquait ; alors elle regarda autour d'elle avec inquiétude, se demandant où
elle pourrait les cacher plus sûrement que dans ce
vieux meuble dont on aurait pu ouvrir toutes les ser-
rures avec la pointe d'un couteau. Jamais Mariotte
n'avait eu d'aussi grandes inquiétudes. Après avoir
réfléchi, elle pensa qu'elle ne trouverait rien de plus
sûr que le corsage de sa robe, et, pour la seconde fois,
elle glissa la précieuse enveloppe entre son corset et
sa chemise.

Il était temps, car, lorsqu'elle eut fini de s'agrafer,
elle vit apparaître la tête de madame Pinchet, qui
montait l'escalier, suivie du docteur.

Ils entrèrent chez M. Jules. Mariotte les suivit en
silence.

— Ah! bonjour, docteur, fit Jules en cherchant à
ôter lui-même la bande qui enveloppait son pied. Je
crois que j'ai la patte cassée.

Le médecin se mit à sourire, et lui dit après un
examen attentif:

— Vous n'avez absolument rien de cassé, seulement, il vous faut un repos absolu ; continuer les lotions d'alcool camphré ; garder votre bande bien serrée, et dans quinze jours, il n'y paraîtra plus.

— Quinze jours, c'est déjà gentil... Enfin... puisqu'il n'y a rien à rabattre, on fera son temps.

— Vous pouvez lire, écrire, manger à votre appétit, boire et fumer, ajouta le docteur en prenant son chapeau ; mais ne cherchez pas à marcher... Sans cela...

— La voisine et moi, nous ferons bonne garde, répondit madame Pinchet en sortant avec lui ; comme il n'a ni pilules ni potions à prendre, cela ne coûtera pas trop cher.

Dès qu'il fut seul avec Mariotte, Jules la regarda plus attentivement qu'il ne l'avait fait d'abord.

— Quand on pense, se disait-il en lui-même, que c'est pour ce *laideron*-là que j'ai failli me rompre le cou. C'est bête, un homme gris... car je l'étais un peu, en rentrant hier... Enfin !...

De son côté, Mariotte se disait :

— Madame Pinchet avait raison ; il est beaucoup mieux que je ne le croyais... Pauvre garçon ! il ne m'a pas fait un seul reproche !... Puisque je suis la cause de son accident et que je suis toute seule, à présent qu'on m'a séparée des petites, eh bien, je le soignerai de mon mieux.

En effet, la pauvre fille le soigna pendant quinze

7

jours avec une sollicitude qui ne se démentit pas un
seul instant. Elle travaillait auprès de lui, pendant
qu'il faisait la lecture ou qu'il racontait des histoires...

— Vous n'avez donc ni parents ni... amis, monsieur
Jules, que personne n'est venu vous voir pendant
votre maladie.

— Des parents..., si j'en ai, je ne les connais pas, ce
qui revient au même; je me suis élevé tout seul, ce
qui fait que je n'ai jamais eu de comptes à rendre à
personne... J'ai appris le peu que je sais en regardant
ce qui se faisait ou se passait autour de moi, et je ne
serais cependant pas ici sans une histoire de femme...
Ah! les femmes... celle-là surtout... quelle lâcheuse!

— Elle vous a quittée?

— Sans même crier gare... Du reste, tout notre
temps se passait en disputes; elle était impérieuse,
volontaire et coquette... Je me fâchais; nous nous sé-
parions... on s'écrivait des menaces, des injures...
puis on se reprenait...

— Vous l'aimiez beaucoup?

— Je n'en sais rien au juste... Enfin, un jour, après
une scène qui avait failli tourner au tragique, elle disparut en m'écrivant qu'elle préférait la mort à une
telle existence. Comme elle avait la tête très exaltée,
j'eus peur qu'elle n'eût attenté à ses jours, et c'est
pour cela que j'allais quelquefois à la Morgue...
C'était idiot, reprit-il en riant; elle s'aimait trop pour

se faire du mal..... A présent, c'est fini, ajouta-t-il en roulant une cigarette... oh! bien fini; j'ai pris son souvenir en grippe, car c'est à elle que je dois toutes mes dégringolades... Décidément elle a bien fait de me quitter; car si, un jour, j'avais pu prendre le dessus, je lui en aurais fait voir de grises.

Six heures venaient de sonner; Mariotte se leva pour mettre le couvert. Avec le produit de son travail, elle ajoutait chaque jour quelques douceurs aux provisions de madame Pinchet, et elle servait Jules absolument comme si elle eût été sa servante.

Il la regardait aller et venir, lui adressait, par intervalles, un sourire aimable, lui serrait les mains, lui disait : «Merci?» mais c'était tout.

Jules, qui, dans son esprit, ne cherchait que des femmes qu'on pût lancer au théâtre, n'ayant rien trouvé à faire valoir dans la personne de Mariotte, ne l'appréciait absolument qu'au point de vue de ses qualités de bonne ménagère, et lui dit, lorsque le dîner fut fini :

— Si jamais je faisais fortune, ma chère Mariotte, je vous demanderais de rester auprès de moi toute la vie.

Mariotte le regardait avec un sentiment de joie qu'elle ne songeait même pas à dissimuler. Il continua en soupirant :

— Oh! mais je ne serai jamais assez riche pour me passer le luxe d'une bonne...

La physionomie de la jeune fille changea tout à coup d'expression ; puis elle répondit sèchement, en se dirigeant vers la porte :

— Et moi, je ne serai jamais assez pauvre pour entrer au service de personne. Bonsoir !

— Je l'ai vexée, pensa Jules quand elle fut sortie... C'est bête, parce que j'en ai encore besoin... Oui... mais je ne peux pas encourager sa toquade, car je crois qu'elle en tient pour moi... La mère Pinchet l'a deviné aussi ; je crois même qu'elle en est jalouse... C'est à se tordre de rire... Je suis veinard, moi, dans ce petit monde-là... oui... Mais il n'en faut pas !

En rentrant chez elle, Mariotte s'était assise, le coude appuyé sur le rebord de sa fenêtre ouverte ; elle regardait le ciel, un peu sombre ce soir-là, en disant :

— Comme je me suis trompée sur le genre de son affection ; ce n'est même pas de l'amitié qu'il éprouve pour moi, car on n'offre pas une place de domestique à ceux qu'on estime, ne fût-ce qu'un peu.

Elle appuya sa tête sur son bras et se mit à pleurer... en murmurant :

— Je l'aime !... Oh ! que la vie est donc un cruel supplice pour les malheureux qui n'ont pas plus de chance que je n'en ai !... Me voici encore du chagrin d'avance, pour longtemps peut-être. Quand il sera guéri tout à fait, ce qui ne tardera pas, je m'en irai d'ici... le plus loin possible. D'abord je sortirai

demain pour aller voir maman Caron au cimetière...
C'est vrai, cela, je me suis faite prisonnière pour le
soigner... Je ne sais plus rien de ce qui se passe hors
de cette maison ; et puis j'avais une si terrible peur
d'entendre parler des autres... de revoir Paul surtout ! Il faut pourtant que je sache ce qu'ils sont de-
venus... Le commissaire me le dira ; j'irai en même
temps lui demander des nouvelles des petites. Pauvres
anges ! que Dieu les garde de toutes mes peines !

Mariotte se coucha ; mais il lui fut impossible de
dormir ; elle était tourmentée, possédée par le souvenir de Jules. Sans même y prendre garde, elle s'était
donnée à lui, tout entière. A l'idée seule de quitter
la maison qu'ils habitaient ensemble, elle se sentait
défaillir. Aucun raisonnement ne pouvait lui rendre
sa force morale. C'était, dans tout son être, une
souffrance mystérieuse, inconnue jusqu'alors, et qui
surpassait toutes celles qu'elle avait éprouvées.

Le lendemain matin, elle s'habilla, décidée à sortir
sans auparavant entrer chez Jules, à qui elle enverrait
madame Pinchet pour la remplacer.

Mais il l'entendit ouvrir la porte et se mit à appeler
Mariotte de toutes ses forces.

Elle s'arrêta court, puis entra chez lui, poussée par
une force qui dominait sa volonté. Son cœur battait à
se rompre.

— Comment !... vous allez sortir sans me dire

bonjour? demanda Jules d'un air tout surpris. Est-ce
que nous sommes fâchés?

— Non... j'ai négligé mes affaires, et je vais...

— Vous allez rester là, répondit Jules en la retenant
par le bras, et la faisant asseoir auprès de lui. Je vous
ai dit une bêtise grosse comme moi, hier. J'en ai un
grand regret; la forme était mauvaise, mais le fond de
l'idée valait mieux.

— Vous ne m'avez rien dit de désagréable, monsieur Jules; seulement les ouvrières ont leurs idées
aussi; elles n'aiment pas le mot « domestique », et,
comme j'ai un état...

— Oui, je sais, fit Jules en avançant dédaigneusement sa lèvre inférieure, blanchisseuse; ça n'est pas
bien ronflant non plus.

— Ce n'est pas parce que j'en avais honte que je l'ai
quitté, répondit tristement Mariotte, c'est parce que...
Mais je puis me passer de le reprendre, grâce à un
petit héritage de deux mille francs que j'ai fait; je
vais m'établir fleuriste peut-être.

— Ah! vous avez deux mille francs, fit Jules en la
regardant d'un air surpris, deux mille francs en argent
comptant?

— Oui.

Il réfléchit un instant et reprit :

— Il faudrait placer cela dans une bonne entreprise
que je pourrais vous indiquer; j'ai beaucoup d'expé-

rience en affaires quand il s'agit de celles des autres ;
mais nous en reparlerons, quand vous rentrerez...
Tenez, avant de sortir, donnez-moi donc le journal qui
est sur la commode. Je vais lire en vous attendant, ma
bonne, ma chère Mariotte... Je vous suis bien recon-
naissant de vos bontés pour moi... Il me semble que
je ne pourrais plus me passer de vous voir tous les
jours.

Mariotte prit et regarda machinalement le journal
en le lui apportant... Mais elle poussa presque aussitôt
un grand cri, tomba sur une chaise, cacha sa figure
dans ses mains et fondit en larmes.

— Qu'y a-t-il donc? Êtes-vous par hasard déshéritée ?
demanda Jules en ramassant le journal.

— Oh ! c'est épouvantable, murmura-t-elle en s'inclinant encore comme brisée sous le poids d'une
douleur écrasante.

Son front, ainsi penché, touchait presque l'épaule
de Jules. Il entoura la tête de Mariotte de son bras
droit, chercha du regard dans le journal qu'il tenait
de la main gauche, quel article avait pu la révolu-
tionner ainsi, et il lut lentement :

GAZETTE DES TRIBUNAUX

POLICE CORRECTIONNELLE

Au mouvement subit que Mariotte fit pour cacher sa

figure dans ses mains, Jules comprit qu'il était tombé juste, et il continua à lire à mi-voix :

Affaire des petits voleurs du quartier du Temple.

« Baude, le plus dangereux de ces jeunes voyous, convaincu de vols, coups et blessures, est condamné à deux ans de prison.

» La fille Baude, sa mère, arrêtée en même temps que lui, est morte subitement de la rupture d'un anévrisme, quelques instants avant de comparaître devant la justice. »

Un sanglot déchirant s'échappa de la poitrine de Mariotte, qui se laissa glisser à genoux, les mains jointes, étendues vers Jules, comme s'il avait un pardon ou une grâce à lui accorder...

— Tu connais donc ces gens-là ? lui demanda-t-il en se penchant vers elle, et lui disant *tu* pour la première fois.

— Oui, murmura-t-elle au comble du désespoir ; Maria Baude était ma mère ; c'est moi qui l'ai fait arrêter ainsi que mon frère.

Il se fit un long silence interrompu seulement par les gémissements de Mariotte.

Et, quand madame Pinchet fit son entrée avec son panier de provisions pour le déjeuner, elle vit que son Jules tenait la tête de Mariotte dans ses bras et l'embrassait avec effusion.

— Eh bien, ne vous gênez pas ! dit-elle de sa voix

la plus aiguë : il paraît que je suis chargée de nourrir des pigeons en cage.

— Ne lui dites rien, murmura Mariotte à l'oreille de Jules.

— Sois tranquille, répondit-il assez haut pour être entendu.

— L'amour, c'est de notre âge, maman Pinchet. Vous avez fait votre temps. . . Il faut laisser les jeunes faire le leur. . .

Madame Pinchet ouvrit les yeux, les bras, et le déjeuner tomba à terre, en éclaboussant tout le monde.

— Ah! c'est comme cela que vous me parlez pour ma récompense, s'écria-t-elle, la figure colorée, hors d'elle-même. Eh bien, vous allez décamper de chez moi tous les deux, et sur-le-champ!

— C'est ce que nous ferons dans huit jours, répondit Jules en serrant la main de Mariotte, parce que « cela nous plaît », car nous avons droit à quinze jours, nous sommes logés au mois.

— Alors vous comptez rester chez moi d'autorité, en compagnie de cette *catin?*

— Madame Pinchet, fit Jules en voyant que Mariotte devenait rouge comme une pivoine, si je pouvais me lever, je vous forcerais à demander pardon de vos sottises à cette *catin*-là, car elle est mille fois plus respectable que vous ne l'êtes, vieille *vicieuse!*

— Vous ! espèce de galopin, vous me forceriez à

7.

faire des excuses? mais je vous mettrais dans ma poche,
et je ne sais trop ce qui m'arrête de vous souffleter,
affreux rien du tout !

En disant cela, elle s'était avancée vers le fauteuil
de Jules et elle agitait, au-dessus de sa tête, ses deux
gros poings fermés; mais Mariotte, qui s'était brusquement levée, lui donna une si vigoureuse poussée,
que cette mégère, grosse comme une futaille, fit quelques pas en arrière, perdit l'équilibre, et tomba assise
au beau milieu de la soupe aux choux, des plats cas-
sés, du fromage et du vin qui couvraient le parquet.

— Oh! les gueux!... les scélérats!... ils veulent
m'assassiner; mais j'appellerai, je crierai, râlait-elle
d'une voix suffoquée par la secousse.

Et elle cherchait vainement à se relever en se
faisant un point d'appui de ses mains, qui glissaient
sur les détritus épars sur le plancher.

— Je suis fâchée de ma brusquerie, dit enfin Mariotte toute consternée de ce qui venait de se passer;
mais aussi on ne menace pas de battre les gens ma-
lades et on n'appelle pas une fille honnête : *Catin !*

— N'en parlons plus, fit Jules en s'adressant à la
mère Pinchet, qui était parvenue à se remettre sur ses
jambes... Allez vous sécher, ma bonne madame Pinchet, vous en avez besoin, et ne parlez de l'aventure à
personne, croyez-moi.

— Je vais aller chez le commissaire, répondit-elle

en se tenant prudemment à l'écart, et vous verrez
qu'il vous en cuira pour m'avoir frappée chez moi.

— Ne faites pas cela, vieille coquine, reprit Jules en
riant; quand on loue des chambres sans livre de police, on est mis à l'amende et l'on perd son cordon;
quand on veut faire la sévère, on ne fait pas des avances aux jeunes gens... C'est la jalousie qui vous rend
folle, et je le dirai à tout le monde, si vous ne taisez
pas votre bec.

— C'est qu'il le ferait, la canaille! murmura-t-elle,
si effrayée, qu'elle était sur le point de demander pardon des sottises qu'on lui avait dites et du mal qu'on
lui avait fait.

Jules reprit en voyant qu'elle faiblissait :

— Voyons, n'êtes-vous pas honteuse d'avoir encore
des passions, à votre âge! Si, au moins, vous étiez
bien conservée! mais, ma pauvre maman Pinchet, un
invalide de la grande armée ne voudrait pas batifoler
avec vous.

— Allons, fit-elle en cherchant à dissimuler son
humiliation, je n'ai pas de rancune; c'est moi qui ai
commencé... Je ne dirai rien; faites vos quinze jours;
mais ne comptez plus sur moi pour vous faire l'a-
vance d'un *radis*... et trouvez de l'argent pour me
payer; sans cela, je ne vous laisse pas déloger.

Elle sortit en tirant la porte derrière elle de manière à la briser.

— Eh bien !... nous voilà gentils, ma pauvre Mariotte, fit Jules en riant du bout des lèvres ; mais
je la connais, ajouta-t-il en tordant le coin de sa
moustache; demain, elle n'y pensera plus, si je le
veux.

— Grâce à Dieu, répondit-elle, nous n'en sommes
pas réduits là ; vous avez cherché à me consoler, vous
ne me repoussez pas ; c'est donc moi qui aurai soin de
vous toute seule.

— Pourvu que je ne fasse pas maigre chère, se disait
Jules en caressant toujours sa moustache, peu m'importe la main qui me fera la cuisine.

Et il suivait en clignant des yeux tous les mouvements de Mariotte, occupée à balayer les tessons de
vaisselle cassée.

— Je n'avais jamais remarqué comme aujourd'hui
que cette fille-là doit être admirablement bien faite.
Eh ! eh ! la beauté du corps, c'est quelque chose ; puis,
avec ses deux mille francs, on pourrait faire une tournée en province ; elle ne demandera pas mieux que de
quitter Paris avec moi ; je l'emploierai au contrôle,
aux costumes.

— Voilà qui est fini, dit Mariotte, qui avait fait disparaître les traces du gâchis occasionné dans la chambre par la maladresse de madame Pinchet. Vous per-
mettez que je me passe les mains à l'eau dans votre
cuvette ?

— Comment donc!... vous êtes ici chez vous, ma chérie, et pour longtemps, je l'espère !

— Même si *l'autre* revenait? demanda Mariotte en le regardant en face.

— Oui, même « l'autre », comme vous l'appelez.

— Dame ! je ne sais pas son nom.

— Et, moi, je l'ai oublié.

— Tant mieux, fit Mariotte en souriant tristement, tant mieux! car il me semble que, si j'aimais quelqu'un, je serais jalouse même du passé.

— Je vous adore!... s'écria-t-il tout à coup, je vous adore en vérité, et, si vous voulez...

— Je veux oublier ma peine à tout prix, répondit la jeune fille avec une sorte d'égarement... Je suis fatiguée de souffrir pour les autres. Je veux être heureuse pour moi. Ma pauvre mère ne m'a jamais aimée... Que Dieu ait pitié de son âme et qu'il lui pardonne tout le mal qu'elle m'a fait, comme je lui pardonne moi-même.

Mariotte essuya ses yeux, où de grosses larmes se succédaient l'une après l'autre.

Jules se leva et courut à elle.

— Que faites-vous? s'écria Mariotte effrayée de son imprudence !

— J'essaye mes forces, répondit Jules en faisant quelques pas dans la chambre. Je n'ai plus qu'un peu de faiblesse dans la cheville... Avant deux ou trois

jours, il n'y paraîtra plus, et je me mettrai en campagne pour nous trouver un logement.

— En attendant, dit-elle, il faut que j'aille aux
provisions.

— Si la mère Pinchet allait vous attaquer au passage ?

— Je l'enverrais s'asseoir dans sa loge, répondit
Mariotte, qui, dès son enfance, avait reconnu, avec
un certain orgueil, la valeur de sa force physique ;
mais, après la poussée de tout à l'heure, je crois qu'elle
ne reviendra pas à la charge.

Mariotte descendit en regardant néanmoins autour
d'elle pour s'assurer qu'on ne lui avait pas préparé
quelque piège. Elle ne vit rien, et personne ne se mon-
tra. Un peu rassurée, elle prit la rue du Temple, tourna
à gauche sur le boulevard, et entra chez un chan-
geur pour lui demander la monnaie d'un billet de
mille francs. Si l'homme enfermé derrière son guichet
grillé, ainsi qu'un singe dans une cage, avait regardé
Mariotte en face, certes, il l'aurait prise pour une vo-
leuse venant de faire un mauvais coup, car elle était
pâle, tremblante, et s'appuyait à la planchette du guichet pour ne pas tomber. Mais il se contenta de constater que le billet était bon et il lui remit, à sa demande, deux cents francs en or et huit billets de cent
francs. Elle enfouit le tout, pêle-mêle, dans la poche
de son tablier de couleur, et sortit en courant comme

si elle eût eu peur qu'on ne mît la police à ses trousses.

Elle entra au marché du Temple, dans un magasin de deuil, et acheta à la hâte un châle, un chapeau de mérinos noir, avec un long voile de crêpe, et des gants de coton noir.

C'était la première fois de sa vie qu'elle mettait un chapeau et des gants; il lui sembla que cela allait affreusement la gêner; mais la marchande, après lui avoir fait disposer ses cheveux un peu plus en arrière, lui affirma qu'elle était charmante... Et le premier mouvement de coquetterie qu'éprouva Mariotte prit naissance sous ces vêtements de deuil, qui n'auraient dû cependant lui rappeler que la triste mort de sa mère. Mais le hasard permettait à la blanchisseuse de quitter le bonnet de l'ouvrière et elle était enchantée de profiter du hasard; car l'amour était caché dans l'un des plis du grand voile noir...

En continuant ses courses, elle se regardait dans toutes les vitres polies des magasins et ralentissait le pas devant les glaces. Le costume de deuil fait ressortir les avantages de toutes les jeunes filles, et même des plus ordinaires. Mariotte, elle, se trouvait si changée à son avantage, qu'elle avait peine à se reconnaître. Cette joie, elle la devait encore à sa vieille amie, la seule personne dont la mort méritait vraiment ses regrets.

Au cours de son petit marché, Mariotte s'aperçut

qu'on l'accueillait avec plus d'empressement que de coutume, et son cœur bondissait de joie à l'idée de l'effet qu'elle allait produire sur l'esprit de son ami Jules.

L'effet devait commencer à se produire dès le rez-de-chaussée ; car madame Pinchet, en la voyant passer sans s'arrêter à la loge, lui cria du bas de l'escalier :

— Qui demandez-vous, Madame ?

— Personne, répondit Mariotte en se penchant par-dessus la rampe.

—Oh! la Mariotte en chapeau! fit la portière tout ébahie ; elle a donc hérité ? La mère Caron devait avoir le sac. Eh bien, va, ma petite, tu as trouvé là-haut à qui parler pour t'aider à le vider lestement... Je crois que mon intérêt est de filer doux pour savoir à quoi m'en tenir, et me faire payer ensuite, s'il y a moyen... Au fond, ajouta-t-elle en poussant un gros soupir qui lui fit remonter la gorge jusqu'au menton, je crois que je l'ai échappé belle ; car ce vaurien-là m'aurait grugé jusqu'aux sommiers de mes lits ! C'est égal, ma petite Mariotte, je te garde une dent dont tu sentiras la pointe un jour ou l'autre...

Pendant que la grosse madame Pinchet se promettait un véritable régal de petites et grandes vengeances, les deux amis du sixième avaient copieusement déjeuné avec le plat de charcuterie rapporté par Mariotte; le litre de vin cacheté y avait passé; le café et le petit

erre de cognac allaient lui faire suite. La gaieté était
un peu revenue avec les forces; et puis Mariotte avait
été si rudement élevée, si maltraitée par les siens,
qu'elle ne pouvait trouver ni regrets dans son cœur,
ni larmes dans ses yeux. Elle n'avait plus aucune des
sensibilités délicates de la jeune fille; d'ailleurs, l'a-
mour avait envahi son être par surprise, et il s'en était
si bien emparé, qu'elle avait absolument perdu la direction d'elle-même.

Pour cette créature primitive, Jules avait un charme,
une éloquence irrésistibles; il l'avait fascinée du regard; il l'avait ensorcelée avec ce seul mot : « Je vous
adore! » qu'elle s'était répété mille fois et qu'elle se
répétait toujours.

Après avoir préparé le café sur une petite lampe à
esprit de vin, Mariotte, assise à côté de Jules, lui raconta son histoire tout entière.

Jules, le coude appuyé sur la table, avait écouté avec
un grand intérêt, en apparence du moins.

— Les mauvaises chances, dit-il enfin, laissent parfois la porte ouverte pour les bonnes; mais je suis bien
heureux de vous avoir rencontrée; j'avais aussi besoin
d'une amie qui m'aidât et me soutînt dans la vie.

— Si vous voulez, je serai cette amie-là, répondit
Mariotte en lui tendant la main; mais il ne faudrait
pas me rendre le mal pour le bien.

— Il faut avoir confiance en moi, Mariotte; d'abord

nous partirons d'ici le plus tôt possible ; nous prendrons
une grande chambre dans un autre quartier, et, après,
nous aviserons bien ; car il faudra faire fructifier le
plus possible votre capital.

— Tout ce que vous ferez sera bien fait, répondit
Mariotte. Et tirant de sa poche la monnaie de son billet
de mille francs, elle la lui présenta en disant :

— Ce sera plus en sûreté chez vous.

— Nous garderons tout cela ensemble, répondit Jules
en l'attirant dans ses bras pour l'embrasser ; car nous
ne nous quitterons plus.....

Quatre mois plus tard, les prédictions de madame
Pinchet s'étaient réalisées. Mariotte et Jules ne pos-
sédaient plus un sou. Il avait entrepris des tournées
théâtrales, avec des artistes recrutés au hasard dans
une agence dramatique ; lui-même s'était mis à jouer
la comédie. Mariotte était devenue jalouse des actrices,
que Jules ne se gênait pas de courtiser devant elle.
Elle commença par des larmes, et finit par des scènes
si violentes, qu'il ne voulut plus l'emmener avec lui,
lorsqu'il trouvait des cachets à faire dans des théâtres
de banlieue.

Elle resta, pour ainsi dire, prisonnière dans le logement meublé qu'ils avaient loué rue La Fayette.
Jules rentrait tard, et toujours de mauvaise humeur, se plaignant toujours d'être forcé de rentrer...

« Cela, disait-il, le gênait dans son travail, nuisait à ses relations, entravait son succès... »

Alors la pauvre fille, dont la faiblesse d'esprit et de cœur était insurmontable, cherchait à le consoler, en lui disant qu'il était beau, superbe, sur les planches... qu'il avait du talent... qu'il arriverait... Mais il la repoussait en murmurant :

— Avec toi, je n'arriverai à rien, qu'à m'abrutir. Aux artistes il faut des actrices ou des femmes riches.

Au lieu de se révolter, elle le suppliait, même à genoux, d'avoir un peu de tendresse pour elle, qui ne lui demandait que la grâce d'aller le voir jouer et de lui servir d'habilleuse.

— Merci!... je me souviens des scies que tu m'as faites... j'en ai assez... j'en ai trop.

— Que veux-tu! je t'aime; je suis jalouse et non sans cause; je souffre le martyre. Pourquoi jamais une bonne parole, jamais une prévenance, une caresse, à moi qui me suis donnée à toi tout entière ? mais c'est plus que de l'ingratitude, cela, c'est...

— Eh bien, oui, c'est de l'aversion. Il n'y a rien à faire de toi, ni avec toi, lui répondit-il sèchement, un soir qu'il était un peu gris. Je ne puis plus te supporter... Que veux-tu !... l'amour ne se commande pas... Enfin, ma chère,... tâche d'en prendre ton parti, car il faut que nous nous quittions.

— Ce n'est pas sérieux, ce que tu me dis là, fit Mariotte en le forçant à la regarder en face... Je ne t'ai fait ni tort ni chagrin... je t'aime autant, peut-être plus encore que le premier jour.

— Ma chère, nous ne sommes pas faits l'un pour l'autre; il me faut... je veux ma liberté absolue... Et puis tes larmes m'agacent... elles te rendent laide à faire peur; et, quand on voit au dehors de jolies filles qui vous font des risettes, il est désagréable de rentrer au bercail pour se voir faire des grimaces.

Mariotte ne répondait rien, mais son regard était devenu sombre; une colère sourde, terrible, commençait à gronder au fond de son cœur.

Jules se figura qu'elle était vaincue par les humiliations et la souffrance et qu'elle était enfin résignée à une séparation.

— Alors, s'écria Mariotte hors d'elle-même, tu penses que tout va finir ainsi entre nous ?

— Naturellement, ma chérie; c'est le dénouement obligé de toutes les liaisons... Au bout du fossé la culbute...

— Eh bien, soit ! fit-elle en courant vers la fenêtre... Adieu !

Au bruit qu'elle fit en ouvrant brusquement la croisée, Jules se leva, et saisit Mariotte par la taille au moment où elle allait disparaître dans l'espace.

— Ah çà, tu es décidément enragée, s'écria-t-il en la repoussant si brusquement dans la chambre, que Ma-

riotte tomba à terre comme une masse inerte... si tu
veux faire de ces cascades-là, ajouta-t-il en fermant
la fenêtre, attends au moins que je n'y sois pas... On
dirait que je t'ai fait sortir par là pour me débarrasser
de ta sotte personne!

Mariotte était revenue à elle :

— Misérable lâche! disait-elle entre ses dents, d'une
voix étranglée, tu sais bien que je ne veux pas vivre
sans toi. Pourquoi m'empêches-tu de mourir?

Elle fit de vains efforts pour se relever. Sa crise
nerveuse était arrivée au paroxysme de la fureur.
Jules, effrayé, se sauva sans chercher même à lui porter secours. Il dit seulement, en passant, à une jeune
femme qui demeurait au-dessous d'eux :

— Jeanne, montez donc auprès de Mariotte. Elle
vient encore de me la faire aux attaques de nerfs...

Et il partit en courant.

Lorsque la voisine entra dans la chambre, Mariotte
se débattait comme une furie, se déchirant le visage,
le cou et la poitrine avec ses ongles. A l'aide d'une
autre voisine, elle parvint à l'étendre sur son lit. Mariotte appelait Jules en lui demandant grâce, pitié et
pardon.

Un jeune étudiant en médecine, qui demeurait à
l'étage supérieur, descendit pour voir ce qui se passait.

— Ah! dit-il à Jeanne, après avoir regardé Mariotte

dans les yeux, cette fille-là a des attaques de nympho-
manie.

— Qu'est-ce que cela ? demanda mademoiselle
Jeanne?

— Des rages d'amour féroces, répondit en riant le
jeune homme; ce ne sera rien.

Dès qu'elle fut seule, Mariotte se mit à pleurer; puis,
se levant, elle sortit à demi déshabillée pour courir
après Jules dans les cafés et dans les brasseries où il
avait l'habitude d'aller, le demandant à ses amis, pleurant avec les uns, buvant avec les autres... On eût dit
qu'elle était folle.

Dans un certain monde de flâneurs, les hommes
qui n'aiment pas à se déranger, saisissent au passage
toutes les occasions de plaisirs faciles, et Mariotte aurait trouvé bien des gens prêts à la consoler. L'amour
l'avait embellie en dépit du chagrin. Un peintre, entre
autres, lui donna son adresse, en lui disant qu'il la
payerait bien, si elle voulait venir poser chez lui.

Elle prit la carte et répondit : « Oui ! » comme elle
aurait dit non.

Mariotte n'avait au cœur qu'un seul sentiment : l'a-
mour ardent, passionné, aveugle. Ni le dégoût ni le
mépris ne pouvaient y prendre place. A tout ce qu'on
pouvait lui dire elle répondait : « Je l'aime ! » et elle ne
cherchait même pas à combattre une souffrance au-
dessus de ses forces. Elle marchait le jour, la nuit,

sans relâche, sans fatigue, espérant retrouver Jules ou rencontrer quelqu'un qui lui parlerait de son amant ; mais personne ne l'avait revu. Il avait dû s'engager dans quelque troupe nomade.

Seule, l'espérance du retour de Jules rattachait Mariotte à la vie. Elle se serait tuée en sa présence. Lui parti, elle voulait vivre.

Mais, pour vivre, il faut manger.

Jeanne, sa voisine, était modèle pour les peintres et gagnait de l'argent ; Mariotte se souvint alors de l'artiste qui lui avait donné son adresse, et elle se rendit chez lui. Celui-ci fut enchanté de la revoir et la reçut de la façon la plus cordiale.

Il faisait alors un tableau représentant une scène de mascarade, à la mi-carême, et, par un singulier hasard, ce fut Mariotte qui posa pour la reine du lavoir. Puis elle fut présentée à Albert par mademoiselle Jeanne.

. . . .

Depuis un an que Jules avait disparu, elle ne l'avait pas trompé, pas oublié ; mais elle était plus calme, en apparence du moins, et, à part Jeanne, avec laquelle elle était venue demeurer cité Bergère, personne ne savait ce qui se passait au fond de ce cœur déchiré.

Voilà pourquoi elle cherchait à comprendre dans les lettres de la mère de Marius, ce qui pourrait la remettre peut-être sur la trace de Jules Signard.

Après avoir épelé presque tous les mots, elle reprit couramment.

« Mon pauvre enfant, ma conduite a été indigne, pendant les seize années que je t'ai laissé te tuer au travail pour accroître des bénéfices qui auraient dû te revenir uniquement, mais que je détournais pour en faire une dot à ta sœur. Grâce à quelques spéculations heureuses, j'étais parvenue à amasser cent dix mille francs que je viens de réaliser et que je te donne, à toi, et pour toi seul. Je mourrais désespérée, si je croyais que, quoi qu'il arrive, tu en distrairais la plus petite partie pour la misérable créature qui m'a fait souffrir si cruellement que j'en meurs de honte et de chagrin. Songe, mon enfant, qu'elle n'a pas d'excuse possible ; je l'avais comblée de tendresse, de soins, de cadeaux, d'argent ; jamais un de ses désirs n'a été discuté par moi, et, pour toute récompense, elle nous a déshonorés en se prostituant dans notre ville avec des acteurs.

» Je n'avais ni la force de la tuer ni celle de la chasser. Craignant un scandale, et redoutant de la perdre, je dévorais mes larmes. Prières et menaces, rien ne pouvait la détourner de la résolution qu'elle avait prise de monter sur les planches. Vous ne saviez rien, peut-être aurais-je dû vous ouvrir les yeux ; mais à quoi cela aurait-il servi ? à nous rendre tous les trois malheureux. J'avais été trop complaisante et trop faible ;

je devais porter seule la peine de ma confiance et de ma faiblesse.

» Enfin, un jour, tu sais comment elle est partie, à la suite de ce misérable Jules Signard... »

Mariotte en était là de sa lecture, lorsqu'on frappa plusieurs coups de poing dans la porte. Elle enleva brusquement les quelques feuilles qui faisaient suite à cette phrase, les fourra dans sa poche, rangea le reste des lettres et courut ouvrir en criant!

— Voilà, voilà....

C'était un ami d'Albert....

— Oh! lui dit-elle en respirant, vous m'avez fait une jolie peur, vous. Le patron n'y est pas.

Et, comme le jeune homme faisait mine de vouloir entrer quand même, elle lui dit en sortant.

— Je suis fatiguée d'attendre et je m'en vais. Restez, si vous voulez; vous mettrez la clef chez la concierge.

— Je vais laisser un mot, répondit le nouveau venu. Et il entra dans l'atelier, pendant que Mariotte se sauvait en courant.

Lorsqu'elle rentra chez elle, Jeanne était sortie. Elle s'enferma pour continuer la lecture des feuilles qu'elle avait dérobées au paquet de lettres, et qui poursuivaient ainsi :

« Ce misérable Jules Signard, qui s'était introduit chez nous comme un malfaiteur, est personnelle-

8

ment la cause principale de la fuite précipitée de ta
sœur; elle a été séduite, entraînée par ses promesses
mensongères et ses conseils perfides.

» Après le départ de la malheureuse que je ne veux
plus appeler ma fille, je trouvai deux lettres que, dans
sa précipitation à mettre son triste projet à exécution,
elle avait oublié de prendre ou de déchirer. Elles
prouvent incontestablement que l'homme qui les a
écrites, non seulement s'est rendu coupable de l'enlèvement d'une fille mineure, mais qu'il lui a conseillé
le vol dont elle s'est rendue coupable et dont il doit
avoir sa part de responsabilité aux yeux de la Justice.

» Dans la première lettre, écrite huit jours avant
la seconde, il lui disait :

« Il est impossible de vous voir une fois sans devenir
» amoureux fou de vous. Pourquoi restez-vous enfer-
» rée toute vivante dans une province, au fond d'un
» magasin triste et sombre? Votre place serait à Paris,
» au milieu des plus belles et des plus élégantes femmes
» à la mode. Si vous vouliez me suivre, *je vous lan-*
» *cerais dans un monde enchanté* où tout est fait d'a-
» mour, de richesse et de gloire enivrante. Quand on
» est belle comme vous l'êtes, il y a une fortune dans
» chacun de vos regards... »

Mariotte était pâle et ses mains tremblaient. Elle
continua :

« Dans la seconde lettre il devait faire allusion à un entretien qu'ils avaient eu ensemble. Il écrivait :

« Je pourrais vous répondre plus sûrement au sujet
» de votre fortune à venir, si j'en avais une moi-
» même ; car je vous la donnerais tout entière pour un
» seul baiser de votre adorable bouche ; mais, je vous
» l'ai dit, je n'ai qu'un héritage en vue ; il est vrai
» qu'il ne se fera pas trop attendre, mon grand-père
» ayant quatre-vingt-trois ans bien sonnés.

» Puisque vous m'avez dit que vous désiriez fuir la
» maison de vos parents où vous vous ennuyez à
» périr, l'occasion est belle. Vous ferez mon bonheur
» en faisant le vôtre.

» Il n'est pas probable qu'on vous *fasse des avances*
» *d'argent pour vos frais de voyage; prenez-en: ce*
» *qui est à eux est à vous; les boutons de diamant de*
» *votre mère feraient très bien à vos oreilles.* La co-
» quetterie convient aux jeunes filles : vous êtes bien
» certaine qu'on ne vous cherchera pas noise pour ces
» emprunts forcés, indispensables. L'on ne prête qu'aux
» riches : ils sont nombreux à Paris, mais cette grande
» ville est comme un vaste bâtiment sur lequel il ne
» faut pas s'embarquer sans biscuit. Faites donc vos
» *provisions*, crochetant même un peu, s'il est besoin,
» la porte de l'armoire. »

» ...A sept heures, tout était fini ; j'étais complètement abandonnée et dévalisée. »

— Mais cette histoire-là est vieille, fit Mariotte en cherchant une date en tête du papier. C'est de sa chanteuse de Bordeaux qu'il s'agit ici ; de pareils renseignements ne m'aideront pas à le retrouver... Demain, je reporterai cela chez Albert. A quoi cela m'a-t-il servi, de me donner de si grandes émotions? C'est un misérable, soit ; mais pourquoi donc aurait-il été plus honnête avec elle qu'avec moi : elle n'a pas seulement l'excuse de l'amour qui me tue. Moi aussi, j'aurais volé, s'il me l'avait demandé... Mais où peut-il être maintenant, et avec qui?... Oh! je donnerais les deux tiers de mon sang pour le savoir!

Elle resserra les lettres sans en parler à Jeanne.

Le lendemain, elle arriva chez Albert pour la séance, à l'heure accoutumée.

Albert, étendu sur son divan, le cahier de lettres d'une main, le cigare de l'autre, dit tout simplement à Mariotte, qui s'était arrêtée tremblante d'émotion :

— Te voilà! Qu'es-tu donc venu farfouiller ici, avant-hier? tu auras laissé brûler ma bougie. Quand je suis rentré, j'ai été obligé de me coucher au clair de la lune.

— Je ne suis pas sortie la dernière, répondit Mariotte.

— J'aurais voulu lire cela, ajouta-t-il en montrant les lettres... Ce matin, j'en ai été empêché. Marius va venir. Déshabille-toi et mets ton costume, pendant que je vais feuilleter ce volume de pattes de mouches.

En effet, il les parcourut à peine du regard, puis il remit le paquet dans le tiroir.

— Ce sont des lettres d'amour? lui demanda Mariotte avec un aplomb surprenant.

— Oui, répondit Albert en riant, et d'un genre d'amour que tu ne comprendras jamais.

— Qui sait? j'ai la poitrine large : mon cœur doit être aussi grand que celui des autres.

— Aussi t'en es-tu joliment servie!

— Pas tant que vous le croyez, allez; on a marché dessus trop vite. Le cœur, c'est très fragile, chez les femmes.

— Et la vertu donc! répondit Albert en préparant sa palette. Vois si mes autres grues arriveront!

— Autres, est joli pour moi, fit Mariotte en prenant sa pose habituelle.

— Oh! toi, tu es loin d'être bête ; tu le parais, mais tu ne l'es pas. Voyons, Mariotte, dis-moi le nom de ton possesseur... Entre hommes, on peut rire un brin.

— Le nom de mon amant, car je n'en ai eu qu'un... un seul, est de ceux qu'on ne prononce pas, dans la crainte qu'on ne vous en dise encore plus de mal que vous n'en pensez.

— Où donc est Jeanne? Vous auriez bien pu venir ensemble, les deux inséparables. Est-ce qu'il y a de

la brouille dans le ménage? demanda-t-il en continuant de travailler.

— Oh! répondit Mariotte en le regardant, sous prétexte qu'elle rêve de toi toute la nuit, Jeanne voudrait
dormir toute la journée. Elle est bien malade aussi,
elle.

— C'est donc sérieux sa toquade?

— Elle m'a dit qu'elle voulait mourir avec ton
image dans les yeux.

— Elle est folle!

— De toi... c'est bête: mais ça ne se commande pas.

— Elle change; je ne pourrai bientôt plus l'employer
pour modèle, elle tourne à la planche.

— C'est ton indifférence qui la fait maigrir; elle ne
tient plus à rien, excepté à toi... Ah çà! que fais-tu
donc? Tu me laisses poser là, le cou tendu, les bras
en guirlande, et tu brosses le nez de ton ami Marius,
car c'est bien lui que tu as placé là.

— Oui, ils sont très beaux, tes bras; je les mettrai
à la vierge que ce bon vieux curé de campagne m'a
commandée : un cadeau qu'il veut faire à son église...
Au fait, tu l'as vu l'autre jour?

— Lui aussi m'a vue, fit-elle en riant, et mon costume d'Ève n'a pas eu l'air de trop l'effaroucher.

— C'est un bon vivant, pas poseur du tout. Et puis,
dans la Bible, Adam et Ève ne sont pas représentés en
costume de cour... Trouves-tu que Marius vient bien?

— Oui, fit Mariotte en clignant les yeux. Oui,
mais il n'a pas l'air si féroce que cela, au naturel.

— C'est que tu ne l'as pas vu en colère ; poussé à
bout, ce serait un lion déchaîné.

Mariotte eut un léger frisson, et regarda la table dans
laquelle se trouvaient les lettres ; mais il lui fut impossible d'y remettre les autres en bon ordre et elle dut
les garder.

Au même instant, la clef tourna dans la serrure de
la porte d'entrée, et Marius apparut. Albert courut à
lui, et lui dit en lui serrant affectueusement la main :

— Il y a une heure que je pioche ta ressemblance,
mon cher... Mais tu as un air gai, heureux, qui dé-
range un peu les lignes de mon esquisse d'avant-hier.

— C'est qu'il vient de m'arriver une bien amusante
aventure... dans un milieu triste, cependant, ajouta
Marius, qui ne s'apercevait pas que Mariotte les écoutait.
Ce matin, j'étais parti de bonne heure pour aller
porter un bouquet de pensées à ma pauvre mère,
lorsque je me croisai à l'entrée du cimetière avec une
jeune fille qui tenait à la main une couronne de buis.
Il me sembla la reconnaître.

— La couronne ? fit Albert, qui avait l'habitude de
chercher à faire des mots à propos de tout, et l'habitude, plus déplorable encore, d'interrompre toutes les
conversations pour escompter la pensée de ses inter-
locuteurs à tort et à travers.

Marius, qui n'était pas, pour sa part, habitué à ces façons de causer ainsi déraisonnables de fond que de forme, se tut.

— Tu as rencontré une jeune fille, reprit alors Albert d'un air plus attentif.

— ... L'air souffrant et très pauvrement vêtue. Je l'accompagnai d'abord du regard ; puis, poussé par un sentiment d'intérêt, bien plus que de curiosité, je la suivis de loin et la vis déposer sa couronne au pied d'une grande croix élevée au milieu de la fosse commune... Après une courte mais fervente prière, la jeune fille se releva et passa devant moi sans même s'être aperçue que je ne l'avais pas quittée des yeux... Devines-tu qui elle était ?

— Ah ! mon cher, répondit Albert en souriant, je ne vais pas chercher mes connaissances dans ces endroits-là ; je trouve que la vie est courte et qu'il faut la dépenser le plus gaiement possible.

— C'était la Misère de ton tableau.

— Ah ! bah... Vraiment ?

— Oui, mon cher, admirablement jolie, agenouillée au pied de cette montagne de fleurs et de couronnes flétries, apportées de part et d'autre pour tous les pauvres morts inconnus. D'un côté, un rayon de soleil illuminait ses magnifiques cheveux, ajouta-t-il en regardant le portrait de Misère ; de l'autre, les noirs cyprès mettaient une ombre sur son charmant visage.

Ah! quel tableau j'aurais fait d'après cette apparition-
là, si j'avais eu la moitié de ton talent!

— En effet, cela devait être joli. Et voilà tout? demanda Albert en reprenant sa palette.

— Oui; mais je suis resté sous le charme de cette
vision. Il me semble qu'elle devait avoir une raison
d'être...

— Que tu es heureux d'avoir le cœur aussi jeune!
Essaye donc de vivre dans la réalité. Si le hasard te
jetait Misère entre les bras qu'en ferais-tu?

— Pas une fille perdue, à coup sûr!

— Ta femme peut-être?

— Qui sait?

— Tu es fou!

— Non, je suis honnête.

— Tu te feras duper.

— J'aime mieux cela que de duper les autres.

— Veux-tu poser un peu? fit Albert en haussant les
épaules.

— Moi? répondit en souriant Marius; c'est donc
sérieux?

— Absolument.

— Cela ne me dit pas.

— Comment, cela ne te dit pas de figurer au premier
plan de mon tableau, en compagnie de ton idéal Misère?

— Au fait, répondit Marius, c'est toujours un rapprochement; mais il est heureux qu'elle ne soit pas ici, car c'est elle que je regarderais tout le temps.

— Et tu m'obligerais ainsi à te faire de dos. Ah! mon cher, la pose est bonne... mais tu as un petit air content de toi et des autres qui n'est pas de circonstance. Est-ce que tu ne pourrais pas penser à quelque chose de désagréable?

— Ah! tu m'en demandes trop, mon cher. Je n'ai pas une tête en caoutchouc... — Tiens, mademoiselle Mariotte, fit-il en l'apercevant en costume de modèle, abattue mélancoliquement sur une chaise placée derrière le châssis du tableau. Vous n'avez pas non plus la physionomie de votre personnage.

— Elle, je m'en fiche! s'écria Albert impatienté.

Et, comme ce peintre italien qui tua d'un coup de poignard un modèle attaché sur une croix, afin de pouvoir rendre plus saisissante l'expression de l'agonie sur un visage de Christ, il chercha et trouva le moyen d'exaspérer Marius, en lui disant :

— Tu avais ma foi raison; j'ai lu tes lettres : ta mère est bien morte de chagrin, et, quoique je ne prétende pas à une sensibilité excessive, si je me trouvais à ta place, je n'aurais pas un moment de répit, avant d'avoir fait justice de celui qui nous a volé Adrienne !

— Je t'ai dit que je ne la chercherais pas, répondit sèchement Marius.

— Mais si tu la rencontrais?

— Je détournerais la tête.

— Tu dis cela; mais vous avez des comptes à régler ensemble!

— Oui, un terrible, surtout avec son voleur, répondit Marius d'un air menaçant.

Et ses poings se serrèrent, crispés par la colère.

Albert avait la physionomie de son rêve. Il travaillait avec une ardeur fiévreuse.

— Ah! fit-il en fixant son regard sur celui du jeune homme : les filles de la province qui viennent faire la noce à Paris ne sont pas difficiles à retouver. Il y a un centre autour duquel elles tournent et retournent sans cesse comme les chevaux de manège; elles ont beau changer de nom, de perruque, elles sont faciles à reconnaître. Celles qui parviennent à sortir du tas, s'envolent du côté du bois de Boulogne, quelquefois en riche équipage... A présent, tu peux regarder Mariotte ou Misère. C'est fini pour toi. Merci.

— Tu as tout lu? demanda Marius, qui suivait sa pensée.

— Oui, répondit Albert en déposant sa palette, et je vais te rendre tes lettres, puis en se dirigeant vers la table et s'adressant à Mariotte.

— Tu peux te rhabiller; les autres ne viendront pas, et d'ailleurs, je suis fatigué. La séance est finie.

Mariotte changea de costume derrière le tableau.

Albert remit le paquet de lettres à Marius, qui lui dit en les glissant dans sa poche :

— Tu me donneras ton avis à propos des cent dix mille francs.

Albert ne comprit pas, mais il répondit au hasard :

— Tu feras bien de les garder... On frappe, ajouta-t-il en s'adressant à Mariotte. Va donc ouvrir.

— En chemise ? répondit-elle en achevant de lacer son corset.

— Ah ! c'est vous, monsieur le curé ? fit-il en allant au-devant du nouveau venu, qui tenait à la main son chapeau à larges bords.

C'était un homme d'une cinquantaine d'années, de grande taille ; il portait ses cheveux longs, rejetés en arrière ; le front était bas, le visage rond, les traits ordinaires ; mais ses yeux, d'un noir bleu, avaient une expression de finesse et de malice toute particulière.

— Je viens pour ma Vierge, dit-il, sans franchir le seuil de la porte.

— Votre Vierge, monsieur le curé ? répondit Albert en l'attirant par la manche pour le faire entrer dans l'atelier. La voilà qui se prépare à filer, mais non du côté de votre église.

Et il désigna Mariotte qui mettait son chapeau.

— Vous ne l'avez pas commencée ? demanda le curé avec inquiétude ; vous me l'aviez promise pour Pâques.

— Soyez tranquille, je l'ai dans la tête, mais l'Exposition n'attend pas, elle; il faut arriver à l'heure militaire; une fois mon tableau porté, j'empoigne votre Vierge et ne la lâche plus. Mais asseyez-vous donc. Mademoiselle s'en va, et mon ami Marius, que je vous présente, ne vous fera pas peur, j'espère.

— Je n'ai peur de personne, répondit l'abbé en saluant Marius et s'asseyant auprès de lui.

— C'est juste, fit Albert en glissant dix francs dans la main de Mariotte, qui sortit sans dire un mot... La foi sauve la vertu.

— Oh! notre vertu, répondit l'abbé en souriant et en accompagnant ses paroles de regards malicieux jetés autour de lui, consiste, mon cher enfant, à prêcher le bien, et à le faire nous-même *chaque fois* qu'il peut être utile à quelqu'un. Je vous en prie, pensez à ma Vierge, et ne lui donnez pas la tête du modèle que vous m'avez montrée tout à l'heure.

— Non certes, répondit Albert en le reconduisant; elle ressemblerait par trop à l'une de celles qui servent des bocks dans les brasseries.

Le vieux curé ne le comprit pas; il lui fit encore ses recommandations et partit, après l'avoir salué à plusieurs reprises.

— Eh bien, dit en rentrant Albert à Marius, n'est-ce pas un bon type?

— C'est un « beau » type, je trouve.

— On frappe, dit Albert en prêtant l'oreille : il aura oublié quelque chose.

La porte s'ouvrit, et les deux jeunes gens poussèrent à la fois une même exclamation de surprise.

C'était Misère qui, passant sa jolie tête par la porte entre-bâillée, demandait de sa voix douce, si elle pouvait entrer.

— Certes, répondit Albert en courant au-devant d'elle et lui prenant le bras familièrement : nous parlions justement de vous tout à l'heure, avec mon meilleur ami Marius, l'un de vos adorateurs.

Misère salua en fronçant légèrement ses deux fins sourcils arqués.

— Je voulais dire admirateur, reprit Albert qui craignait de l'effaroucher trop vite. Il lui offrit une chaise placée en face du divan, où il s'assit à côté de Marius.

— Monsieur Albert, reprit simplement la jeune fille, je vous ai quitté en vous disant que je ne voulais plus poser, parce qu'on me l'avait défendu ou plutôt parce qu'on m'en avait priée.

— Oh! qui cela? demanda Albert. Un jaloux?

Elle baissa les yeux sans répondre.

— Tu es indiscret, fit Marius qui, au fond, mourait d'envie de savoir la vérité.

— Non, répondit Misère en relevant la tête : c'est

moi qui ai fait un mystère de la façon dont je vis ;
cela permettait de tout supposer.

— Oh! je n'ai jamais dit ni supposé du mal de
vous. Demandez plutôt à mon ami Marius.

— Oh! fit-elle en souriant, ma réputation n'a pas
de risques à courir ; elle est de celles dont on ne s'occupe pas en dehors de la famille, et ma famille à moi
se compose uniquement de ma mère, qui a les jambes
paralysées.

— Ah! pauvre femme, fit Marius avec attendrisse-
ment. Et qui alliez-vous voir ce matin au cimetière
Montmartre?

— Mon père, monsieur, répondit-elle en fixant son
regard étonné sur celui du jeune homme, qui venait de
l'interroger avec un sentiment d'intérêt dont elle lui
savait gré.

— Il y a longtemps que vous avez eu le malheur de
le perdre?

— Deux ans ; depuis, j'ai beaucoup travaillé pour
subvenir à nos modestes besoins ; j'ai même posé, ce
qui était plus agréable et moins fatigant que de bro-
der ou de faire de la copie ; mais maman s'effraya lorsque je lui appris que je servais de modèle à un
peintre.

— Il y avait de quoi, interrompit Marius. Jolie
comme vous l'êtes, au milieu de...

— C'est cela! Dis du mal de moi, ingrat, interrompit à son tour Albert. Ah! les amis!...

— Comme je fais mon possible pour ne jamais la contrarier, continua Misère, je me suis mise à la couture; mais, depuis quelques jours, l'ouvrage manque, et ma mère est souffrante; alors j'ai pensé à venir vous demander si par hasard vous n'auriez pas besoin de moi.

— Pour le moment, non, répondit Albert.

Mais s'apercevant que les yeux de la jeune fille étaient prêts à se remplir de larmes, il s'écria en se frappant le front :

— Au fait, n'avez-vous pas rencontré un curé en montant ici ?

— Oui, il m'a saluée en me regardant comme s'il cherchait à me reconnaître.

— Cela n'est pas étonnant, vous devez être le type idéal de sa Vierge, et vous poserez pour elle. J'espère que le sujet ne vous déplait pas. J'ai le temps de faire mon esquisse au fusain avant la nuit. Vite en place. Marius, taille-moi un crayon, mais prends garde à ton pantalon gris et à tes manchettes blanches.

Puis, en se penchant vers lui, il dit à voix basse :

— Je la fais poser afin de lui donner un cachet ; elles en ont peut-être besoin pour dîner.

— Paye-lui-en quatre d'avance, répondit Marius sur le même ton, en faisant mine de fouiller dans sa poche.

— Non, laisse-moi faire ; sans cela tu gâterais tout ;
je la connais : c'est misère et fierté.

Pendant le temps de cette première séance, qui leur
parut fort court à tous les trois, Mariotte cherchait à
remonter le moral de son amie Jeanne, qu'elle avait
retrouvée dans leur petit logement de l'entresol, cité
Bergère, souffrant surtout d'un insurmontable décou-
ragement.

— Voyons, lui disait-elle en se promenant de long
en large devant le canapé de reps rouge, sur lequel
Jeanne était étendue, le regard fixé au plafond et les
bras pendants. Tu ne vas pas te laisser mourir de chagrin, comme une sotte. Je te répète ce qu'Albert m'a
dit parce que tu me l'as demandé. A quoi bon se bercer
de chimères ? on ne prend pas les hommes de force.
Il faut chercher, trouver une distraction à cet amour-
là ; d'abord lui n'aime que la bière et le tabac ; il boit
comme une éponge et fume comme une cheminée ; il
n'est pas mal, j'en conviens ; mais c'est usé, blasé ; ça
ne sait plus quel côté ça porte son cœur. Si j'avais
eu ton âge et ton expérience, quand j'ai rencontré
Jules, je te promets bien que je ne me serais pas éprise
de ce rebut de tout le monde. J'ai dix francs : allons
dîner dans un bouillon ; ensuite, nous irons aux Folies-
Bergère. Ce n'est pas en restant enfermées, comme
deux moules dans une même coquille, que nous pourrons nous distraire.

— Allons, répondit Jeanne en se levant avec in-différence.

Elle avait une adorable figure, mais c'était tout ; au moral, la nullité la plus complète, en apparence du moins, n'agissant jamais que d'après la volonté des autres ; le dernier qui lui parlait avait toujours raison.

Elle suivit donc Mariotte au restaurant et au théâtre, sans faire la moindre observation.

Il y avait foule, ce soir-là, aux Folies-Bergère ; on ne circulait pas, on s'entassait les uns sur les autres, on se portait, dans le promenoir.

Mariotte, avec sa robuste carrure, essayait depuis quelque temps de se frayer un passage pour elle et pour sa compagne, qui se laissait mollement ballotter par tout le monde.

Mariotte, sans y prendre garde, donna un coup de coude à une grande et superbe fille, qui s'était jetée brusquement sur elle, pressée et poussée par un véri-table cortège d'hommes de toute sorte qui suivaient ses pas, marchaient sur sa robe et lui pinçaient, peut-être, un peu la taille.

En recevant cette ruade inattendue, elle frappa Mariotte au visage du bout du grand éventail qu'elle tenait à la main, une main d'enfant enfermée dans un gant noir, qui montait jusqu'à la saignée du bras demi-nu.

Dans un mouvement plus prompt que la pensée,

Mariotte s'empara de l'éventail, fit sauter en l'air l'immense chapeau orné de longues plumes noires de celle qui avait osé toucher à sa figure, et le brisa ensuite sur le visage de sa propriétaire; quelques gouttes de sang glissèrent sur les joues blanches ou blanchies de cette dernière, pour laquelle chacun s'empressa de prendre fait et cause. Les injures, les menaces et les coups de poing se mirent alors à pleuvoir, tandis que le groupe se resserrait de plus en plus autour des combattantes qui, majestueuses ainsi face à face, ne parlaient que de s'arracher les yeux. La rumeur devenait générale... Cela troublait le spectacle : les agents de la police des mœurs, car ce sont eux qui sont préposés à la garde de l'endroit, se frayèrent un passage. Les deux femmes, échevelées, s'accusaient réciproquement d'avoir commencé la rixe, et on les pria, en les prenant par le bras, d'avoir à venir s'expliquer chez le commissaire de police. Elles furent accompagnées par une foule de curieux dont chacun racontait l'histoire à sa manière. Les gamins du faubourg ricanaient en criant :

— *V'là l'convoi Saint-Lazare qui passe; y a toujours d'la place pour cell's du boulevard.*

Mariotte écumait de rage; la grande fille à l'éventail était plus calme; elle regardait ces idiots déchaînés contre elle du haut de sa grandeur; ses yeux bleu sombre, bordés de longs cils noirs et soulignés par un large maquillage qui s'était étendu à la chaleur, lui donnaient une physionomie de folle; mais sa taille, admirablement moulée dans un corsage cuirasse de satin vert de mer, était droite et fièrement cambrée sur les hanches; son profil grec, sa toute petite bouche à la lèvre inférieure un peu proéminente, lui donnaient malgré tout une allure de femme distinguée, qui formait un contraste frappant avec le type vulgaire de Mariotte.

Un agent portait avec complaisance les deux chapeaux des combattantes qui les eussent certainement oubliés dans la bagarre.

Arrivées au bureau de police, qui se trouve au fond d'une grande cour, elles furent débarrassées de la foule qui les suivait et qu'on avait empêchée d'entrer.

Le greffier commença l'interrogatoire en débutant par ces mots :

— Vous vous êtes battues dans un endroit public; vous savez pourtant ce qu'il en coûte; êtes-vous inscrites?

Les deux femmes se regardèrent instinctivement, sans comprendre ce que cela voulait dire.

— Non, reprit le greffier. Eh bien, au train dont vous y allez, ça ne tardera pas. Vos noms?

Comme il semblait s'adresser à Mariotte, c'est elle qui répondit :

— Marie Baude.

— Votre état?

— Modèle.

— Pas de vertu en tout cas, fit l'homme en écrivant. Votre adresse?

— Cité Bergère, n°..., à l'entresol.

— Avez-vous quelqu'un pour vous réclamer?

— M. Albert, le peintre chez lequel je pose. Envoyez-le chercher.

— Ce soir, impossible; alors vous l'attendrez au poste jusqu'à demain matin, à moins que...

Puis, s'adressant à l'autre, il lui posa les mêmes questions.

— Vos noms?

— Adrienne Bourdais. Je suis d'une bonne famille de Bordeaux.

— Tant pis pour elle : elle aurait dû mieux vous garder.

— Je me suis sauvée de chez mes parents ; mon père était imprimeur; moi, je dirigeais le commerce de la papeterie; mais...

— Vous auriez dû, en même temps, vous diriger vous-même. Où demeurez-vous à Paris?

— Rue Richelieu; j'ai un très bel appartement.

— Sous quel nom l'habitez-vous?

— Sous le mien, Adrienne.

Mariotte poussa un *oh!* d'étonnement en la regardant.

9.

— De quoi vivez-vous à Paris?

Adrienne hésita, puis répondit :

— De l'argent qu'on m'envoie de chez nous.

— De l'argent gagné au travail pour vous donner le loisir de faire la noce aux Folies-Bergère. Ce sont de fameux imbéciles, vos parents.

— Je ne leur dis pas où je vais.

— Elle ne leur dit même pas où elle est, répondit Mariotte malgré elle, et, si elle a de l'argent, c'est qu'elle l'a volé... Oh! je te connais à présent, beau masque !

Adrienne la regarda fixement.

— Oui, oui, répondit Mariotte ; tu t'es sauvée en emportant la caisse et les bijoux de ta mère, qui en est morte de chagrin. Eh bien, tu peux te faire réclamer par ton frère Marius, car il est ici.

Elle devint livide.

— Est-ce vrai, ce qu'elle dit là? demanda sévèrement le greffier.

— Non, cette fille ment, laissa tomber dédaigneusement Adrienne du bout des lèvres. Je ne la connais pas ; c'était la première fois que j'allais dans un endroit aussi mal fréquenté.

— J'ai la preuve écrite de ce que j'avance, s'écria Mariotte ; laissez-moi sortir et je vais vous l'apporter.

— Pour le moment, dit le greffier qui ne croyait à la sincérité ni de l'une ni de l'autre, vous n'avez à

répondre que du scandale que vous avez occasionné
dans un endroit public. Conduisez-les au poste, dit-il
en s'adressant à un agent; demain matin M. le commissaire les interrogera lui-même.

On les pria de se recoiffer; elles retapèrent leurs
chapeaux de leur mieux, et partirent en donnant chacune le bras à un agent en bourgeois.

Elles avaient été tellement surprises l'une et l'autre
de cette rencontre inattendue, qu'elles ne songeaient
même pas à la honte et au danger de leur situation.

Arrivés au poste, les agents dirent quelques mots à
l'officier de garde, et, comme le violon regorgeait de
filles et de souteneurs arrêtés dans la soirée, on leur
fit la gracieuseté de les laisser passer la nuit dans un
coin du poste.

Quelques soldats jouaient aux cartes, et ne s'occu-
paient que fort peu des nouvelles venues qui, assises
sur un banc, l'une près de l'autre, dans un renfonce-
ment sombre, se tinrent quelque temps immobiles en
regardant autour d'elles sans presque rien distinguer.

Ce fut Adrienne qui rompit le silence en demandant
à sa compagne :

— Comment me connaissez-vous? est-ce que vous
êtes de Bordeaux?

— Non, j'ai été la maîtresse de Jules Signard, et
je suis presque l'amie de votre frère.

— Jules n'est qu'un misérable; mais je ne le crains

pas, quoi qu'il ait juré de me tuer, s'il me rattrapait.

— Alors vous ne savez pas ce qu'il est devenu? demanda Mariotte en se rapprochant d'Adrienne.

— Je n'ai même pas envie de le savoir, je vous en réponds.

— Vous ne l'aimez pas, vous ?

— Ah ! est-ce qu'on aime ces gens-là !

— Pourquoi êtes-vous partie avec lui, alors?

— Je voulais venir à Paris, entrer au théâtre, et j'ai suivi Jules comme j'en aurais suivi un autre; seulement, aussitôt arrivée, j'ai cherché le moyen de m'en délivrer, et je me suis enfuie avec un agent de change qui partait pour la Belgique, où je suis restée dix mois. Jules me cherchait partout, il m'écrivait lettres sur lettres à notre ancien appartement... des prières... des reproches... des menaces. Je ne répondais pas plus aux unes qu'aux autres.

— C'est pendant votre absence que j'ai eu le malheur de le connaître, moi, et il m'a rendu le mal que vous lui aviez fait ; mais j'ai le pressentiment que nous nous reverrons.

— Vous l'aimez, vous? demanda Adrienne d'un air moqueur.

— Sans cela, je n'aurais pas d'excuse.

— C'est drôle.

— Vous trouvez?

— Vous m'avez dit que vous aviez des preuves...

que j'avais emporté de l'argent de chez nous... Qui
donc vous les a données?

— Quant à cela, c'est mon secret. Tout ce que je puis
vous dire, c'est que les lettres que je possède pourraient
vous rapporter soixante mille francs environ si vous
les aviez.

— Diable! cela ferait joliment mon affaire; car j'ai
des dettes... Si vous avez dit vrai, nous partagerons.
Vous savez mon adresse; venez me voir, quand nous
serons hors d'ici. Surtout n'allez pas répéter ce que
vous avez dit d'abord.

— Je n'ai rien signé : les paroles ne signifient rien :
de ce côté-là, soyez sans crainte.

— Oui; mais, du côté de Marius, j'ai tout à craindre.
S'il me voyait ici... je ne sortirais pas vivante! Ah!
j'aimerais mieux tout perdre que de me rencontrer
avec lui... Si l'on allait nous garder?

— Ce n'est pas probable, fit Mariotte en bâillant.
Vous n'allez pas porter plainte contre moi, ni moi contre
vous; nous ferons patte de velours, et, après un sermon,
on nous renverra bras dessus bras dessous.

— Attendons alors, répondit Adrienne en s'appuyant
l'épaule dans l'angle du mur pour essayer de dormir.

— Vous avez le coin et l'oreiller, vous, fit Mariotte
en bâillant encore. Bonne nuit; moi, je vais tâcher de
rêver que je suis couchée sur un lit de plumes.

Et elles s'endormirent en même temps avec l'insouciance qui faisait le fond de leur caractère

La première séance commencée chez Albert, pou
son tableau de la Vierge, avait duré deux heures e
l'artiste n'était pas parvenu sans peine à faire accepte:
à son modèle un louis pour quatre séances, dont troi:
payées d'avance.

— Oh! monsieur, avait dit la pauvre fille en regardant la pièce d'or briller au fond de sa main, c'est le
Ciel qui m'a inspiré l'idée de venir chez vous.

— Il peut y avoir du ciel là-dedans, avait répondu
Albert en riant, puisqu'il s'agit d'une Vierge, et elle
sera joliment réussie, j'en réponds.

— C'est égal, fit la jeune fille, me voilà votre débi-
trice, et c'est bien le moins que je vous donne mon
adresse et mon nom.

Il fit un mouvement.

— Quand ce ne serait que par réciprocité de confiance.

Elle écrivit sur une enveloppe qui se trouvait sur
la table.

« Blanche Audray, rue du Rocher, n°... »

— Audray ? fit Marius, qui s'était indiscrètement
penché vers la table. Il me semble que je connais ce
nom-là.

— C'est bien possible, monsieur. Mon père, qui
avait à Bordeaux une grande maison de commerce,
achetait et plaçait lui-même ses vins; il voyageait beaucoup, et faisait aussi de la réclame dans les journaux.

— Parfaitement, fit Marius, nous avons imprimé des factures pour lui. Je le connaissais de réputation pour un très honnête homme. Mais comment se fait-il?

— Qu'il nous ait laissées, ma mère et moi, dans un si grand dénuement?... Il est tombé malade; on l'a envoyé consulter des médecins à Paris. Nous l'avons suivi en laissant la direction de notre maison à un ami qui nous a tout mais absolument tout volé, en nous laissant même des dettes. Il achetait à crédit, au nom de mon père, des marchandises qu'il revendait au comptant...

— Et dont il empochait le prix, fit Albert riant; pas maladroit, le gérant!...

— Mon père a payé tout ce qu'il pouvait; mais, quand il est mort, après une longue maladie, nous étions si pauvres, que nous n'avons pas pu lui acheter un terrain pour sa tombe.

Deux grosses larmes tombèrent de ses yeux et sa voix s'éteignit dans sa gorge.

— Bah! on est bien portant quand on est mort, fit Albert, qui se sentait ému malgré lui. A demain, n'est-ce pas, mademoiselle Blanche.

— A demain, monsieur, répondit la jeune fille en serrant la main qu'il lui tendait, à demain.

Puis, s'arrêtant sur le seuil de la porte, Blanche mit le bout de ses doigts effilés sur le bord de ses lèvres, et envoya un baiser aux deux jeunes gens en disant :

— Ah! encore une fois, merci.

— C'est un ange tout simplement, dit Albert en
regardant son ébauche; me voilà en plein ciel, moi.
Une Vierge, un ange, un curé,... un saint, ajouta-t-il
en tapant sur l'épaule de Marius, qui était resté assis
tout rêveur. Il ne nous manque plus qu'un paradis.
Allons ce soir à l'Eden-Palace; veux-tu?

— Oui, répondit machinalement Marius. Tu es
mon ami, n'est-ce pas? Veux-tu me faire un grand
plaisir?

— Si cela dépend de moi... Ah! pas aujourd'hui.

— Quand tu voudras.

— De quoi s'agit-il?

— Je désire que tu viennes avec moi ou plutôt
que tu m'emmènes avec toi chez madame Audray.

— Mais je ne la connais pas.

— Elle sera enchantée de te connaître; si elle a
mauvaise opinion des artistes, ta vue la fera changer
d'avis.

— Et la tienne?

— Tu dissiperas ses légitimes inquiétudes à propos
des mauvaises relations qu'elle doit redouter pour sa
fille. Pense donc : pour des gens de province surtout,
être modèle, c'est pis que d'être actrice.

— Autrement dit, tu veux pousser ta pointe, avoir
un pied dans la maison.

— Tu me juges mal, mon cher ami; à présent, je

m'intéresse autant à la mère qu'à la fille. Je n'ai songé qu'à une chose, c'est que ce pauvre intérieur doit cacher une grande misère que je voudrais avoir le droit de soulager.

— Tu es bien le meilleur garçon que j'aie jamais connu, répondit Albert en lui serrant la main. Tu as même raison sur un autre point ; je serais, en effet, très embarrassé pour achever mon tableau, si l'on défendait encore à Misère, je veux dire à mademoiselle Blanche, de revenir ici. Demain, je lui ferai part de nos intentions.

— Non, interrompit Marius, il ne faut rien dire, loin de là. Cela les inquiéterait certainement.

— Soit ; mais, dans quelques jours, je ferai un petit croquis de mon tableau ; je l'offrirai à la bonne femme, qui certainement nous recevra très bien avec un portrait de sa fille comme carte de visite, et je dirai que c'est ton œuvre. Es-tu content ?... Oui, je vois cela dans tes yeux. Décidément tu es pincé, mon cher. Enfin, maintenant que nous savons qui elle est, il n'y a pas trop de mal à cela. Mais on rencontre bien des enchanteresses, à Paris : cours un peu le monde avant de te laisser aller à un caprice qui pourrait devenir une passion romanesque.

C'est pendant que Marius se promenait avec Albert à l'Eden-Palace, étourdi par le bruit, ébloui par les lumières, que sa sœur était arrêtée avec Mariotte et con-

duite au poste, où elles se reveillèrent le matin, en
s'entendant appeler par l'officier de paix chargé de les
conduire au commissariat.

On ne leur rappela même pas ce que Mariotte avait
dit la veille, au sujet de l'argent et des bijoux volés.
Elles furent renvoyées après une semonce et la menace
d'être enfermées à Saint-Lazare, si jamais elles repa-
raissaient au bureau.

Mariotte ne pouvait détacher son regard de la
sœur de Marius. Elle ressemblait tellement à son frère,
qu'on pouvait la reconnaître sans savoir son nom. « Je
comprends que Jules l'ait aimée, » se disait-elle, et cette
idée lui faisait mal, et elle détestait déjà la beauté
d'Adrienne. Elle éprouvait cependant comme un secret besoin de s'en approcher, de connaître son genre
d'existence, son intérieur, et, lorsque Adrienne lui dit,
en la quittant, d'un air protecteur :

— Vous viendrez?

Elle répondit : « Oui ! » avec empressement.

— A quatre heures, ajouta-t-elle, je serai chez vous.

— C'est cela, mais pas un mot devant ma femme de
chambre.

— Soyez tranquille, je suis discrète à l'occasion.

Mariotte monta chez elle. Jeanne l'attendait ; elle
ne s'était pas couchée, et elle toussait beaucoup. Mariotte la gronda en l'embrassant, puis elle lui raconta
tout ce qui s'était passé.

— Je n'irai pas à la séance, fit Mariotte en prenant
une lettre cachetée, sans adresse, dans une armoire;
mais il est nécessaire que tu t'y rendes, toi; car, sans
cela, Albert se fâcherait contre nous deux.

— Et tu iras voir cette femme-là? demanda Jeanne
d'un air inquiet.

— Oui.

— Eh bien, je crois que tu auras tort. Tu vas te
monter la tête encore une fois en reparlant de ton
Jules avec une rivale... A ta place, je n'irais pas.

— Il y a aussi une raison d'intérêt... Nous avons
besoin d'argent pour te soigner, et peut-être m'en pro-
curerai-je là-bas.

Jeanne ne répondit plus rien.

A quatre heures, Mariotte était rue Richelieu, s'arrêtait au troisième étage et sonnait discrètement à la
porte d'un appartement qui donnait sur la cour d'une
fort belle maison.

Adrienne, en robe de chambre de cachemire blanc,
les pieds chaussés de mules de satin rouge, l'attendait,
assise devant une table ronde en vieux chêne. La salle
à manger renfermait, en outre, un buffet étagère à
dessus de marbre blanc et six chaises; elle était ornée
de potiches et tendue de rideaux et de portières en
reps vert, encadré de bandes de velours noir; quatre
tableaux appendus au mur représentaient des sujets
de chasse et de pêche; une suspension en nickel com-

plétait l'ensemble de cette pièce, que Mariotte semblait admirer en silence, quoique son esprit en fût très éloigné.

— Je n'ai que trois pièces et un cabinet de toilette, dit Adrienne en se levant. Venez, je vais vous faire faire le tour de la propriété.

Et, passant la première, en laissant traîner sa longue robe blanche sur les tapis, elle ouvrit la porte du petit salon, garni de meubles capitonnés en satin rose de Chine, et qui faisaient le plus grand honneur au bon goût de l'un des grands tapissiers de Paris.

— Ici, ma chambre, continua-t-elle en ouvrant une porte... Je ne raffole pas du satin bleu; mais vous savez le proverbe : « A cheval donné... » Mon cabinet de toilette me convient davantage : j'aime les meubles en bambou. C'est moi qui ai choisi cette perse à bouquets de roses et de lilas. Cet appartement a une disposition particulière : il était habité par une modiste qui avait tout démoli pour installer son atelier; ici, c'était une cuisine, j'en ai fait mon cabinet de toilette; de sorte que je possède une sortie sur l'escalier de service, ajouta-t-elle en montrant une porte perdue dans la tapisserie. Il ne m'a pas encore servi à grand' chose; mais enfin on ne sait jamais ce qui peut arriver, et encore moins qui l'on peut avoir à faire sortir.

— Alors vous n'avez pas de cuisine? dit Mariotte, pour dire quelque chose.

— Si ! en entrant par le grand escalier, on trouve à droite, un long couloir qui conduit à une ancienne chambre de bonne. C'est là que je l'ai installée, et ma domestique couche au cinquième. Je n'aime pas à avoir ces gens-là sous ma clef.

Mariotte l'écoutait à peine, elle regardait les objets de toilette et de curiosité empilés sur les meubles.

— J'ai d'assez jolies choses, continua Adrienne avec indifférence, mais tout cela ne me dit rien. J'ai le cœur vide, je m'ennuie.

— Vous vivez donc seule ?

— J'ai un ami qui vient me voir, mais rarement dans la journée, et en se cachant...

— Comme s'il avait peur d'être arrêté...

— Vous restez à dîner avec moi, n'est-ce pas ? J'ai dit de mettre deux couverts.

Sans trop savoir pourquoi, ce fut à contre-cœur que Mariotte accepta, mais elle accepta.

Après avoir causé pendant quelques instants de choses indifférentes, les deux femmes passèrent dans la salle à manger, et se mirent à table.

Le couvert était mis avec soin ; naturellement, Mariotte était plus habituée au sans-gêne qu'au savoir-vivre, et les grands airs d'Adrienne la gênaient un peu pour commencer.

Une bonne, à petit bonnet planté comme une brioche de mousseline sur le haut de la tête, apporta

le potage, et elle regarda Mariotte avec une moue re-
chignée. Elle n'aimait pas que mademoiselle reçût des
femmes.

— C'est bien ainsi, fit Adrienne en passant une assiette à Mariotte, je servirai moi-même.... Ah! si
quelqu'un venait, je n'y suis pas. Cette pauvre Lise,
ajouta Adrienne en la regardant sortir, elle est curieuse : le plus méchant tour que je puisse lui faire est
de la renvoyer quand j'ai du monde à dîner. Aujour-
d'hui, elle est furieuse, parce qu'elle ne sait pas où
j'ai passé la nuit. Vous comprenez bien que je ne le
lui ai pas dit en rentrant ce matin.

— Vous êtes donc obligée de lui rendre des comptes?
demanda Mariotte de plus en plus étonnée.

— Oui et non. Ces femmes-là sont curieuses et ba-
vardes; on les emploie à tant de choses... que ce sont
elles qui finissent par vous donner des ordres, sous
forme de conseils; ils sont quelquefois bons à suivre.
Ainsi hier, en m'habillant, elle me disait précisément
que j'avais tort d'aller aux Folies-Bergère sans être
accompagnée; mais je m'ennuie à périr depuis quelque
temps.

— Vous vous ennuyez dans ce bel appartement?

— Il n'y a pas de belle volière sans oiseaux.

— Jolie comme vous l'êtes, les amoureux ne doivent
pas vous manquer, cependant.

— Je suis difficile; et puis la leçon que j'ai reçue de

notre ami Jules, fit-elle en riant, m'a tellement profité, que je ne puis vaincre ma peur de retomber aussi mal.

En entendant prononcer le nom de Jules, Mariotte devint pâle, et son impérieux besoin de parler de lui et d'en entendre parler, reprit le dessus.

— Puisqu'il vous adorait, peut-être auriez-vous pu l'amener à se corriger de ses défauts.

— Merci! un homme qui ne parlait que de me tuer si je venais à le tromper.

— On dit ces choses-là, mais on ne les fait pas. C'est égal, Jules d'un côté, de l'autre votre frère : à votre place, je suivrais les conseils de la bonne, je ne sortirais pas seule.

— Oh! quant à Jules, je m'en moque; il se traînerait à mes pieds comme un chien, si je le rencontrais.

Mariotte, le regard fixé sur le tissu blanc et damassé de la nappe, y voyait apparaître des taches rouges comme du sang.

—C'est mon frère qui est à craindre, reprit Adrienne devenue très sombre, elle aussi; il doit me détester autant qu'il aimait notre mère! C'est étrange, les idées qu'on se forge : depuis quelque temps, il me semble qu'un malheur est sur le point de m'arriver. Je n'ai pas l'esprit fait comme les autres; je n'aime que les choses que je ne puis avoir. Ainsi j'étais heureuse à la maison : eh bien, j'en suis partie; et s'il dépendait de moi d'y retourner, en ce moment je n'hésiterais pas à le faire... Mais bah!... A présent que nous avons dîné tant bien que mal, et pas gaiement du tout, car vous ne buvez pas, mademoiselle Mariotte, si vous le voulez, nous parlerons affaires.

— Ah! mon Dieu, la chose est bien simple. Votre mère a pris ses précautions pour avantager votre frère.

— Oh! cela n'est pas possible, répondit Adrienne, qui avait bu pour deux; ou, si cela était, cela ne serait pas valable, car je connais les sommes qu'elle avait en mains, et celles qu'elle avait placées pour moi.

— On peut toujours changer ses dispositions.

— Oh! pas quand on les a prises au dernier moment, et sous l'influence d'une personne présente. J'ai gardé toutes les lettres qu'elle m'écrivait à la pension; on y trouve à peu de choses près, le compte des valeurs qu'elle avait achetées pour moi. Je crois même avoir les noms des valeurs et les numéros des titres; du reste, c'est chose facile à vérifier, et je vais vous les montrer. Allez, je connais les affaires aussi bien qu'un autre, fit-elle en se levant pour passer dans sa chambre.

Mariotte regrettait déjà d'avoir parlé de la lettre qu'elle avait prise chez Albert; mais elle ne l'avait pas montrée et elle était bien décidée à n'en pas faire usage au profit d'une femme qu'elle aurait voulu n'avoir jamais rencontrée.

Adrienne rentra avec un coffre capitonné de satin bleu clair, qu'elle posa sur la table, et elle dit en s'asseyant :

— Je vous ai fait attendre. J'avais si bien caché la clef, que je ne la retrouvais pas.

La boîte était pleine de lettres liées en paquets séparés.

— Ah! voici celles de ma mère.

Elle les tendit à Mariotte.

— Comme elle vous aimait, fit celle-ci au bout de quelques minutes, en fixant son regard attendri sur le regard sec et froid d'Adrienne. Non, jamais on ne croira que cette femme-là vous a déshéritée volontairement, et je crois aussi qu'elle n'a cédé qu'à un mouvement de douloureuse colère.

— Dès demain, j'irai chez un avoué et je n'aurai pas besoin de voir mon frère pour lui demander des comptes : j'étais à l'étranger, lorsque tout cela s'est passé ; vous verrez que j'aurai gain de cause. Ah! fit-elle en prenant un paquet de lettres dans la boîte et les présentant à Mariotte, en voici d'un autre genre qui vous intéresseront sans doute. Si je les ai gardées, celles-là, ce n'est pas par tendresse, mais par prudence ; car, à côté des plus brûlantes protestations d'amour, elles sont remplies de menaces. S'il m'arrivait malheur, M. Jules ne serait pas blanc.

10

Mariotte avait reconnu l'écriture de son ancien amant.

— Je puis regarder? demanda-t-elle en cherchant à prendre un air indifférent, mais en cassant brusquement le fil du paquet.

— Certes, fit Adrienne; vous devez avoir reçu à peu près les pareilles. Étrange garçon! assez d'esprit naturel, mais pas la moindre instruction; c'est un écolier de la rue. Dans le principe, il m'avait un peu donné le change; mais je me suis aperçue, en acquérant l'expérience, que les gens qui viennent à Paris pour s'amuser, ne tiennent pas plus à l'instruction chez les agents de leurs plaisirs, qu'à la véritable sagesse chez les filles. A quoi cela servirait-il, du reste, pour jouer la comédie de toutes les façons?

» Figurez-vous, ma chère, qu'à l'époque de mon arrivée à Paris, moi qui avais été fort bien élevée en pension et dans ma famille, où l'on était un peu puriste, j'avais littéralement l'air d'une moule. Jules et ses singuliers amis parlaient une langue qui ne ressemblait nullement à celle qu'on m'avait apprise. Je m'y suis faite; mais là, vrai, cela n'est pas venu tout seul.

— Et moi, murmura Mariotte qui laissa tomber lourdement la main sur les genoux, comme si l'une des lettres de Jules eût été un fardeau trop pesant à soutenir, moi qui me donnais tant de peine pour ou-

blier les vilaines choses que l'on disait chez nous, et
qui aurais tout donné pour m'instruire !

» Oh ! non, ajouta-t-elle en regardant encore la
lettre de Jules avec une profonde tristesse, il ne m'a
jamais écrit de pareilles choses, à moi... Il est vrai
qu'il vous dit que vous le rendez fou de chagrin. »

Et, sans s'en apercevoir, elle lut tout le contenu de
la lettre, d'une voix si vibrante d'émotion, qu'Adrienne
en fut attendrie.

« Oui, écrivait Jules, le 20 avril 1879, j'ai quelque
peu vécu d'aventures ; mais, avec toi, je me serais élevé
si haut, que personne n'aurait été assez grand pour
me regarder en face. Tu as tort de me rudoyer devant
les étrangers, de me faire sentir ta supériorité d'instruction devant les artistes surtout, qui ne respectent
pas même ceux qui leur font gagner leur pain ; tu as
tort de montrer tant de liberté de parole et d'action ;
on dirait que cela t'amuse de me faire de la peine.
J'ai l'air d'une brute ou d'un nigaud ; mais ne t'y fie
pas. Le jour où je serai certain que ma jalousie est
fondée, foi de Jules Signard, je t'étranglerai avec ces
longs cheveux dont tu es si fière et que j'aime tant à
couvrir de baisers insensés... »

— Ah ! interrompit Adrienne en riant, certes, il en
était *toqué*, de mes cheveux : je ne pouvais pas rester
coiffée proprement, avec lui, l'espace d'une heure.
Quoi de plus assommant que les gens qui ne cessent

de vous embrasser! Tenez, ajouta-t-elle en tirant du
coffret une bonbonnière en écaille incrustée de petites étoiles d'or, c'est lui qui m'a donné cette boîte :
elle était remplie de bonbons que j'ai jetés. Dame,
ils auraient pu être empoisonnés... venant d'un Othello
comme celui-là... La voulez-vous, ma chère? fit-elle
en la présentant à Mariotte, ce sera pour vous un
double souvenir.

Mariotte prit la boîte délicatement du bout des
doigts, comme si elle avait eu peur de la briser ; puis
elle l'ouvrit avec les mêmes précautions et dit en regardant Adrienne, qui attendait sa réponse pour refermer son coffret :

— Mais elle contient une boucle de cheveux soigneusement attachés avec une faveur bleue.

— Oh! fit Adrienne avec indifférence, il est bien
possible que ce soient des siens ; mais, dans le doute,
comme je ne tiens pas plus à ceux des uns qu'à ceux
des autres, vous pouvez les jeter...

Mariotte les avait reconnus, et elle les laissa dans la
boîte qu'elle referma pour la mettre dans sa poche.

Puis elle ajouta avec amertume :

— Avec moi, c'était différent ! je lui mendiais une
caresse, un sourire : pourtant, j'étais vraiment bonne
et dévouée... Quand on a été malheureux et maltraité
pendant son enfance, on a fait de si grandes économies
d'affection et de tendresse, qu'on en est parfois pro-

digue envers des ingrats... Le moindre de ses désirs était un ordre sacré pour moi, je n'aurais pas donné le bout de mes doigts à personne, tant j'aurais eu peur qu'il n'en prît ombrage !

— Sotte ! répondit Adrienne en riant. C'est uniquement à cause de cela qu'il vous a *lâchée* sans tambour ni trompette. Vous n'avez pas compris que vous vous trouviez devant un « jeune vieillard », comme moi, du reste ; qu'il fallait user d'un stimulant pour réveiller son cœur flétri, pour exciter ses nerfs détendus, pour ranimer son esprit fatigué... Au repos, Jules n'est qu'un niais, un poseur, une véritable tête à gifles, antipathique à tout le monde, parce qu'il se croit beau et se donne des airs de matamore pour demander un bock ou une allumette dans un café. Cependant, quand il est *remonté*, rien ne l'arrête. L'avez-vous quelquefois vu remonté ? fit-elle en se versant un quatrième verre de chartreuse... Oh ! alors, c'est un enragé !...

Mariotte était à bout de forces. Les railleries d'Adrienne lui semblaient mal sonnantes, injustes, grossières même. On ne parle pas ainsi d'un homme quand on l'a assez aimé pour le suivre, et devant une femme qui vient d'avouer qu'elle l'aime encore. C'était vraiment se manquer de respect à toutes les deux. Aussi Mariotte chercha-t-elle une réponse sans la trouver.

— Oh ! je dis tout cela pour causer, fit Adrienne en

10.

se renversant en arrière... Comme nous ne pouvons pas parler politique, il faut bien jaser de nos amours. D'ailleurs, en voilà assez sur le compte de ce *cadet-là*; j'en ai par-dessus la tête.

Elle reprit toutes ses lettres et les remit dans la boîte en disant :

— Si jamais vous rencontrez « notre » Jules, dites-lui bien des choses de ma part; mais gardez-vous bien de lui donner jamais mon adresse !

Elle se leva sur ces derniers mots, et, comme elle s'éloignait pour reporter le coffret dans sa chambre, Mariotte la suivit d'un regard où se mêlaient un peu de haine et beaucoup de mépris.

On ne croit pas, quand on aime comme Mariotte aimait, qu'une autre femme puisse être à ce point indifférente pour l'objet de sa propre passion. « Elle est méchante, et elle cache peut-être son jeu, pensait Mariotte en faisant craquer l'une après l'autre les phalanges de ses doigts; c'est elle qui a tous les défauts qu'elle lui prête... il la suppliait... Elle l'a quitté, parce qu'il ne la traitait pas comme elle le méritait, et, s'il l'avait battue, elle l'aurait adoré, j'en suis certaine à présent... C'est une poupée à ressorts... Que les cœurs sont donc bizarres ! » ajouta-t-elle en essuyant deux larmes brûlantes qui lui laissèrent un petit sillon rouge sous les yeux.

Adrienne, s'apercevant qu'elle avait pleuré, lui demanda d'un air moqueur, si elle « en tenait » encore pour leur Jules ; dans ce cas, elle serait au désespoir de lui en avoir parlé.

— Moi, répondit Mariotte en relevant la tête, j'aime jusqu'au souvenir des douleurs et des chagrins qui me viennent de lui, et, si nous devons nous revoir...

— Certes, nous nous reverrons et le plus souvent possible, je l'espère. Je n'ai pas d'amie, nous sortirons ensemble.

— Soit, répondit Mariotte en se levant pour se retirer, mais à une condition : c'est que vous ne me parlerez jamais de lui. Que voulez-vous ! j'ai le courage de ma faiblesse ; je suis jalouse du passé.

— Eh bien, que feriez-vous donc, si vous le rencontriez avec une femme, car vous ne supposez pas qu'il se soit retiré dans un cloître ?

— Si je la connaissais, répondit Mariotte après avoir réfléchi, elle passerait un mauvais quart d'heure ; quant à lui, comme je l'ai prévenu...

— Ah ! ma chère, fit Adrienne en la reconduisant, les scènes dramatiques sont bien démodées. Croyez-moi : prenez-en votre parti et laissez courir les chiens qu'on ne peut attacher, surtout quand ils n'ont ni race ni valeur. Venez déjeuner avec moi demain, nous causerons de choses plus sérieuses. Si vous pouvez m'aider à rentrer dans mon argent, je vous ferai un beau cadeau... en espèces.

Mariotte était descendue sans répondre ni oui ni
non. Elle avait hâte d'arriver dans la rue pour respirer à son aise.

— Je crois qu'elle l'aime encore et que j'ai fait une
bêtise, pensa la sœur de Marius en passant dans son
cabinet de toilette. Le monstre! fit-elle en prenant
un portrait de Jules dans le tiroir d'un meuble. Il avait,
en effet, du bon par moments... il est très bien sur sa
photographie ; sa figure est un mirage trompeur
comme son esprit; mais, beau ou laid, spirituel ou
ridicule, il n'en est pas moins certain qu'on ne s'ennuyait pas avec lui. Les hommes qui savent vous di-
vertir sont rares ; je dépensais moins d'argent avec
lui que je n'en dépense aujourd'hui seule, et sans
m'amuser le moins du monde...

Elle sonna sa femme de chambre et se mit à sa toilette en pensant à Jules et en lui donnant même quelques regrets... Sa pensée revenait sans cesse vers lui,
quoi qu'elle en eût... D'où venait cela? elle ne s'en rendait pas compte... Était-ce parce qu'elle avait relu
ses lettres?... parce qu'elle avait parlé de lui?... Non..
c'était parce que le souvenir avait excité dans son cœur
sec, blasé depuis longtemps déjà, un de ces sentiments
d'amour-propre banal, si communs chez les créatures
vulgaires et désœuvrées.

Une autre femme aimait Jules, et cette pensée lui
eût fait trouver plaisir à le revoir.

Une fois dans la rue, Mariotte rassembla ses idées à grand'peine, tout ce qui s'était passé depuis la veille lui apparaissait comme un rêve fantastique.

Ce fut seulement lorsqu'elle sentit dans sa poche la boîte contenant les cheveux de Jules, que toute la raison lui revint au milieu d'un accès de colère furibonde... Non, toutes les révélations adroitement soulignées de cette femme astucieuse et perfide n'étaient pas dues à son insouciante indifférence : on ne torture pas ainsi le cœur d'une malheureuse fille qui vous avoue franchement qu'elle n'a pas cessé d'aimer à la folie, sans l'intention bien arrêtée de la faire souffrir.

Elle se disait qu'elle avait été lâche de ne pas se révolter, en répliquant à cette femme par des vérités personnelles qui l'auraient dissuadée de jeter si impudemment des pierres à la tête des autres... Un moment, elle eut envie de retourner sur ses pas et de remonter chez Adrienne pour lui dire sa façon de penser ; mais elle s'arrêta à une idée plus sage, qu'elle eut, hélas! le tort de ne pas suivre entièrement, et qui consistait à ne jamais retourner chez la sœur de Marius, et à l'éviter même si elle la rencontrait.

Jeanne fut absolument de l'avis de son amie, et jusqu'au lendemain matin, quoiqu'elle dormît peu, Mariotte resta ferme dans sa résolution. A dix heures elle écrivit un mot pour Adrienne, afin de la prévenir qu'elle ne pouvait profiter de son invitation à déjeuner et qu'elle la priait d'accepter ses excuses.

— Je vais donner cela à porter à un commissionnaire, dit-elle à Jeanne en lui montrant la lettre.
Je veux prouver à cette *poseuse* qu'on n'a pas besoin
d'avoir été en pension dix ans pour être polie.

Dans la rue, Mariotte réfléchit qu'elle aurait plus
vite fait de porter son billet elle-même chez le concierge de la rue Richelieu. Mais, chemin faisant, elle
s'arrêta court, en se demandant si elle n'avait pas fait
dans sa lettre quelque faute d'orthographe grossière,
et, ne voulant plus servir de risée à pareille drôlesse,
elle déchira sa lettre et résolut d'aller, en personne,
avertir la domestique, qui se chargerait de prévenir
sa maîtresse.

Malheureusement la bonne était sortie, et ce fut
Adrienne qui vint ouvrir la porte ; elle fit entrer Mariotte,
et la contraignit à rester, sans vouloir admettre d'excuses. Elle avait, du reste, des choses importantes à
lui dire. Le matin, à neuf heures, elle était allée chez
un avoué qui lui avait affirmé que son procès, si jamais
elle était forcée de plaider contre son frère, était un
procès gagné d'avance.

Mariotte entra en se disant :

— Si j'insiste pour m'éloigner, elle va penser que
je l'évite par crainte ou par jalousie... J'aime mieux
faire face à l'ennemi ; du reste, je me sens plus forte
et plus maîtresse de moi-même aujourd'hui, et, si elle

attaque encore Jules, cette fois, elle trouvera à qui répondre.

Mais Adrienne était toute à sa question d'argent et le déjeuner se passa, sans aucune allusion au passé.

Mariotte se souvint tout à coup qu'elle n'avait pas averti Jeanne, qui l'attendait peut-être pour déjeuner.

— Excusez-moi de vous quitter si vite, fit-elle en se dirigeant vers la porte, mais il s'agit d'une malade et...

— On a sonné, interrompit Adrienne en la retenant par le bras... C'est mon ami, sans doute; un sauvage qui ne veut être vu de personne, à cause de sa femme, laquelle, de son côté, ne prend pas autant de précautions pour lui rendre la pareille. Quoi qu'il en soit, je tiens à faire selon sa fantaisie.

En disant ces mots, elle avait fait disparaître dans le buffet le couvert de Mariotte.

— A présent, allez-vous-en; vous sortirez par le cabinet de toilette, la serrure ne ferme qu'au pène; allez, mais vous reviendrez demain à la même heure.

Elle poussa Mariotte dans le salon, ferma la porte derrière elle et revint se mettre à table, feignant de lire le journal.

La domestique entra en disant :

— Monsieur...

Pendant ce temps Mariotte, toute surprise de cette brusque sortie, cherchait à s'orienter pour trouver son chemin. Elle s'était arrêtée au milieu de la chambre à coucher, au pied du lit de milieu, en satin blanc capitonné, garni et recouvert de guipures de Venise.

— Qu'une femme doit paraître belle et désirable, pensait-elle, entourée de tout ce luxe! Si l'habit ne fait pas le moine, comme disait maman Caron, je crois que la cage pare joliment l'oiseau!

Puis elle toucha le satin et la dentelle, délicatement, du bout des doigts. Elle se retourna, et vit sa personne tout entière reflétée par la glace d'une armoire de palissandre; elle aperçut, suspendue au-dessus de sa tête, une veilleuse en cristal bleu parsemée d'étoiles blanches.

— C'est un coin du ciel, soupira Mariotte; rien n'y manque... pas même lui, ajouta-t-elle en prenant le portrait de Jules qu'Adrienne avait oublié sur la cheminée. Toujours lui!... c'est une véritable fatalité qui m'attend et me poursuit dans cette maison!

» Son portrait, je ne l'ai même pas... Pourquoi se trouve-t-il ici en évidence? il ne lui est donc pas si désagréable à voir qu'elle le dit? Peut-être l'avait-elle mis là pour me le donner aussi... Oh! j'aurais bien du plaisir à le posséder... Elle ne doit pas y tenir, et je reviendrai certainement pour le lui demander... oui, je l'aurai, ajouta-t-elle en reposant le portrait où elle l'avait pris, quand je devrais le lui payer de la lettre de son frère Marius!...

Et elle entra dans le cabinet de toilette, cherchant la porte de sortie, donnant sur le petit escalier. La serrure n'était fermée qu'au loquet.

— Oh! fit-elle avec étonnement, peut-on garder des portes fermant aussi mal, quand on a de pareilles valeurs chez soi!

Pour elle, il y avait un trésor dans cet appartement, le portrait de son Jules...

Elle sortit, après s'être bien assurée qu'elle avait fermé la porte, et descendit lentement; car l'escalier de service était sombre comme un four et étroit comme une échelle.

— Jeanne va me gronder, se disait-elle. Je pense que je ferais mieux de lui cacher la vérité.

Et Mariotte revint chez elle, toute préoccupée de ce qu'elle allait dire.

Mais Jeanne était partie chez Albert.

— Eh bien, demanda-t-elle à son amie, aussitôt qu'elle fut rentrée, tu arrives de l'atelier? Qu'a-t-on dit de ne pas me voir à la séance, ce matin?

— Que tu avais bien fait de ne pas venir et que j'aurais dû en faire autant.

— Toujours aimable, *le singe?*

— Albert travaillera pendant quelques jours à un tableau d'église. C'est moi qui devais poser pour sa Vierge; mais il a changé d'avis, et je te donne en cent à deviner qui me remplace.

11

— Je n'aime pas les devinettes, répondit brusquement Mariotte; qui est-ce?

— Misère, qu'on appelle maintenant « mademoiselle
Blanche », gros comme le bras.

— Sans vouloir t'être désagréable, ma chérie, je
crois que poser les Vierges lui convient mieux qu'à
nous. On devait ajuster ta tête sur mes épaules, ajouta-
t-elle en riant; mais je crois vraiment qu'en fondant le
tout, on n'aurait rien produit de fameux, tandis que,
d'après elle, on pourra faire quelque chose d'admirablement chaste. Il faut être juste, vois-tu, ces airs d'hon-
nêteté-là, on ne les retrouve jamais, une fois perdus.
Et... elle était seule avec le patron?

— Non; M. Marius était là, c'est ce qui me console.

— Ah! oui, fit Mariotte en riant, tu es comme le
chien du jardinier, toi. Ah ça, ils sont donc rivés l'un
à l'autre comme des inséparables, ces deux amis-là?
On ne t'a pas défendu de revenir?

— Oh! non, heureusement.

— Eh bien, tu y retourneras tous les jours, sous
prétexte de demander si l'on m'a vue.

— Je ne comprends pas.

— Cela n'est pas absolument indispensable; il faut
dire que tu ne sais pas où je suis passée.

— Mais pourquoi?

— Parce que j'ai besoin de savoir tout ce qui se dit
là-bas sans y aller. Ne cherche pas d'explication : je

suis engagée dans une affaire qui sera bonne pour nous deux. C'est surtout ce que M. Marius dira qu'il faut me rapporter mot à mot.

— Il ne parle pas beaucoup.

— Cela viendra peut-être, fit Mariotte en secouant la tête. As-tu de l'argent?

— Où veux-tu que j'en aie pris, répondit Jeanne en la regardant d'un air étonné.

— C'est juste, fit Mariotte en fouillant dans sa poche. Depuis assez longtemps je t'ai habituée à croire que le pain arrivait tout cuit sur ton oreiller, et tu te payes la fantaisie de poser pour la gloire.

— Mais je n'ai pas eu séance aujourd'hui!

— Il n'en fallait pas moins te faire payer, puisque c'était ton jour. Voyons, ne prends pas cet air de martyre: nous avons de quoi dîner aujourd'hui; je tâcherai que demain il en soit de même.

Jeanne se mit à pleurer sans répondre.

— Bon! des larmes à présent, s'écria Mariotte en poussant une chaise qui tomba à terre. Tu sais que ça m'agace, de te voir pleurnicher à propos de rien : c'est une drôle de façon de remercier les gens qui se mettent en quatre pour vous obliger! Je ne tombe que sur des ingrats.

— Tu ne me diras pas cela deux fois, répondit Jeanne en mettant son chapeau pour sortir. Je trouverai de l'argent ou je ne rentrerai pas.

— Allons donc, te voilà réveillée, fit Mariotte en partant d'un grand éclat de rire ; c'est tout ce que je voulais. Viens avec moi et ne boude pas. Tu t'écoutes trop.

— Je crois que, pour ce que j'ai de temps à vivre..., murmura Jeanne tristement.

— Ce temps-là, ce n'est pas nous qui pouvons le compter ; mais plus on a de raison de supposer qu'il doit être court, plus il faut s'efforcer de vivre. Nous irons faire un tour au Skating, si tu le veux ; la musique détend les nerfs, et les miens ont joliment besoin d'être détendus, va ! Depuis qu'on m'a reparlé de Jules, je n'ai plus ma tête à moi ; il y a des moments où j'entends comme un bourdonnement dans mes oreilles. Je crois distinguer des bruits étranges, comme des discussions au milieu desquelles mon nom est prononcé sans cesse. Je crois qu'on doit parler de moi souvent... C'est Jules peut-être.

— Ma pauvre Mariotte, fit Jeanne en lui prenant le bras, en voilà un qui pourra se vanter de t'avoir fait souffrir !

— Ce qu'il y a d'affreux, vois-tu, répondit Mariotte en s'arrêtant en face de son amie, c'est que je me figure que ça ne finira jamais... Peut-être cependant, si je le revoyais, parviendrais-je à m'en désenticher. Ça arrive, ces choses-là. Ce qui me fait mal surtout, c'est que je le cherche sans trêve, de la pensée et des yeux. Je crois le voir dans tous les hommes de sa taille qui viennent à passer, et je cours après eux avec des battements de cœur qui me coupent la respiration. Tu crois aimer Albert, toi ; mais ton mal est supportable ; tu n'as pas été sa maîtresse, tu ne sais pas ce qu'il dirait à une autre, s'il la possédait... Ah! cette jalousie-là, vois-tu, c'est l'enfer de toutes mes nuits. Toi, ajouta-t-elle en rougissant, tu aimes avec ton âme, ton imagination ; moi, j'aime avec la chair. Je suis une créature positive, matérielle, je le sais... que veux-tu ! je ne me suis pas faite. Mes emportements.,. mes rages... mes colères viennent de là... J'ai beau lutter, me raisonner, mes désirs ne font que s'irriter avec le temps.

— Allons, viens, et tâchons d'oublier en partie double.

Le hasard n'avait pas servi Mariotte ; car non seulement Jules demeurait à cent pas de chez elle, mais encore il passait tous les jours sur le chemin qu'elle suivait pour aller chez Albert, boulevard des Batignolles. Une fois ou deux, il l'avait vue venir de loin, et il s'était caché dans une allée pour éviter sa rencontre.

En la quittant, il avait été forcé de se chercher des moyens d'existence au jour le jour. Il faisait à la fois la place pour les annonces d'un petit journal et pour une compagnie d'assurances sur la vie. Dix-neuf per-

sonnes sur vingt le recevaient fort mal ; il avait beau
vouloir éblouir son monde, en se donnant pour le prin-
cipal rédacteur du journal, ou pour un gros action-
naire de la compagnie d'assurances : toutes les portes
se fermaient devant lui, et c'est à peine s'il gagnait
de quoi ne pas se laisser mourir de faim. Le décou-
ragement était venu ; les habits s'étaient usés ; il voyait
le moment où il lui faudrait renoncer même à se
présenter chez des gens dont le premier soin est de
vous toiser de la tête aux pieds. Son maître d'hôtel
perdait patience ; depuis quatre mois, n'étant payé que
de promesses, il lui avait signifié son congé le lundi pour
le samedi, préférant perdre sa créance, plutôt que de
continuer à faire des avances. Jules cependant luttait
encore contre les apparences ; il aimait mieux manger
en cachette un pain de deux sous, et prendre ensuite
un bock dans un beau café, que d'entrer chez un traiteur
de maigre apparence, prendre le repas de l'ouvrier :
la soupe et le bœuf lui paraissaient être un ordinaire
bon pour les chiens.

En quittant Mariotte, il s'était réfugié dans un hôtel
de la rue de Trévise, au fond d'une cour très sombre ;
il avait trouvé là, au cinquième étage, un cabinet
meublé d'un lit en fer, d'une table et d'une chaise. Du
reste, l'extérieur de l'hôtel avait bonne apparence ;
cependant Jules n'en sortait qu'après s'être assuré
en regardant autour de lui, que personne de sa

connaissance ne le voyait sortir ; pour rentrer, il prenait encore plus de précautions. Il n'avait qu'une seule préoccupation : la crainte de rencontrer Mariotte ; non seulement il ne l'avait jamais aimée, mais encore, en pensant à elle, il éprouvait comme un insurmontable sentiment de crainte, toute morale, il est vrai ; et, comme il ne pouvait définir ce sentiment étrange qui le faisait frissonner lorsqu'il pensait à elle ou qu'il prononçait son nom, il en conclut que sa conscience valait encore quelque chose et que son esprit était tout simplement bourrelé de remords.

— Certes, se disait-il, je ne la chercherai pas ; mais, si je la rencontre, je lui ferai des excuses pour la façon peu correcte dont je l'ai quittée. Qui sait si ça ne ferait pas changer ma mauvaise veine ? Mariotte m'a peut-être jeté un sort ; car, il n'y a pas à dire, non, depuis que je l'ai plantée là, tout me claque dans la main... Allons, bon !... Il ne me manquait plus pour m'achever que de devenir superstitieux... Eh bien, fit-il, en soulevant son chapeau de la main droite et en se serrant le front de la gauche, je ne le dirai à personne...; mais je n'en ai pas moins dans l'idée que tout n'est pas fini avec la Mariotte.

Jules avait lié incidemment connaissance avec un voisin qui ne rentrait que le soir. C'était un jeune employé qui faisait l'article à la porte d'un grand magasin

de vêtements confectionnés pour hommes; on l'appelait dans la maison, et sous forme de plaisanterie,
mademoiselle Gustave, parce qu'il était rangé, poli
et timide comme une demoiselle... Très honorable,
d'ailleurs, et très recommandé à ses patrons par sa
famille, qui habitait Melun.

Le jeune provincial se trouvait heureux de vivre
isolé; le travail du jour suffisait à le distraire, et, le
soir à dix heures, il rentrait chez lui, où il s'endormait,
après avoir lu un feuilleton ou écrit une page de la
lettre-journal qu'il envoyait toutes les semaines à sa
mère, avec la moitié de ses modestes appointements.

Un soir, comme il rentrait, il rencontra Jules, qui
montait l'escalier devant lui.

— Tiens, vous rentrez de bonne heure, voisin.
Seriez-vous malade?

— Non; mais je ne vaux guère mieux. J'ai couru plus
que d'habitude pour me trouver quelque chose; mais
les emplois sont rares et je suis tout à fait découragé,
répondit Jules en s'appuyant à la rampe de l'escalier.

— Il ne faut pas se laisser abattre comme ça, répondit Gustave en s'arrêtant aussi. Et d'abord que faites-
vous de votre état?

— J'étais courtier en librairie; mais c'est une partie
que les journaux ont tuée.

— Il y a bien besoin d'employés chez nous; mais
c'est un métier de chien. Il faut rester toute la journée

sur ses jambes, au vent, à la pluie, au soleil, à la poussière, afin de raccoler des chalands qui vous envoient à tous les diables.

— Oui, je vous ai vu faire l'article l'autre jour à un monsieur qui n'avait pas l'air avenant ; pourtant, vous vendez bon marché.

— Oui, oui, répondit Gustave en continuant à monter l'escalier, les articles de réclame ; il y en a même de donnés à perte ; mais on se rattrape sur les commandes.

Il était arrivé à sa porte et l'ouvrit.

— Et combien gagne-t-on chez vous ? demanda Jules en cherchant sa clef.

— Ah ! pas grand'chose ; j'ai quatre-vingt-dix francs sans être nourri. Entrez un peu, si vous voulez... Je ne tiens plus sur mes jambes.

Jules entra.

La chambre du jeune homme était à peu près la même que la sienne ; seulement son voisin avait tapissé ses murs avec des adresses-réclames illustrées de toute sorte. Sur la cheminée, une tablette recouverte de perse à fleurs, pareille à celle des rideaux de la fenêtre et au couvre-pied de son lit ; deux chandeliers avec des bougies, des bobèches en papier rose découpé, une serviette blanche sur sa table de toilette, un tapis carré en feutre à terre, une petite pendule appendue au mur.

— Tous ces bibelots-là m'appartiennent, fit le jeune homme en s'apercevant que son voisin les examinait. Je me serais bien mis chez moi ; mais, par ce temps de faillites qui se précipitent les unes sur les autres, on ne sait jamais si l'on restera longtemps dans la même place, et les déménagements sont ennuyeux. D'ailleurs, ma mère a quelque huit cents francs de rente, et, si j'avais le malheur de la perdre, j'irais m'établir en province... Je n'aime pas Paris... Vue de près, la population du boulevard et du faubourg Montmartre m'en a dégoûté pour le reste de mes jours. Le vilain monde ! Vous ne vous figurez pas... D'affreuses femmes, très jolies quelquefois, qui viennent acheter des costumes d'homme pour de misérables voyous qui vivent à leurs crochets ; moi, je brosse ma manche, quand l'un d'eux me touche le coude en passant.

Jules avait baissé la tête et fixait obstinément du regard les fleurs du tapis.

— Du reste, reprit Gustave en commençant à se déshabiller, quoique bien modestes, nos emplois sont très recherchés, et il faut avoir de bons répondants pour les obtenir.

— Et puis une certaine connaissance du métier que je n'ai pas, fit Jules en se préparant à sortir.

— Je connais un placier en photographies qui gagne assez bien sa vie, reprit Gustave en retenant Jules par le bras. Il m'a dit qu'on demandait quel-

qu'un chez son patron ; voici l'adresse. Allez-y donc
de ma part, qui sait?

— Ça ne coûte rien d'essayer, répondit Jules J'y
passerai demain. Bonsoir et merci.

— Bonsoir ! vous me direz si vous avez trouvé quelque chose ; je chercherai de mon côté.

Rentré dans sa chambre, qui lui parut un chenil à
côté de celle de son voisin, Jules se mit à réfléchir :
l'idée ne lui paraissait pas trop mauvaise et elle lui
en donna une seconde. Il s'endormit en se demandant
ce que pouvait être devenue Adrienne.

Le lendemain, lorsque Jules se réveilla, Gustave
était parti depuis longtemps ; il déjeuna d'un pain de
seigle qu'il avait rapporté la veille et d'un verre
d'eau.

Après s'être rasé, peigné, brossé, admiré de face,
de profil, dans un morceau de sa glace qu'il avait cassée,
il alla se présenter chez le photographe dont Gustave
lui avait donné l'adresse.

C'était un homme jeune encore qui venait de s'établir avec un certain luxe d'installation.

— Ah ! mon cher monsieur, lui dit-il en le priant
de s'asseoir, c'est un métier bien ingrat, quand on n'a
pas une clientèle d'artistes ou de gens en renom ; la
bourgeoisie ne vient pas chez vous ; j'ai placé ici tout
ce que je possédais ; je suis forcé de chercher à vendre
mon matériel... Mon fonds ne vaut rien, je n'ai pas

de clichés de célébrités. Si vous me trouviez un ac-
quéreur, je vous donnerais...

— Une idée me vient ! s'écria Jules en se frappant le front. Que me donneriez-vous par tête de gens
connus, si, par un moyen à moi, je les amenais poser
dans votre atelier?

— Cela dépendrait de ce qu'ils payeraient, fit
M. X... en le regardant.

— Ils ne payeront rien, pour une épreuve du moins;
mais ils en achèteront d'autres, et puis nous aurons
la vente.

M. X... le crut fou et se leva.

— Écoutez-moi, fit Jules en l'obligeant à se rasseoir,
la vanité est le côté faible, par excellence, chez tous
ceux qui se sont fait un nom appartenant à la publi-
cité, et je vous réponds que les plus malins s'y laisse-
ront prendre.

— Prendre à quoi?

— A mon idée. Si je vous amenais le préfet H..., le
député G..., madame V..., M. J..., etc.

Le nom des femmes de ses rêves fit surtout sourire le
photographe, qui voyait déjà, de la pensée, l'adorable
figure de Louise Théo, au bout de son objectif, lui faire
son amour de petit sourire enfantin.

— On peut toujours essayer, s'il n'y a rien à risquer.

— Des frais de voiture et de bureau seulement ; des
en-têtes de lettres et des cartes à votre nom.

— Mais, répondit X... plutôt par curiosité que par méfiance, encore faut-il que je sache si la chose en vaut la peine.

— Je n'ai pas l'air d'un mauvais plaisant, répondit Jules du ton d'un homme tout à fait sûr de lui-même; l'idée est de moi et je crois, sans prétention, qu'il n'y a que moi qui puisse l'exploiter utilement. J'ai confiance en vous! nous débattrons nos prix plus tard... Je commencerai d'abord la série par le maître des maîtres : à tout seigneur tout honneur.

— Eh! eh! nous sommes en République, répondit X... en hochant la tête, et les seigneurs sont si peu demandés... J'ai eu beaucoup de peine à en vendre un solde à cinquante centimes la douzaine, aux marchands ambulants, qui ne peuvent s'en défaire que sur les boulevards à l'époque du jour de l'an.

— Seigneur est une figure : je vous parle de Victor Hugo.

— Hugo! s'écria X... tout radieux. Pour avoir la tête de celui-là en montre, je donnerais bien cinquante francs.

— Alors marché conclu, répondit Jules en se levant. Dans huit jours, je vous annoncerai sa visite. Il vous faut un homme comme moi pour *lancer* l'affaire.

— Huit jours, c'est bien long, fit X... désappointé. Est-ce que vous ne pourriez pas me *lancer* ça tout de suite?

— Il y a des démarches à faire.

— Et... vous le connaissez donc, Hugo ?

— Comme vous, de réputation. Je pourrais aller plus vite ; mais j'attends de l'argent de chez moi pour vous faire l'avance de mes premiers frais...

X... le regarda avec méfiance.

— Remarquez que je ne vous demande rien, fit Jules avec un aplomb renversant. Je suis gêné en ce moment, très gêné même ; mais, comme je suis certain de pouvoir escompter mon idée chez un autre photographe, dans l'un ou l'autre cas, je saurai en tirer un beau parti.

— Mais vous avez l'air d'être fâché ; je ne vous ai rien dit de désagréable.

— Au contraire, je garderai de vous un très bon souvenir.

Et Jules lui remit sa carte en lui disant : « A demain », sans la moindre hésitation.

Arrivé chez lui, il entra dans le bureau de l'hôtel.

— Monsieur, dit-il à son propriétaire ; vous avez été pour moi d'une bonté qui vous a assuré toute ma gratitude ; mais, comme cela ne suffit pas pour payer ses dettes, j'ai cherché et fini par trouver un emploi qui me permettra de m'acquitter promptement envers vous. Seulement mon nouveau patron doit venir lui-même m'apporter sa réponse demain : vous comprenez que je ne puis le recevoir dans mon cabinet. Voulez-vous me prêter, c'est-à-dire me louer une de vos plus belles chambres pour la journée ?

— Vous pourrez l'attendre dans l'appartement du premier ; il est vacant, répondit le propriétaire, enchanté de la perspective de toucher les soixante-quatre francs des quatre mois échus. Quant aux renseignements, s'il m'en demande, vous pouvez compter sur moi.

— Merci d'avance, fit Jules en le saluant. Si je réussis, vous n'aurez pas eu affaire à un ingrat.

Puis il monta lestement chez lui, où il attendit avec impatience l'arrivée de son voisin Gustave.

— Mon cher, lui cria-t-il d'aussi loin qu'il le vit dans les escaliers, je crois que vous m'avez sauvé la vie : je suis sur le chemin de la fortune.

— Ah ! tant mieux ! répondit Gustave en lui tendant la main ; et ce fut lui qui entra chez son voisin.

— Je ne suis pas petite-maîtresse comme vous, fit Jules en lui présentant son unique chaise et en s'asseyant sur son lit ; mais la situation va changer, vous verrez.

Il lui raconta qu'il allait être le représentant d'une maison *très chic* ; que son nouveau patron viendrait le lendemain lui faire signer un engagement de deux ans qui lui assurait un fixe et tant pour cent sur les bénéfices ; qu'il avait un appartement pour le recevoir, mais qu'il lui faudrait absolument un accoutrement plus convenable.

Gustave croyait avoir compris qu'il désirait lui emprunter un vêtement, et il se préparait à répondre; mais Jules reprit :

— Il y a des costumes complets chez vous à des prix raisonnables. Voulez-vous être assez bon pour prendre mes mesures et m'en apporter un demain à la première heure; je vous le payerai, aussitôt qu'on m'aura donné mes avances, demain ou après-demain.

— Je crois que nous sommes de la même taille, répondit simplement Gustave, en ôtant sa jaquette, que Jules essaya.

— Absolument, fit-il en se mesurant avec le jeune homme; vous choisirez comme pour vous...

Le lendemain, à neuf heures, Gustave entrait chez Jules avec un volumineux paquet qu'il déposa sur le lit. C'était un costume complet de cinquante-neuf francs, mais de bonne coupe, et d'étoffe de bon goût.

— Ah! il me va comme un gant! s'écria Jules avec une véritable joie d'enfant. Je ne sais comment vous remercier.

— Voici la facture, répondit Gustave tout content et tout heureux d'avoir pu obliger quelqu'un.

— Mais elle est acquittée, fit Jules tout effrayé.

— Oui, on retiendra sur mes appointements. On ne fait pas de crédit chez nous ; c'est à moi que vous devez, à présent. Je me sauve faire mon étalage. Bonne chance !

— Ah! s'écria Jules par-dessus la rampe, est-ce que vous ne pourriez pas m'avoir aussi un chapeau haut de forme? Vous comprenez..; pour me présenter dans le monde...

— Il n'y en a pas à la maison, répondit Gustave en remontant quatre à quatre, mais j'en ai un tout neuf et, s'il vous va...

Il entra chez lui, remit un carton à Jules, et se sauva comme si le diable eût été à ses trousses. Le chapeau allait aussi bien que le costume. Une fois habillé avec soin, Jules descendit au premier et demanda au garçon, qui le reconnaissait à peine, si on voulait avoir la bonté de lui avancer un déjeuner; car il attendait son patron et ne pouvait par conséquent s'absenter.

On lui monta sur un plateau le déjeuner de l'hôtel, et Jules se crut revenu au plus beau moment de ses splendeurs passées. L'inquiétude le reprit vite cependant : il était onze heures et demie et X... n'était pas venu.

Enfin il entendit demander M. Jules, puis monter; et, comme il avait prié le garçon de venir annoncer le visiteur, Jules se mit à son aise et attendit.

— Monsieur Jules, voilà le monsieur, dit le garçon en ouvrant la porte toute grande.

— Ah! répondit Jules en se rejetant en arrière et en écartant les bras. Je ne comptais plus sur vous, cher

monsieur X.. Si vous étiez venu plus tôt, vous auriez
partagé mon modeste déjeuner.

X... fut non pas ébloui, mais tout à fait surpris de
voir son bohème de la veille aussi bien installé. Il prit
la chaise que Jules lui indiquait de la main et vint
s'asseoir en face de lui.

— Je n'ai qu'une parole, lui dit-il en le regardant;
seulement il m'est venu du monde, une nourrice avec
son bébé, et les enfants sont difficiles à réussir en
diable.

— Oh! dame, il n'ont pas encore l'amour de la
pose. Vous verrez que les cocottes, je veux dire les
coquettes et les grands hommes ont aussi leurs petits
travers.

— Oui, revenons au sujet de ma visite; car j'ai peu
d'instants à vous donner; je les prends sur le temps
de mon déjeuner.

— C'est mon plan ou plutôt mon *truc* que vous
voulez connaître? en peu de mots, le voici :

» J'écris à l'un de mes *sujets* pour lui demander une
audience de quelques minutes, ni plus ni moins qu'à un
ministre, même quand il ne s'agit que d'une cabotine.

» On me répond ou on ne me répond pas; dans les
deux cas, je me présente, bien mis, bien ganté; je fais
passer ma carte et l'on me reçoit par curiosité. Une
fois en présence de mon sujet, dont j'ai étudié la bio-
graphie ou la profession de foi, si c'est un député...

les députés sont très bons... je le comble d'éloges, je
lui parle de sa gloire, je lui dis que son nom appartient
à l'histoire des grands hommes ou des grands artistes,
que je fais un album splendide des *Contemporains
illustres*, qui ne saurait avoir de valeur, s'il n'y figurait
pas à la première place ; que le célèbre photographe
X... se mettra à ses ordres pour faire de lui un magnifique portrait. Pas un ne me résistera, mon cher,
et vous pourrez me donner une liste à votre choix.

— Mais c'est un trait de génie ! s'écria M. X....
émerveillé..... Il n'y avait que ce moyen-là de sauver
ma maison. Ah ! mon cher monsieur Jules... je suis
vraiment tout confus de vous avoir pris hier pour
un...

— Dame ! on a affaire à tant d'aventuriers, qu'on ne
saurait trop se tenir sur ses gardes. Aussitôt que j'aurai
reçu mon argent, je me mettrai en campagne... Oh !
je vous le répète, pour faire cela convenablement, il
faut aller un peu partout et se bien présenter.

— C'est trop juste, répondit X... en se levant, et,
comme je ne veux pas que nous perdions de temps, si
vous voulez me signer un papier par lequel vous vous
engagez à ne travailler que pour ma maison, je vous
donnerai cent ou deux cents francs d'avance que je vous
retiendrai sur vos têtes, fit-il en riant. Le prix variera
selon la valeur du sujet.

— Soit, répondit Jules ; je vais vous faire un enga-

gement au bas duquel je vous mettrai le reçu des deux
cents francs.

— Je ne les ai pas en poche, répondit X... en se
levant; mais venez avec moi, et nous en finirons tout
de suite.

Jules prit son chapeau qu'il lissa du revers de sa
manche, et ils sortirent ensemble bras dessus bras
dessous, comme s'ils se fussent connus depuis des
années.

Tout se passa comme il avait été dit. X... lui donna
même un petit salon tendu d'étoffe rouge foncé, pour
qu'il en fît son bureau personnel.

C'était en vérité sortir de l'enfer pour entrer subitement au paradis. Jules ne se sentait pas de joie; il
touchait, déployait et reployait ses deux billets de cent
francs avec amour. Il passa radieux devant l'étalage
de Godchaux, vit son ami Gustave occupé à vendre des
parapluies à deux francs cinquante.

— J'en voudrais un, lui dit-il en riant.

Le pauvre garçon le lui tendit en se préparant à le
payer de sa poche; mais Jules lui présenta majes-
tueusement un billet de Banque.

— Passez à la caisse, répondit Gustave d'un air
enchanté aussi; car, la réflexion venue et sans avoir
trop d'inquiétudes sérieuses, il s'était dit qu'il avait été
un peu imprudent de s'avancer ainsi.

—Jules ramassa sa monnaie, et, après l'avoir comptée plusieurs fois ; il tendit... la main à Gustave en lui disant : Ne craignez rien, j'ai acheté un parapluie póur ne pas abîmer notre chapeau.

Il courut à son hôtel, donna cinquante francs à son propriétaire, et ne rentra se coucher que fort tard ce jour-là. Il fallait bien promener un peu sa joie et son costume neuf aux lumières. Il eut envie d'aller à l'Eden-Palace ; mais il se ravisa et bien lui en prit, car il y aurait rencontré Jeanne et Mariotte.

Les deux femmes se promenaient en tournant et retournant sur leurs pas, au milieu de cette foule de gens jeunes, gais et heureux de vivre ; à chaque instant, elles rencontraient des amis, amies ou connaissances ; on causait de choses et d'autres. Tout à coup Mariotte sentit le bras de Jeanne trembler sous le sien. Elle la regarda : Jeanne était devenue pâle comme une morte.

— Qu'as-tu ? lui demanda-t-elle avec sollicitude.

— Là-bas, répondit Jeanne d'une voix émue, de l'autre côté du Skating, regarde : c'est Albert et M. Marius... Allons au-devant d'eux sans en avoir l'air.

— Ah ! mais non, répondit Mariotte en l'entraînant du côté opposé. Je t'ai dit que je ne voulais pas les revoir. Viens, viens ! sauvons-nous, au contraire.

— Tu es méchante, répondit Jeanne en la suivant, malgré son désir de rester.

— Non, non, répondit Mariotte ; tu sauras pourquoi

plus tard. Si j'agis ainsi, c'est que j'ai des raisons pour
le faire.

Jeanne ne répondit plus, et elles rentrèrent chez
elles sans échanger une seule parole.

Mariotte dormit peu ; elle passa une nuit agitée...
On s'apercevrait bientôt du vol des lettres commis par
elle chez Albert ; que se passerait-il alors si on décou-
vrait la vérité? On la dénoncerait, on la ferait arrêter
peut-être.

A cette idée, son sang se glaçait dans ses veines ;
une sueur froide inondait son visage. Elle se croyait
perdue ; il lui prenait l'envie de se sauver pour échap-
per à la justice... elle avait peur de l'obscurité et n'o-
sait pas rallumer la bougie ; le jour vint qui dissipa
ces terreurs folles... Elle se leva, s'habilla sans bruit
et sortit avant que Jeanne fût éveillée. Elle courut chez
Adrienne, qui était encore couchée et qui la reçut au
lit.

— Écoutez, lui dit Mariotte en se laissant tomber
dans un fauteuil : je suis trop tourmentée pour qu'il
ne se passe pas très prochainement quelque chose
d'extraordinaire, nous concernant l'une ou l'autre, et
peut-être toutes les deux... Quoi qu'il arrive, ne dites
jamais, je vous prie, que c'est moi qui vous ai donné
les renseignements qui vous feront peut-être retrouver
une fortune... C'est une vilaine chose que j'ai faite
de vous en parler. Puis... mes séances, c'est mon

gagne-pain à moi, et si M. Albert me renvoyait, toutes
les portes se fermeraient devant moi ; sans compter que
votre frère pourrait me faire un mauvais parti.

— Ah çà, vous lui avez donc volé le testament de
notre mère ?

— Oui, oui, répondit Mariotte toute troublée ; d'a-
bord ce n'est pas un testament, votre mère n'en a pas
fait ; c'est un fragment de lettre dans lequel j'avais vu
le nom de Jules et...

Adrienne regarda vivement sur sa table de nuit.
Mariotte suivit son regard et vit le portrait de Jules
placé debout contre la carafe du verre d'eau.

— Ah çà, vous couchez donc avec lui en pensée ?
lui demanda Mariotte en l'examinant.

— Non, répondit Adrienne, en riant. Il était sur ma
cheminée et ma bonne l'aura placé là, croyant m'être
agréable.

— Ah ! répondit Mariotte en feignant la crédulité,
vous ne devez pas y tenir beaucoup ?

— Non, répondit Adrienne qui comprit que Mariotte
lui tendait un piège, pour l'obliger à se démentir. Je
l'avais cherché hier pour vous le montrer...

— Oh !... si je vous le demandais... me le donneriez-vous ?

— Avec le plus grand plaisir, fit Adrienne en lui
présentant la carte-album.

Mariotte n'en demandait pas davantage, et elle ne

s'aperçut pas que la main d'Adrienne tremblait en lui donnant le portrait de Jules.

— Ah! fit Mariotte après l'avoir contemplé avec amour, je ne sais comment vous remercier. Je l'avais vu hier en sortant par le petit escalier, et c'est la seule chose qui me tentait chez vous... A propos de votre escalier de service, j'ai remarqué que la porte fermait très mal. Faites donc changer la serrure... on n'entend parler que de crimes et de vols...

— C'est vrai, répondit Adrienne en passant sa robe de chambre. Cette porte était condamnée avec des pattes en fer vissées à l'intérieur ; je les ai fait enlever par ma bonne en lui disant de faire mettre un verrou de sûreté ; elle l'aura oublié, elle oublie tout, cette buse-là ; je le lui rappellerai... Je vous ai dit, n'est-ce pas? que l'avoué allait faire appeler mon frère ; je donnerais bien quelque chose pour voir sa figure, quand on lui parlera de ma réclamation.

— C'est celle d'Albert que je ne voudrais pas voir, moi, ce jour-là !

— Mais, objecta Adrienne en roulant ses longs cheveux en torsade, rien ne peut prouver qu'on a pris ce papier chez lui ; il m'intéressait assez, pour qu'on puisse supposer que je l'ai fait prendre chez mon frère.

— C'est vrai, ça, au fait, répondit Mariotte; me voilà un peu remise, et je vais retourner à l'atelier, parce que... pas de pose... pas d'argent.

— Ah çà, pourquoi diable pouvez-vous poser ?
lui demanda Adrienne d'un air qui semblait dire :
« Vous n'êtes pas jolie ».

— Pour le corps, répondit Mariotte ; il paraît même
que je suis très bien faite.

— Ça doit être, fit Adrienne en la regardant attentivement pour la première fois. Eh bien, moi, si j'avais
besoin de ce métier-là pour vivre... je ne trouverais pas
de beau salaire... je suis maigre et mal bâtie.

— C'est vrai, pensa Mariotte en la regardant à son
tour, elle n'a que la peau sur les os, et encore sont-
ils mal ajustés? Puis elle répondit : Vous vous habillez
très bien, et ça ne se voit pas. Du reste, les femmes
élancées sont très recherchées ; Sarah Bernhardt les
a mises à la mode.

— Si vous n'avez rien de mieux à faire aujourd'hui,
nous pourrons faire une promenade en voiture, et,
après avoir dîné, nous irons au théâtre.

— Soit ; mais alors je ne déjeunerai pas avec vous,
répondit Mariotte en se levant, parce que je ne veux
pas avoir l'air d'abandonner Jeanne.

— Comme vous voudrez ; revenez me prendre de
trois à quatre heures.

— A quatre heures, parce que j'attendrai son retour
pour savoir s'il y a du nouveau à l'atelier.

Dans les escaliers, elle regarda le portrait de Jules et

le porta à ses lèvres en murmurant: « Je ne te donnerais pas, moi, pour tout l'or du monde! »

Jeanne était à la fenêtre de l'entresol donnant sur la cité Bergère. Elle attendait son amie pour partir; comme Mariotte était en retard et ne voulait pas dire pourquoi, elle *l'attrapa*, pour nous servir d'un de leurs termes d'atelier.

— Je ne veux pas que tu m'attendes comme ça, pendue à la fenêtre, où tu prends froid. C'est énervant, d'être surveillée comme une enfant de huit jours. Je comprends maintenant les agacements de mon pauvre Jules. J'étais toujours comme ça sur son dos, ou bien à le regarder entre les deux yeux, comme tu me regardes en ce moment... Voyons, ai-je donc l'air si drôle que ça ?

— Tu as l'air d'une folle, comme cela t'arrive souvent, lorsque tu n'as pas de bonnes raisons à donner. Pour t'excuser, tu cherches querelle.

— C'est un peu vrai, répondit Mariotte en riant. C'était la façon de procéder de Jules et... Mais ça ne m'arrivera plus, ma chérie; file à l'atelier, où tu peux annoncer ma visite pour demain; je n'ai plus rien à craindre.

— Ah ! tant mieux, répondit Jeanne ; car je n'aime guère à monter là-haut toute seule. J'étais habituée à m'appuyer sur ton bras... Mes forces ne reviennent pas... au contraire; si ça continue, comme le médecin

m'a dit qu'il pourrait me faire entrer à Beaujon, quand
je le voudrais, je lui demanderai une feuille de route
pour l'autre monde ; car, si l'on me reçoit dans un hôpital, c'est qu'il faut que je sois bien malade...

Un accès de toux lui coupa la parole.

— C'est vrai : je n'ai pas de cœur, et j'ai l'air d'une
lâcheuse aussi, moi ; je suis toujours sortie, comme la
mère Benoîton ; mais ça va finir aujourd'hui... J'ai un
rendez-vous à quatre heures chez un peintre, et je di-
nerai avec lui ; il veut me conduire au théâtre, mais
c'est la première et ce sera la dernière fois, je te le
jure. Voyons, ne sois pas triste ainsi... remonte-toi un
peu... Je te reproche d'être sur mon dos ; mais, si tu
me quittais, j'irais bien vite te chercher !... va, conti-
nuait-elle en s'habillant d'une façon plus présentable.
Tu es bonne comme du bon pain, et je fais comme les
autres, j'en abuse... Ah ! décidément, ma chérie, l'humanité ne vaut pas cher ; les gros mangeront toujours
les petits !

Puis, tout à coup, prenant Jeanne dans ses bras
nus, blancs, ronds et fermes comme du marbre, elle
s'écria en la serrant sur sa poitrine :

— Non, non, moi vivante, tu n'iras jamais dans un
hôpital, ma pauvre petite cocotte ! Mais c'est toi qui es
la joie de la maison ! Si tu ne peux plus marcher pour
aller aux séances, je te porterai... Et puis tu ne res-
teras plus seule... Tu n'as peut-être pas déjeuné,

ajouta Mariotte en relevant de sa main le front de
Jeanne appuyé sur son épaule.

— Si, répondit la jeune fille en la regardant avec
une profonde reconnaissance. J'ai pris une tasse de
lait chaud sucré que l'on m'a montée de chez la concierge. Je n'ai besoin de rien.

Mariotte pleurait en lui disant :

— Pardonne-moi de t'avoir brusquée, je ne le ferai
plus.

— Gros enfant, fit Jeanne en lui essuyant les yeux ;
il est impossible de se fâcher avec toi : tu as une figure
de bébé au désespoir.

— Oui, fit Mariotte qui se voyait dans la glace posée
en pente sur la cheminée, les traits et la tête sont
trop petits pour mon gros corps ; quoi que je fasse,
j'aurai toujours l'air d'une bonne ou d'une blanchisseuse endimanchée.

— Mais non, lui répondit Jeanne ; au contraire, tu
changes tous les jours à ton avantage. Et puis tu as
un cœur excellent ; seulement...

— J'ai un affreux caractère, n'est-ce pas ? Que veux-
tu ! je suis impressionnable comme une pile élec-
trique. C'est ma maladie, à moi. J'ai des colères
blanches qui me dominent et dont je ne puis venir à
bout. Un rien m'irrite à tout casser... Toi, tu es mon
calmant, ajouta-t-elle en riant.

» Va, et reviens le plus tôt possible. Tu sais, c'est

convenu : à partir de demain, je ne te quitte plus. »

Jeanne partie, Mariotte se mit à sa toilette avec un soin inaccoutumé. Elle n'avait rien de bien élégant à sa disposition pour sortir avec la sœur de Marius : ses cheveux et sa taille étaient sa plus belle parure. Elle frisa les cheveux qui entouraient son front avec le bout des pincettes, se barbouilla le visage de poudre de riz rosée, et fit ses cils et ses sourcils poil par poil avec une petite brosse trempée dans l'encre de Chine. Ce travail quotidien lui prenait une heure au moins ; mais elle était jolie pour toute la journée, elle le croyait du moins, parce qu'on la regardait beaucoup dans les rues. Les femmes, et elles sont en grand nombre, qui ont l'habitude de *se peindre* ainsi le visage, se trompent toutes sur le genre d'effet qu'elles produisent en public.

Mariotte en était arrivée à ne plus pouvoir se regarder avec ses cils et ses sourcils blonds ; du reste, tout en lui donnant une physionomie étrange, ce maquillage lui allait bien.

Lorsque « sa tête fut finie », Mariotte, contre son habitude, serra son corset à le faire craquer, mit des souliers qu'elle avait achetés trop petits, un grand chapeau de feutre noir retroussé sur le côté et orné de l'autre d'une espèce de perroquet vert empaillé, gracieusement posé à plat ; elle cousit au col et aux manches de son *jersey* de la ruche tuyautée, fraîche ;

secoua son unique jupe de soie noire, et très contente d'elle-même, attendit quatre heures, en s'admirant et en causant avec le portrait de son Jules.

— Tu as l'air si aimable. tu es si beau garçon là-
dessus! lui disait-elle. Pourquoi ne m'aimes-tu pas,
dis? moi qui je me serais jetée dans le feu pour toi!
Les autres sont plus jolies, peut-être, mais pas une ne
t'aimera comme je t'aimais!... Je suis si peu de
chose! tu étais un demi-dieu pour moi; tes travers,
je ne les voyais pas; tes fautes, je ne les jugeais pas.
J'étais fière de toi : les autres te méprisent. Vois-tu,
mon Jules, il y a des êtres qui sont faits l'un pour
l'autre; je ne t'avais jamais adressé un mot de reproche au sujet du genre de vie que tu m'avais fait....
contre mes habitudes et mes goûts. Moi, je devais finir
mes jours comme la bonne mère Caron, en plein air,
en plein soleil, entourée de fleurs toute l'année; j'aurais été honorée, respectée, et peut-être regrettée
comme elle. Au lieu de ça, quand je suis retournée
dans notre quartier pour avoir des nouvelles des
petites, j'ai été regardée du haut en bas par notre
brave commissaire, et lui-même m'a signifié de ne
plus avoir à m'occuper de mes sœurs, qu'on ne me ren-
drait pas, sous prétexte que je me conduisais mal
en vivant avec toi : il paraît que la police sait tout ce
qui se passe à Paris; après ça, je ne t'en veux pas, j'é-
tais sans titre et sans surveillance à cause des miens.

C'est égal, j'ai eu tant de peine à cause de toi, que, par moment, il me semble que je voudrais t'écraser sous mes pieds!...

Et, en disant cela, elle jeta le portrait à terre, et le frappa avec rage du talon de son soulier.

Après un instant de calme, elle regarda à terre en se disant.

— Me voilà bien avancée!... il doit être dans l'état où m'avait mis mon frère Paul le jour où nous nous sommes battus comme des chiens enragés... Ah! quand on a commencé comme ça toute jeune, on ne se corrige jamais de cette habitude de taper.

Elle ramassa la carte : la figure de Jules était reconnaissable ; mais ce qu'il y avait de singulier, c'est que le talon du soulier avait dessiné, du front à la joue de la figure une balafre absolument semblable à celle que Paul avait autrefois imprimée sur le visage de sa sœur.

— Il paraît que c'est mon cachet, cette marque-là, fit Mariotte en riant.

Puis sa gaieté lui passa : elle regarda le portrait de son amant à travers deux grosses larmes qu'elle ne songea même pas à essuyer, tant elle était occupée à redresser les bosses faites au carton.

Jeanne, en rentrant, la surprit à ce laborieux travail, et partit alors d'un éclat de rire qui se prolongea pendant quelques minutes sans interruption.

Mariotte regardait autour d'elle, cherchant ce qui pouvait exciter ainsi la bruyante gaieté de son amie, si calme d'habitude.

Il lui vint à l'idée de se regarder pour voir si par hasard la perruche de son chapeau ne se serait pas mise à battre des ailes; mais, en s'apercevant elle-même, elle partit d'un tel éclat de rire, qu'elle se roula pendant plusieurs instants sur son lit, sans pouvoir articuler un seul mot; et, chaque fois que les deux femmes se regardaient, elles recommençaient à rire jusqu'aux larmes; ce qui compliquait de plus en plus la difficulté qu'elles avaient à s'expliquer.

— Ah! que c'est bête! dit enfin Mariotte en se tenant le côté pour comprimer sa rate; j'en avais trop mis! mes cils ont déteint!... Et dire que, si tu n'étais pas arrivée, je serais peut-être sortie avec cette paire de lunettes! C'est qu'il faut tout recommencer : un raccord ne suffirait pas...

— Ah! répondit Jeanne en se remettant un peu de son accès de fou rire, pendant ce temps, je vais te raconter tout ce qui se passe là-bas... Il y a joliment du nouveau : d'abord Albert a été plus aimable pour moi; il m'a donné le bouquet de violettes qu'il avait à sa boutonnière, et je le garderai toute ma vie.

Mariotte la regarda de côté en se disant : « Pauvre fille, elle commence à lui faire pitié! » puis elle ajouta:

— De quel *nouveau* veux-tu parler?

— Tu sais bien, M. Marius, l'ami d'Albert, eh bien,
il est amoureux aussi comme un fou ; il parle d'épouser
la petite que nous avions baptisée « Misère ».

— Eh bien, à la bonne heure, avec lui au moins le
sentiment ne traîne pas. Alors, reprit-elle en se parlant à elle-même, il sera toujours assez riche pour
faire un mariage comme celui-là. Pour moi, il me faut
les moyens de faire prendre l'air de la campagne à
cette pauvre Jeanne ; elle serait peut-être heureuse de
commencer son dernier printemps sous des arbres
moins chargés de poussière que ceux de ces boulevards !... Ma foi, je vais poser mes conditions à la sœur
de Marius ; au besoin je lui donnerai la copie de la
lettre que j'ai prise, si elle veut me signer un billet
attestant que c'est elle qui...

— Puis M. Marius disait, continua Jeanne, que
tous les endroits publics où l'on s'amuse ressemblaient
trop à des lieux de débauche pour être de son goût ;
qu'il en sortait avec la migraine et des nausées ; qu'il
ne voulait plus y remettre les pieds et ne comprenait
rien au plaisir qu'Albert pouvait éprouver à perdre
son temps et à compromettre sa propre dignité dans
de semblables milieux. C'est bon, ajouta-t-il quand on
a vingt ans, et encore ! Bref, il veut se marier et s'établir à Paris. « Oui, a fait Albert en riant, prends garde
de commencer par le mariage et de continuer par les
cascades ! »

— C'est tout ce qu'on a dit ?

— Devant moi, oui, car Albert m'a renvoyée lorsque mademoiselle Blanche est arrivée. Ah! tu ne la reconnaîtrais plus; elle a un col et des manches propres; ses cheveux sont soignés, et puis, avec cela, un air simple, naturel, distingué. Décidément, la vertu qui sait résister aux tentations finit toujours par trouver sa récompense.

— Tu deviens moraliste, ma chère Jeanne, comme ces vieux professeurs qui ne peuvent plus aimer et qui cherchent à vous dégoûter de l'amour.

— Le plus vieux, vois-tu, Mariotte, est celui qui va mourir, et les mourants voient juste.

— Tu penses et dis des bêtises, répondit Mariotte.

Et elle s'empressa de sortir pour cacher son émotion; car elle ne voulait absolument plus pleurer, afin de ne pas avoir à recommencer la mise en couleur de ses cils d'un noir superbe.

. . . .

Adrienne n'avait pas encore achevé sa toilette; la bonne fit entrer Mariotte dans le cabinet où elle s'habillait.

— Je suis un peu en retard, lui dit Adrienne, et c'est de votre faute.

Comme Mariotte la regardait, elle reprit en lui montrant deux petites clefs posées sur une étagère :

— J'ai tenu compte de votre avis; j'ai fait poser à

cette porte un verrou de sûreté; le serrurier sort d'ici à l'instant même.

— Ah! j'en suis enchantée, interrompit Lise, la bonne, parce que, avec ces systèmes-là, les portes ne se ferment pas seules sur vos talons au moindre courant d'air, comme cela m'est arrivé plusieurs fois pendant que je secouais les robes de mademoiselle dans le petit escalier.

— Oui, répondit Adrienne en boutonnant ses gants; mais il ne faut pas sortir par là sans prendre une clef, car, la serrure ne se fermant que de l'intérieur, vous laisseriez la porte ouverte, ce qui serait encore pis. Allez nous chercher une voiture propre, si c'est possible.

Lise sortit sans répondre.

— Il faut tout lui dire, reprit Adrienne en s'adressant à Mariotte, qui admirait dans ses moindres détails l'élégante toilette de la sœur de Marius... Et encore elle n'en fait qu'à sa tête; mais, comme ces filles-là ne valent pas mieux les unes que les autres, je la garde pour m'épargner les ennuis du changement. Descendons, nous attendrons la voiture sous la porte cochère.

Les deux femmes montèrent en voiture découverte. Lise donna le numéro à sa maîtresse, et dit au cocher:

— Allez au Bois...

Adrienne avait l'air de s'ennuyer. Mariotte, trop serrée de la taille et des pieds, ne s'amusait pas, et après avoir dîné chez Ledoyen, aux Champs-Élysées, elle demanda la permission de rentrer, parce que... son amie était malade.

— A votre aise, répondit Adrienne en étouffant un bâillement ; cela se trouve d'autant mieux que je n'ai nulle envie d'aller au théâtre ce soir.

Elle accompagna Mariotte en voiture jusqu'à l'entrée de la cité Bergère et la quitta en lui disant :

— Je ne vous indique plus de jour ; venez quand vous voudrez.

Mariotte comprit que l'intimité commençait à se détendre ; mais, comme elle avait un intérêt à revoir la sœur de Marius quelquefois encore, elle ne répondit pas ce qui lui était venu sur le bord des lèvres, et, au lieu de dire franchement : « Vous avez assez de ma compagnie ; il y a longtemps que, moi, j'en ai trop de la vôtre !... » elle fit un beau salut et rentra chez elle.

Il était environ onze heures. Jeanne, qui avait pris un journal en l'attendant, s'était endormie sur une chaise.

— Pourquoi ne t'es-tu pas couchée ? demanda Mariotte en ôtant son chapeau.

— Parce que je pensais que tu rentrerais moins tard, et que tu aurais pu voir ton Jules à la brasserie des Martyrs.

— Tu l'as vu ? s'écria Mariotte en lui prenant les mains.

— Comme je te vois. Il était avec un jeune homme en train de prendre des bocks.

— Il y est peut-être encore, fit Mariotte en remettant vivement son chapeau. Viens avec moi, je t'en prie. Oh! je n'entrerai pas ; mais...

— Il est bien tard, répondit Jeanne. Ils doivent être partis. Je les ai vus en rentrant de dîner. Il était neuf heures, je crois.

Mariotte ne l'écoutait pas ; elle l'attirait au dehors en lui disant :

— Viens, je connais mon Jules ; quand il est à la brasserie, il n'en sort que le dernier. Marchons plus vite, je t'en supplie.

Et Jeanne faisait tout son possible pour la suivre.

Lorsqu'elles arrivèrent devant la brasserie, elles aperçurent Jules attablé en face de Gustave, qu'il avait enlevé presque de force pour lui prouver sa gratitude, en lui offrant bocks sur bocks. Il avait l'air pimpant, gai, heureux. Pour lui, les mauvais souvenirs de la veille n'existaient pas, lorsqu'il avait un louis dans sa poche. Il aimait l'argent absolument pour le dépenser. Il avait une espèce de générosité, de prodigalité à lui : il vous empruntait cinq louis et vous payait un dîner de vingt francs.

Dans un certain monde, il passait pour beau garçon et les femmes en raffolaient.

Mariotte chancela d'abord comme une femme ivre ;

13

puis, voyant deux agents de police qui les regardaient
de travers, elle entra hardiment dans le café, et cria
très haut sans avoir l'air d'apercevoir Jules :

— Garçon, deux bocks, sans faux-col surtout.

Et elle se plaça à une table en tournant le dos aux
deux hommes, qu'elle voyait quand même dans une
glace placée en face d'elle.

— Tiens, mon ancienne, fit Jules en se penchant
vers Gustave ; oh ! mais elles sont requinquées.

— La grande brune pâle est jolie, répondit Gustave
après avoir regardé Jeanne à la dérobée. Que font-
elles ?

— Ma foi, je n'en sais rien ; il y a longtemps que je
n'ai pas vu la blonde ; mais, si vous voulez, je vais le
lui demander.

Le pauvre Gustave en était à son quatrième bock ;
son envie de dormir était passée, et il se disait à part
lui :

— Ça ne m'arrive pas souvent de m'amuser, et
puisque j'y suis, il faut profiter de l'occasion.

Jules devina qu'il serait enchanté de faire connaissance avec les nouvelles venues ; lui, de son côté, n'était
pas fâché de faire admirer un peu son costume tout
battant neuf, et il cria :

— Bonsoir, Mariotte ! viens donc te mettre à notre
table.

— Tiens, c'est toi ? fit Mariotte en se levant pour

aller lui serrer la main; je ne t'avais pas aperçu.

De pâle comme une morte, elle était devenue rouge jusqu'aux oreilles; sa main était glacée.

— Tu trembles; tu as froid, fit Jules en l'attirant à lui; embrasse-moi donc. Je suis enchanté de te revoir...

Et il l'embrassa sur le coin de la bouche, pour bien prouver à Gustave qu'il lui avait dit la vérité en l'appelant son ancienne.

Mariotte chercha vainement à reprendre son aplomb. Tout fut inutile : son cœur ne battait plus, et de grosses larmes près de tomber roulaient dans ses yeux.

— Est-ce que tu m'aimes encore un peu? demanda Jules en la regardant en face, comme s'il cherchait à la fasciner. Voyons, ne fais pas la bête, va, réponds; on n'a que le beau temps qu'on se donne.

— Oui, répondit Mariotte d'une voix sourde. Oh! oui, je t'aime encore, et je crois bien que j'en ai pour toute ma vie.

— Ça n'est pas désagréable, d'avoir sa concession à perpétuité dans le cœur d'une bonne fille comme toi, répondit Jules en se serrant auprès d'elle; si tu avais eu un autre caractère, on se serait entendu plus longtemps, peut-être...

Gustave et Jeanne causaient ensemble un peu par intérêt, et beaucoup par discrétion.

— Oublie le passé, murmura Mariotte; je tâcherai

de faire mieux à l'avenir, et puis... j'aime mieux le chagrin avec toi que le bonheur avec un autre.

— Ah! pour ce qui est de ça, non, ma chère! je suis trop heureux de mon indépendance. Je ne suis pas fait pour le *collage*, il me faut mes coudées franches, ma liberté.

— On pourrait se voir quelquefois sans être en ménage, hasarda timidement Mariotte; je gagne un peu d'argent, et je suis sur le point d'en avoir beaucoup, peut-être.

— Tant mieux, tu mérites toutes les chances... Avec qui vis-tu?

— Mais seule, avec mon amie; je n'ai jamais repris personne.

— Ça... je ne suis pas forcé d'y croire.

— Tu sais bien que je ne suis pas menteuse; je ne dirais rien, si je ne voulais pas dire la vérité.

— Avec ta nature, être restée tout ce temps-là sans amoureux?... Enfin... puisque tu le dis...

— Les occasions ne m'ont pas manqué.

— Je te crois. Tu es une fille très désirable; seulement, il te faudrait un autre homme que moi; tu vis sur la terre, et moi dans les nuages. Vois-tu, je te l'ai dit : amis, si tu veux; amants, plus jamais.

— Tu me détestes donc? demanda Mariotte en se mordant les lèvres jusqu'au sang.

— Je ne te déteste pas... mais par moment j'ai peur

de toi ; il me semble que tu as le diable au corps, et qu'un jour tu me ficheras un mauvais coup comme à Paul... Est-ce qu'il est toujours à l'ombre, mon beau-frère ?

—- Ah ! Jules, tu as bu, fit Mariotte en baissant la tête ; autrement, tu n'oserais pas me parler de ça...

— Oui, un peu, comme nous buvons à présent, toute la journée, avec l'un, avec l'autre, de porte en porte ; mais j'ai eu tort : faisons la paix.

Et il l'embrassa une seconde fois ; après quoi, il cria :

— Garçon, des bocks !

— Les derniers, monsieur, répondit le patron en les servant lui-même ; on va fermer.

— Nous allons vous reconduire, fit Jules en s'adressant aux deux femmes. En route ! ajouta-t-il après avoir bu et payé les consommations ; nous autres, pauvres employés, comme nous avons à travailler demain, nous vous tirerons notre révérence.

Et il fit un mouvement pour offrir son bras à Jeanne.

Mariotte se plaça devant lui en lui disant :

— Que de méchanceté tu as dans l'âme !

— Ah ! si tu veux recommencer la scie des scènes, je te préviens, ma chère Mariotte, que je vais te planter là, au beau milieu de la chaussée, où la ronde de nuit ne tardera pas à te cueillir.

— Tu serais bien capable de l'appeler pour te débarrasser de moi, répondit Mariotte en lui prenant le bras; mais il faudrait user de vigueur pour m'arracher de là !

— Alors, c'est un enlèvement en règle que tu veux tenter; c'est drôle! Voyons, de quel côté allez-vous, mes anges?

— Cité Bergère.

— C'est sur notre chemin. Comment trouves-tu mon ami Gustave? c'est un novice que je suis en train de lancer...

— Je ne l'ai pas regardé...

— Tu n'as rien perdu; il n'est pas beau, mais c'est un brave garçon; je commence à rechercher les gens honnêtes; ça vous pose.

— S'il te fréquente, répondit sèchement Mariotte exaspérée de voir qu'il ne s'occupait pas d'elle, il ne sera pas longtemps dans ce cas. Je la connais, ta façon de *lancer* les gens...

— Tu ne cherches jamais une réponse désagréable, toi.

— Ah! dame, je n'ai pas été élevée en pension comme ton Adrienne, moi; sans cela, je l'aurais imitée et je t'aurais planté là pour en suivre un autre. Ce sont de ces filles-là qu'il faut à un homme comme toi?

— Bon! voilà la méchanceté qui reprend le dessus; la scène n'est pas loin, et je te quitte... Adieu...

Mais Mariotte ne lâcha pas prise.

— C'est vrai, à mon tour, j'ai eu tort; pardon!

— Tu la connais donc, Adrienne?

— C'est mon amie, nous ne nous quittons presque plus. Tiens, ajouta-t-elle en sortant sa bonbonnière de sa poche et la lui montrant à la lueur du bec de gaz, elle m'a donné ça avec tes cheveux.

— Il y a longtemps que j'ai brûlé les siens, fit-il en dissimulant de son mieux l'émotion excitée en lui par un sentiment d'amour-propre froissé. Alors elle est à Paris; mais comment avez-vous fait connaissance?

— Entre plusieurs paires de soufflets et une nuit passée au poste ensemble, répondit Mariotte, qui ne put s'empêcher de rire.

— Ah! mais raconte-moi donc ça en détail, dit Jules en lui serrant le bras et se penchant vers elle. C'est vraiment drôle.

— Un autre jour, répondit Mariotte en s'arrêtant à la porte de la maison. Nous sommes arrivées.

— Il fait beau; promenons-nous encore un peu, fit-il en l'entraînant du côté du boulevard, suivi à distance par Jeanne et Gustave, qui se racontaient leurs histoires réciproquement.

Il laissa Mariotte lui faire le récit de ce qui s'était passé aux Folies-Bergère sans l'interrompre, et, quand elle eut fini, il lui demanda d'un air indifférent qui ne lui donna pas le change :

— Et où demeure-t-elle?

— Ça, c'est mon secret, et tu ne le sauras pas par moi ; d'ailleurs, elle ne peut pas te souffrir ?

— Elle te l'a dit ?

— Oui, et elle te l'a prouvé, ainsi ne cherche pas à la revoir, parce que...

— Parce que ?

— Si je te rencontrais chez elle...

— Qu'est-ce que tu ferais ?

— Je te casserais la tête...

— Comme à mon beau-frère Paul, c'est convenu... Quelle adorable petite femme tu fais !...

— Raille tant que le voudras, mais je t'en préviens, et tu sais que je suis fille à tenir ce que je promets.

Jules garda le silence pendant quelques minutes. Il se disait qu'avec le caractère entier et brutal de Mariotte, il n'obtiendrait rien d'elle par le persiflage ou la menace, et qu'il fallait, au contraire, la prendre par la douceur et la flatterie pour la faire parler.

— Je me moque d'Adrienne comme de toutes les femmes que j'ai connues... excepté de toi, ma chère Mariotte. Je n'ai gardé un bon souvenir d'aucune d'elles ; et puis je me range : j'ai une bonne situation que je ne veux plus compromettre en courant la gueuse... Quant à toi, comme je reconnais avoir été ton obligé, si je puis te rendre un service, dispose de moi.

— Je savais bien que tu étais honnête au fond, fit

Mariotte en penchant sa figure près de celle de Jules, qui fit un mouvement pour l'embrasser.

Mais le malencontreux bec de l'oiseau étalé en avant sur le chapeau de Mariotte faillit lui crever l'œil.

— Ah! fit-il en se reculant, la vilaine bête! décidément tu as bec et ongles en double.

Mariotte lui prit l'autre bras en lui disant :

— C'est une mode bête.

— Oui, de bête.

Comme il ne parlait plus, la pauvre Mariotte, avec cet acharnement maladroit et si commun chez les femmes jalouses, reprit :

— Est-ce qu'elle a toujours été maigre comme une planche, ton Adrienne?

— Je pense que oui ; mais, comme je n'ai jamais aimé les grosses femmes...

Mariotte reçut le trait en plein cœur et elle reprit:

— Elle m'a fait lire tes lettres et m'a donné jusqu'à ton portrait. Il paraît qu'elle n'aime pas les hommes maigres.

— Elle n'a pas toujours dit ça.

— Elle ne pouvait pas se débarrasser de toi; tu voulais la tuer.

— Oh! moi, ma chère, entre ce que je dis et ce que 'écris, il y a tout un monde de réserve. On rencontre des femmes avec lesquelles il faut jouer la comédie tout le temps ; Adrienne était de celles-là ; elle a pris le change, voilà tout... mais tu sais bien qu'après son départ, je n'avais pas l'air d'un monsieur qui veut se brûler la cervelle. Du jour où je t'ai rencontrée, je n'y ai même plus pensé, et, si tu m'en parlais pas...

— C'est vrai, fit Mariotte après avoir réfléchi, c'est vrai.

— Tu me seras même infiniment agréable, si tu la revois, de ne pas lui dire que... tu m'as rencontré ; malgré ses grands airs à la pose, — car il paraît qu'elle n'est pas changée au moral, — si elle savait mon adresse, je suis certain qu'elle viendrait chez moi ou m'enverrait chercher.

Mariotte en était convaincue ; elle se sentait mourir de terreur, et elle se promit bien, cette fois, de ne plus dire une parole de trop chez Adrienne.

— Oh ! sois tranquille, fit-elle avec un grand mouvement affirmatif de la tête ; je me ferais plutôt tuer que de prononcer ton nom devant elle.

— Est-ce que vous nous emmenez à la Bastille ? cria Jeanne qui n'en pouvait plus.

— Non, répondit Jules en faisant volte-face, retournons.

Gustave et Jeanne se trouvèrent en avant et pressèrent le pas.

Mariotte était si serrée contre Jules, si penchée sur

son épaule, qu'il sentait les battements de son cœur
et le souffle de son haleine fraîche.

— Si tu étais seule chez toi, lui dit-il à voix basse,
je serais monté fumer une cigarette. C'est ennuyeux de
se quitter ainsi, quand on se retrouve après une longue
absence ; il me semble que j'arrive de voyage et que
nous n'avons jamais été fâchés.

— Tu viendras me voir demain, répondit Mariotte
en soupirant.

— Demain, c'est long. Laisse rentrer ton amie et
viens avec nous ; j'ai justement changé de chambre à
l'hôtel, tu en auras l'étrenne. Le portier est couché
et...

— Je le veux bien, répondit Mariotte toute radieuse ;
mais pour ressortir...?

— Ah! il va et vient tant de monde dans une maison habitée par des garçons, que le propriétaire doit
fermer les yeux.

Mariotte parla bas à Jeanne qui rentra seule cité
Bergère.

Le lendemain matin Jules se leva de bonne heure ;
il était pâle, abattu, énervé. Mariotte lui avait raconté
toute sa vie depuis le jour de leur séparation.

Ils n'avaient pas dormi pendant une heure.

— Voyons, lui dit-il en cherchant à calmer au moins
son esprit exalté par une passion plus violente que jamais, il faut être raisonnable et me laisser le temps et

la force de travailler. C'est aujourd'hui jeudi, si tu veux, nous dînerons ensemble dimanche; donnons-nous rendez-vous pour sept heures à la brasserie des Martyrs.

Mariotte pensa que le temps allait lui paraître bien long, mais elle n'osa pas en faire l'observation.

— A dimanche, fit-elle en l'embrassant de toutes ses forces; mais, si tu étais gentil, tu viendrais me voir un peu auparavant, dans la journée. Je suis seule pendant que Jeanne va poser.

— Je ne te promets pas; je craindrais de me rencontrer avec Adrienne.

— Mais elle ne vient jamais chez nous.

— En ce cas, c'est différent.

— Comprends-tu que j'en étais jalouse avant de t'avoir revu, fit Mariotte en riant. Eh bien, à présent que je t'ai retrouvé, qu'est-ce que ça va donc être? Mais je ne la reverrai pas longtemps. Au revoir, mon chéri, mon amour, mon idéal! pense à moi.

Et elle sortit en lui envoyant, du seuil de la porte, un dernier baiser.

Au fond, Jules n'était pas fâché d'avoir rencontré Mariotte; car il était absolument entiché de son nouvel emploi de pourvoyeur de célébrités pour la photographie X... Non seulement cela lui assurait un moyen d'existence convenable, mais ses occupations allaient le mettre forcément en relations avec des gens distingués, qui pourraient lui être utiles pour *se lancer* enfin lui-même... Il comptait donc être sans reproche le plus possible... Pour cela, il fallait vivre seul en apparence du moins, afin de mettre un terme à la déplorable réputation de... personnage peu délicat, qu'il s'était faite un peu partout. Il prit cette idée-là tellement à cœur, qu'il se promit, si Mariotte voulait être raisonnable, de la garder comme maîtresse, à la condition toutefois de ne jamais se montrer avec elle en public, c'est-à-dire sur les boulevards, dans les concerts ou dans les théâtres. Comme elle avait également, de son côté, une occupation, il espérait qu'elle ne demanderait pas mieux que de souscrire à tous ses désirs et, au besoin même, à ses ordres formels ; puis il comprenait qu'il avait besoin d'une affection solide et désintéressée.

Mariotte l'aimait encore trop peut-être, mais l'amour-propre de Jules en était secrètement flatté ; certes il ne ferait aucune démarche pour revoir Adrienne : sa façon de se conduire vis-à-vis de lui, en le tournant en ridicule aux yeux d'une autre femme, l'avait profondément blessé. A une autre époque, il n'aurait pas eu de repos qu'elle ne se fût démentie ; mais il voulait vivre calme désormais pour mener à bien ses affaires.

D'ailleurs, quoi qu'en eût dit Mariotte, il était certain qu'elle ne résisterait pas longtemps au désir de parler de *lui ;* de sorte qu'Adrienne, qu'il connaissait

à merveille, ne serait à son tour pas moins vexée de
l'indifférence de Jules qu'il ne l'avait été lui-même
de son dédain vrai ou affecté.

En rentrant chez elle le lendemain de sa rencontre
avec Jules, Mariotte avait comblé Jeanne de caresses
et de protestations d'une amitié fidèle et sincère quand
même.

— Ne crains rien, lui disait-elle, mon cœur est assez
grand pour y loger à l'aise la tendresse que j'ai pour
toi et l'amour que je ressens pour mon Jules. A présent, je le connais bien, va : c'était un esprit aigri par
les déceptions, la misère... et la misère conduit à de
fort vilaines choses. Quant à moi, je ne me souviens ni
des souffrances que j'ai endurées pour lui, ni des
larmes que m'ont fait verser mes souffrances. Je l'aime
d'autant plus à présent que mon amour n'est plus en-
taché de mépris : il ne cherchait qu'à bien faire, il en
a trouvé l'occasion, et je suis décidée, quoi qu'il m'en
coûte, à ne pas entraver ses projets d'avenir. Nous tra-
vaillerons chacun de notre côté, et, le soir, comme il
me l'a promis, nous nous retrouverons, heureux d'avoir
accompli notre tâche... D'abord, je veux lui donner
un portrait de moi ; Albert pourra le faire de souvenir,
avec un peu de fantaisie ; tu le lui demanderas comme
pour toi, en le lui payant, bien entendu. Ce soir ou
demain, je t'apporterai de l'argent... Ah ! ne cherche
pas à me comprendre, il m'en faut, et j'en trouverai

sans me vendre ni le voler, reprit-elle en voyant que Jeanne la regardait d'un air effrayé.

Le samedi suivant, à onze heures, Mariotte se faisait annoncer chez Adrienne. Elle ne semblait plus la même femme, tout son être s'était transformé. Le bonheur d'être aimée lui avait remis dans les yeux un rayonnement d'ardeur et de jeunesse ; elle marchait, parlait et agissait comme tous ceux qui se sentent soutenus, encouragés par une force invisible.

Adrienne, au contraire, était maussade, ennuyée, abattue. La retraite de Mariotte lui paraissait incompréhensible ; sa maison était bonne, sa table bien servie, et elle s'était figurée que cela devait suffire pour qu'une fille à peu près privée de tout se suspendît au cordon de sa sonnette... trop heureuse de supporter ses caprices, ses fantaisies, en prenant ses ordres tous les matins.

— Je vous croyais morte, fit Adrienne en voyant entrer Mariotte. — Puis elle ajouta après avoir vidé sa tasse de café : Mon déjeuner est fini, je regrette que vous ne soyez pas arrivée plus tôt.

— Le mien aussi, répondit Mariotte, qui n'avait encore pris que l'air... et je n'ai pas grand temps à vous donner ; je recommence mes séances aujourd'hui.

— Je voudrais bien assister à l'une d'elles, répondit Adrienne en souriant. Voulez-vous m'y emmener un de ces jours.

— Non, ça ne m'est pas permis ; mais, si vous voulez voir le parti qu'on peut tirer de ma vilaine personne, vous pouvez aller dans toutes les expositions de tableaux de maître ; quoique un peu déguisée, vous me reconnaîtrez sans peine.

— Un peu déshabillée, vous voulez dire...

— De toutes les façons : vous n'aurez que le choix. En attendant, où en sont nos affaires de succession ?

— J'ai donné mes lettres personnelles à l'avoué, répondit Adrienne, dominée par le ton bref de Mariotte ; mais cela ne me suffit pas, il me faudrait une autre preuve ; celle que vous m'avez dit avoir, par exemple.

— Et que j'ai dans ma poche ; mais, comme je n'ai aucune raison pour vous servir au risque de me compromettre, sans un autre intérêt que celui de vous être agréable...

— Vous voulez de l'argent, fit Adrienne d'un ton dédaigneux ?

— Oui, et le plus possible.

— Soit ; mais cela dépendra de la valeur de vos titres.

— Les voici, répondit Mariotte en lui montrant, mais à distance, les fragments de lettres. C'est bien l'écriture de votre mère, n'est-ce pas ?

Adrienne étendit la main.

— Avant de lire cela, faisons nos conditions, voulez-vous ? Si, grâce à ce testament irrégulier, vous touchez

vos soixante mille francs, combien me donnerez-
vous?

— *Dix mille* francs... est-ce assez ? demanda
Adrienne en la regardant.

— Non, j'en veux *vingt mille*, que vous vous engagez
par écrit à me payer le jour même où vous recevrez
votre argent.

— Mais vous êtes donc bien certaine du chiffre de
la somme qui doit me revenir ?

— Il est inscrit là, fit Mariotte en lui montrant les
lettres.

— Soit, répondit Adrienne avec la fierté dédai-
gneuse du fils de famille qui escompte chez un usurier
l'héritage paternel ; mais je vais m'engager sous toutes
réserves, et, si je ne réussis pas...

— Il va sans dire que vous ne me devrez rien.

— Pour vos honoraires, fit Adrienne en se levant
pour aller chercher tout ce qu'il fallait pour écrire ;
car elle avait parfaitement compris que Mariotte ne
voulait se dessaisir que donnant donnant.

Quant à Mariotte, elle aurait donné le double de ce
qu'elle demandait, si elle l'avait eu en sa possession,
pour payer la joie qu'elle ressentait de poser avec autorité des conditions à cette femme qu'elle détestait,
chose étrange, plus encore pour avoir fait souffrir
Jules et avoir cherché à l'avilir à ses yeux que par
jalousie de son luxe et de sa beauté ! Elle qu'il avait sé-

duite, ruinée et tant fait souffrir, jamais elle n'avait osé
en dire un seul mot à personne.

Adrienne rentra, et tendit à Mariotte l'engagement
qu'elle avait écrit dans sa chambre.

— Vous avez une belle écriture, fit Mariotte après
avoir lu très facilement les lignes qu'Adrienne avait
tracées. Celle de votre mère ne lui ressemble pas...

Et elle lui passa les pages qu'elle avait eu tant de
peine à déchiffrer chez Albert.

Adrienne en dévora le contenu en quelques minutes.

— C'est très bon, fit-elle d'un air satisfait. — Puis
elle partit d'un grand éclat de rire en ajoutant: Mais
c'est très compromettant pour notre ami Jules. Elles
prouvent très clairement que c'est lui qui m'a enlevée,
et qui m'a conseillé de voler l'argent et les bijoux
de ma mère; or, si les conseilleurs ne sont pas les
payeurs, dans ces conditions-là, ils sont jugés avec
les voleurs.

Mariotte était devenue d'une pâleur effrayante. Elle
fit un mouvement pour arracher la lettre des mains
d'Adrienne; mais cette dernière se recula, en disant:

— Pardon, ma chère, notre marché est conclu. —
Et, lui indiquant son reçu resté sur la table, elle ajouta:
Ceci est à vous, cela est à moi.

Et, joignant le geste à la parole, elle mit dans sa
poche le testament de sa mère.

Mariotte était anéantie, épouvantée! Jules, dont le souvenir l'avait poussée à s'emparer de ces lettres... Jules, pour lequel elle en était arrivée à commettre une action qui, tout d'abord, avait révolté sa conscience, pouvait être compromis, perdu, et cela à cause d'elle, qui avait complètement oublié les accusations écrasantes dont la mère de Marius l'avait chargé à sa dernière heure!

Mariotte eût donné tout son sang pour rentrer en possession de ces papiers accusateurs; mais elle n'osait rien tenter par la force pour les recouvrer; il lui fallait donc dissimuler ses moindres pensées, en agissant avec calme et patience.

— Je vais aller chez mon avoué à quatre heures; si vous voulez savoir sa réponse, fit Adrienne en se levant, venez ce soir ou demain matin; les choses vont exiger que vous vous dérangiez plus souvent maintenant.

— Je ne viendrai cependant que lundi à deux heures, fit Mariotte en se levant à son tour.

— Du reste, si j'avais à vous parler, je passerais chez vous.

— Non, non, ne faites pas cela, répondit vivement Mariotte; je ne pourrais pas vous recevoir.

Adrienne la regarda avec surprise, en disant:

— Pourtant, je vous reçois bien, moi.

— Vous, vous... vous avez un escalier de service pour vous débarrasser des gens qui vous gênent, tandis que moi... Enfin, à lundi, et pas avant; au revoir!

Puis elle se sauva sans attendre de réponse.

Adrienne était restée tout ébahie de cette brusque sortie, en se disant :

— Il est impossible d'être plus grossier et plus mal élevé que cette fille. Enfin, à présent, j'ai toutes les chances pour moi, et, quand tout cela sera fini... je la ferai venir pour me donner le plaisir de la faire jeter à la porte par ma domestique.

Quinze jours s'étaient écoulés depuis cette visite, sans que rien de bien intéressant se fût passé; Mariotte était retournée trois fois chez Adrienne sans y rester plus de dix minutes.

Elle voyait Jules tous les deux jours. Une fois même, elle s'était permis d'aller l'attendre chez lui un soir, sans qu'il en fût averti, et il ne s'en était pas fâché! Il était gai, causeur, aimable; il lui racontait toutes ses affaires, ses démarches chez les gens les plus *chics;* elles étaient toutes couronnées de succès; son photographe ne suffirait plus à satisfaire aux demandes de portraits; mais ce n'était pas l'homme capable de diriger utilement une aussi grande affaire.

— Oh! disait-il un soir à Mariotte en se frisant la moustache, si l'on avait seulement dix mille francs à lui donner, il céderait sa maison et l'on y ferait une fortune en cinq ans.

Mariotte avait envie de répondre: « Si je les ai, je te

les donnerai; » mais elle ne lui avait encore parlé de rien, et voulait surtout ne pas prononcer le nom d'Adrienne.

Il venait la voir dans la journée, cité Bergère, lui apportait une fleur, un bouquet de violettes... Il lui avait même donné un peu d'argent pour s'acheter un chapeau, afin de ne plus voir celui au perroquet.

Mariotte allait faire des séances pour un tableau de baigneuses chez un peintre qui ne connaissait pas Albert. Cela déplut à Jules ; elle n'y retourna plus, et, comme elle avait la réputation d'être bonne paye, elle fit quelques dettes en se disant : « Je payerai cela avec ce que je dois recevoir ».

Jeanne, de son côté, avait aussi de la joie plein le cœur. Albert ne lui faisait pas la cour, mais il la traitait avec toute sorte d'égards. Il avait commencé, d'après une photographie qu'une dame de ses amies lui envoya de Nice, le portrait en pied d'une jeune fille se mourant de la poitrine, et c'est Jeanne qui posait pour l'ensemble, avec une belle robe de chambre de cachemire blanc garnie de dentelles et de rubans.

— Tu ne sais pas, dit-elle un jour à Mariotte : M. Marius prétend que c'est mon portrait à moi que fait Albert, parce qu'il me ressemble bien plus qu'à son modèle.

— Tant mieux, répondit Mariotte, qui était bien trop occupée de son bonheur pour s'apercevoir du change-

ment qui s'opérait dans toute la personne de son
amie.

— Ce n'est pas tout, ajouta Jeanne, ces messieurs
m'ont accompagnée jusqu'ici : Albert me donnait le
bras.

Mariotte la regarda plus attentivement et comprit
tout. Jeanne se roidissait contre sa faiblesse, mais la
vie ne tenait plus à elle que par un souffle, léger
comme les fils de la Vierge ; ses yeux étaient cernés,
ses joues creuses, ses lèvres pâles, sa respiration
courte, saccadée. Mariotte se fit violence pour ne pas
pleurer.

— Quand ton beau portrait sera fini, car il sera
beau, s'il te ressemble, ma chérie, je t'emmènerai à
la campagne pour te reposer.

— Oui, si ça se peut, au bord d'une rivière... Je suis
bien faible, mais il me semble que je partirais... bien
heureuse, si je savais que mon portrait dût rester
chez Albert...

— M. Marius n'a parlé de rien ? fit Mariotte pour
changer le sujet de la conversation.

— Lui ! ah ! c'est aussi un cœur d'or ? Albert ne tardera pas à lui ressembler ; il était, comme ton Jules,
un fanfaron de vices... M. Marius a renoncé à toute
espèce de procès ; il va porter à son notaire la moitié
de son héritage, aujourd'hui ou demain, je crois.

Mariotte respira. S'il n'y avait pas de procès, son

Jules ne courait aucun danger, et puis, les choses
s'étant passées à Bordeaux, on y ignorait son adresse
à Paris, et ce n'est pas elle qui la donnerait.

Le lendemain, elle alla chez Adrienne et se fit toute
gracieuse pour lui parler affaires.

Adrienne était étendue, les bras sous la tête, sur le
canapé du salon ; c'est à peine si elle se retourna pour
lui dire :

— Bonjour, vous allez bien ?

— Moi, j'ai une santé de fer, répondit Mariotte en
s'asseyant dans le fauteuil qui se trouvait aux pieds
d'Adrienne.

— Oui, lui répondit Adrienne, vous avez un air de
prospérité qui sent la gaieté, le bonheur. Comment
faites-vous donc pour trouver la vie amusante ?

— Je fais ce que vous devriez faire, prendre beaucoup d'exercice et aimer quelqu'un avec votre cœur.

— Mais je vous croyais le cœur brisé.

— Oui, mais les morceaux en étaient bons. Vous
savez sans doute que votre frère va *nous* payer.

— *Nous*, est joli, fit Adrienne en la regardant. Il se
serait exécuté de bonne volonté. Je n'avais pas besoin
de vos services ; enfin ce qui est fait est fait. Il y a,
paraît-il, des formalités à remplir, mais cela ne sera
pas long... Prenez patience.

— Je prendrai patience, mais je ne te perdrai pas
de vue ! pensa Mariotte, à qui l'idée était subitement

venue que la belle Adrienne voulait lui jouer quelque
tour de sa façon.

Aussi, comme elle était libre de son temps toute la
journée, elle ne ménagea pas ses visites à la sœur de
Marius, qui la reprit ou feignit de la reprendre en
grande amitié.

Mariotte, du reste, quoique n'ayant aucune instruction, même primaire, possédait une sorte d'ac-
quis varié, qui lui servait à diriger son intelligence à
propos.

Et Adrienne s'étonnait à chaque instant de se voir
ramenée par Mariotte bien loin de ses idées folles,
incohérentes, sans fond et sans suite.

— Où et comment avez-vous donc appris tout ce
que vous savez? lui demanda-t-elle d'un air inso-
lemment interrogateur qui déplut à Mariotte.

— Eh! mon Dieu, ma chère, lui répondit celle-ci
en riant, je glane un peu partout; ainsi je ramasse
chez vous la distinction, l'esprit et le bon sens que
vous perdez. Je cherche à m'élever sur vos ruines
morales; c'est de cette manière que les niveaux
s'égalisent; vous sortez de vos pensionnats dégoûtées
de vos études; nous, qui regrettons de ne pas les
avoir faites, nous vous imitons dans ce qu'il vous reste
de mieux.

— Eh bien, ma chère, puisque vous êtes si heureusement organisée, permettez-moi de vous faire une

observation qui vous sera utile toute votre vie, et qui
épargnera des crises nerveuses aux gens bien élevés
qui vous admettront à leur table.

Mariotte devint rouge ; elle avait un bon appétit,
et pensait qu'Adrienne allait lui reprocher de trop
manger.

— Vous mangez mal.

— Pas aujourd'hui : tout était excellent, et j'ai
déjeuné comme quatre.

— Vous *trimballez* sans cesse votre fourchette
d'une main à l'autre, et ce chassé-croisé perpétuel
entre elle et votre couteau finit par *taper* singu-
lièrement sur les nerfs.

— Faut-il donc manger avec ses doigts ? demanda
Mariotte toute consternée.

— La fourchette ne doit jamais quitter la main
gauche et le couteau la main droite ; au lieu de faire
tout d'abord un hachis du bifteck qu'on vous sert,
vous devriez le découper bouchée par bouchée ; il
garderait d'ailleurs ainsi plus longtemps sa chaleur.

Mariotte, avant de répondre, essaya la manœuvre
avec un morceau de pain.

— C'est très gênant, fit-elle en riant ; mais, si cela
est mieux et si vous faites de même, je vous imiterai.

— Je n'en doute pas. Autre chose... Lorsque vous
dînerez en ville ou chez un restaurateur, vous laisserez
votre couvert sur votre assiette, au lieu de le mettre

sur la nappe ou de le reprendre des mains de ceux qui desservent.

— Vous m'en dites long pour un jour, soupira Mariotte, mais je n'oublierai rien ; vous verrez.

Hélas! la pauvre fille ne se souvint que trop de cette première leçon de bonne tenue à table.

Le surlendemain, en dînant avec Jules dans une taverne de la rue des Martyrs, elle lui fit observer qu'il tenait mal sa fourchette.

Et il répondit sans reproches d'abord ; *d'abord*, car ce petit monsieur, prime-sautier, vaniteux comme un paon, impérieux comme un aigle, animal auquel il ressemblait un peu du reste par le haut du visage, ne pouvait supporter aucun genre d'observation, et principalement de la part de Mariotte, à laquelle il avait fait l'honneur de l'élever jusqu'à lui.

— On m'a déjà dit ça plusieurs fois, répliqua-t-il ; mais je n'ai jamais pu m'habituer à manger à l'anglaise.

— Ah! c'est à l'anglaise, objecta Mariotte, le bras gauche arrondi en guirlande, le cou tendu en avant, afin de ne pas se tacher, car elle avait la poitrine très en relief.

Mais le morceau de rosbif saignant qu'elle avait mal embroché, lui échappa et tomba sur son corsage.

— Ah! s'écria-t-elle en enlevant cette décoration

d'un genre nouveau. Cette poseuse d'Adrienne ne vous donne jamais que des conseils perfides.

— Tu vois donc Adrienne, souvent?

— Quelquefois, balbutia Mariotte, que le regard inquisiteur de Jules troublait jusqu'au fond des entrailles, pour affaires.

— A propos de fourchette, remarqua-t-il en riant, il paraît que ta jalousie féroce s'est beaucoup calmée; moi, je ne comprends pas qu'on soit l'ami d'un ancien amant de sa maîtresse... Enfin, vous devez en dire de belles sur mon compte.

— Nous ne parlons jamais de toi, je te le jure.

— Votre indifférence me flatte.

Mariotte eut envie de lui dire la vérité, mais elle ne l'osa pas; elle voulait lui faire la surprise en lui donnant les dix mille francs qu'il désirait pour s'établir.

Le soir, en rentrant, Jules fut distrait, maussade.

— Qu'as-tu donc? lui demanda-t-elle en se mettant à genoux et en lui passant ses bras autour du cou.

— J'ai à te dire, fit-il en la regardant avec un sentiment de répugnance, que, puisque tu es sur le chemin des réformes, tu devrais changer ta coiffure; tes cheveux s'allongent sur ton nez, quand ils se défrisent, et m'agacent au point de m'empêcher de manger; j'ai toujours peur qu'ils ne tombent dans ton assiette ou dans la mienne. Tu te mets trop de noir autour des

yeux, de pommade sur la figure, de rouge sur les
lèvres ; ça te donne l'air de ce que tu n'es pas... et
tout ça déteint sur moi. Et puis tu te serres au point
de te faire remonter la gorge sous le menton ; on dirait
toujours que tu vas éclater ainsi qu'un ballon trop
gonflé : j'en souffre pour toi, comme si je me sentais
sanglé moi-même. Tu es forte, mais on le remar-
querait moins si tes mouvements étaient plus souples.

— Ah ! si j'avais cru que cela te faisait souffrir
ainsi... je n'aurais jamais mis de corset-cuirasse. Je
n'en ai pas besoin et c'est si gênant ! Je changerai tout
ça... Embrasse-moi.

— Non, tes lèvres sentent le suif à la rose ; tu viens
encore d'en remettre, tu ne fais que ça ! c'est passé à
l'état de manie et ça me dégoûte.

Mariotte s'essuya la figure avec son mouchoir.

Jules se leva et fit quelques pas dans la chambre.

— Comme tu es méchant, ce soir ! murmura Mariotte
en se relevant. Au lieu de faire tes observations doucement, tu vous assommes tout d'un coup.

— Je ne suis pas méchant, mais tu commences à
devenir poseuse comme l'était Adrienne, et ça ne te va
pas du tout, à toi ; quand tu veux faire des manières,
tu ressembles à un éléphant qui fait des grâces. Sois
donc simple, naturelle ; si tu n'es pas jolie, au moins
tu ne seras pas désagréable.

— Je cherche à te plaire, c'est mon seul crime.

— En faisant l'enfant ou la cocotte?... eh bien, tu me produit l'effet contraire. Je te dis tout à la fois, parce qu'il y a longtemps que j'amasse mes observations.

Mariotte se mit à pleurer. Il la regarda un instant d'un air de pitié, puis il vint à elle et l'embrassa en lui disant :

— Au lieu de pleurer, fais ce que je te dis, c'est dans ton intérêt et le mien. Quand on n'a pas les moyens d'être élégante, ma chère, il faut se faire remarquer par sa simplicité. Tu n'es pas sotte et tu feras preuve d'esprit en n'imitant pas d'une façon grotesque une fille comme Adrienne, qui serait élégante quand même avec un costume de vingt francs.

La paix était faite, et Mariotte lui jura, sur l'amour qu'elle avait pour lui, qu'il n'aurait plus jamais un reproche à lui adresser. Elle enleva les plumes rouges de son chapeau et les boutons dorés de son corsage qu'elle élargit d'une longueur de main sous les bras ; elle se coupa la pointe des cheveux, se contenta d'un soupçon de poudre de riz sur les joues, et Jules lui fit des compliments pour cette nouvelle transformation.

Mariotte n'était pas allée chez Adrienne depuis trois jours. Le quatrième, qui était un lundi, vers neuf heures du matin, Lise, la domestique, apporta cité Bergère une lettre sur l'enveloppe de laquelle il y avait écrit : « Très pressée ».

14.

Jeanne répondit que mademoiselle Mariotte n'était pas là, mais qu'on lui remettrait la lettre aussitôt son arrivée.

— C'est qu'il y a une réponse, fit Lise d'un air contrarié : il faut être chez l'avoué à onze heures.

— Alors, répondit Jeanne après avoir réfléchi que Mariotte n'avait aucune intrigue compromettante, portez cette lettre chez son amant, rue de Trévise, c'est à dix pas ; et elle lui donna le nom et l'adresse de Jules, en lui recommandant bien de demander *Monsieur*, seulement.

En peu d'instants, Lise fut à l'hôtel ; on lui indiqua la chambre de Jules. Elle frappa deux fois à la porte sans qu'on lui répondît.

— Il y a du monde cependant, se disait-elle, j'ai entendu parler.

... C'est moi, Lise ; je vous apporte une lettre pressée de la part de mademoiselle Adrienne.

Jules n'était pas encore levé. Mariotte entre-bâilla la porte, prit la lettre en demandant d'un air très contrarié pourquoi on s'était permis de venir la relancer *chez Monsieur*, et qui lui avait donné son adresse.

— C'est votre amie. Avez-vous une réponse à faire ?

— Non, fit Mariotte en lui fermant la porte presque sur le nez. Je l'enverrai tantôt.

Jules n'avait pas vu Lise ; mais il avait entendu ce qu'elle avait dit.

— Vous en êtes à la correspondance particulière, fit-il en riant du bout des lèvres. Comment fais-tu pour lui répondre? Voyons, donne-moi la lettre.

Mariotte la lui tendit; il n'y avait plus à hésiter; il fallait dire la vérité.

Jules lut, les mains en l'air, la tête sur l'oreiller.

« Ma chère mademoiselle Mariotte,

» L'avoué m'écrit de me trouver à son étude à onze heures, ce matin, pour m'entendre avec mon frère.

» Je vous ai dit que j'aimerais mieux renoncer à tout que de me rencontrer avec lui; comme mes intérêts sont un peu les vôtres, et que vous êtes une personne d'imagination, je compte sur vous pour me trouver le moyen de sortir d'embarras.

» Croyez, chère mademoiselle, à mes bons sentiments,

» ADRIENNE. »

Mariotte s'était assise à côté de Jules, les coudes appuyés sur le lit et le menton dans ses mains. Elle attendait qu'il l'interrogeât; mais lui semblait en comtemplation devant l'écriture d'Adrienne, fort jolie du reste.

Mariotte lui arracha brusquement la lettre des mains et la froissa; puis, voyant qu'il fronçait les sourcils, elle reprit sa place et lui raconta toute l'histoire, en

ajoutant seulement qu'elle avait trouvé le testament
dans la rue.

Le rapprochement lui parut étrange; mais, comme
il ne connaissait ni Marius ni Albert, il ne lui vint pas
à l'idée que Mariotte eût pu dérober ces papiers au
frère d'Adrienne.

Mariotte ne lui avait pas parlé non plus du chiffre
que cette dernière devait lui donner, en cas de réussite.
Et Jules s'était répété à lui-même en poussant un
profond soupir :

— Soixante mille francs ! c'est joli.

Enfin, il dit à Mariotte après avoir réfléchi :

— Dis-lui qu'elle n'a qu'à se faire représenter par
un fondé de pouvoirs. Si elle veut me charger de l'affaire, je suis son homme.

— Oh ! ne dis pas cela, fit Mariotte en lui prenant
la tête dans ses bras; je ne voudrais même pas qu'elle
te vît passer dans la rue.

— Tu sais bien qu'elle détournerait la tête, fit
Jules en souriant ironiquement. Allons, va-t'en à tes
affaires, il faut que j'aille aux miennes. C'est aujour-
d'hui lundi, je ne te reverrai probablement que jeudi
soir. Oh ! j'ai beaucoup de choses en train, que je veux
terminer; ainsi ne fais pas la moue ou je te remets à
huitaine...

Mariotte n'osa pas réclamer, elle le couvrit de baisers. A la porte, elle revint encore, lui prit les mains

et lui demanda presque avec des larmes dans la voix :

— Tu m'aimes, n'est-ce pas ?

— Tu le sais bien.

— Oui, mais redis-le-moi.

— Je t'adore, fit-il d'un air qui aurait mieux accompagné ces mots : « Va-t'en au diable ! »

Mariotte le regarda en s'en allant, et ce regard, plein d'amour et de crainte, semblait dire encore : « Tu m'aimes, n'est-ce pas ? »

Lorsque la porte fut fermée, Jules respira comme le fait une personne ayant longtemps manqué d'air.

— Soixante mille francs ! se disait-il en faisant sa toilette, quelle belle photographie on pourrait monter avec ça !

Mariotte passa chez elle, mais elle ne gronda pas trop Jeanne... La pauvre fille était si faible... et puis elle n'aurait pas compris la sottise qu'elle avait faite en donnant l'adresse de Jules à la servante d'Adrienne. Après tout, elle n'avait aucun ménagement à garder vis-à-vis de l'ancienne maîtresse de son amant : il était bien à elle, et, s'il ne lui avait pas défendu de parler de lui, depuis longtemps, elle lui aurait dit qu'ils étaient remis ensemble.

Elle courut donc chez Adrienne, bien plus préoccupée pour le moment de ses affaires d'intérêt que de ses inquiétudes d'amour.

— Ah ! c'est vous, coureuse ? fit Lise en lui ouvrant

la porte. Eh bien, c'est du propre de passer ainsi la
nuit hors de chez soi. Mademoiselle était prête depuis
longtemps, et elle s'est décidée à partir sans vous,
seulement elle m'a bien recommandé de vous dire de
l'attendre ici....

Il sembla à Mariotte avoir entendu du bruit dans le
salon, et elle se préparait à rester dans la salle à
manger... mais Lise lui ouvrit la porte, en lui
disant :

— Entrez dans le salon, il y a des journaux illustrés.
Ça vous aidera à passer le temps.

Mariotte entra et s'étendit sur le canapé, où elle ne
tarda pas à s'endormir.

Pendant que la domestique la recevait, Adrienne
sortait de chez elle par la porte du cabinet de toilette.
Dans sa précipitation, elle avait heurté un fauteuil du
salon qui avait roulé contre un meuble : c'était ce qui
avait occasionné le bruit que Mariotte avait entendu.

Adrienne était enveloppée d'une grande visite de pe-
luche noire toute garnie de volants, de bandes et de
nœuds de satin. Elle était coiffée d'une toque en loutre
qui lui cachait le front, et son visage était protégé par
un voile de gaze double se rejoignant par un gros nœud
sous le menton. Cela la rendait absolument mécon-
naissable. Arrivée rue de Trévise, elle regarda le numéro de l'hôtel que Lise lui avait indiqué, entra dans
la maison sans rien demander, monta l'escalier et

frappa à la porte de Jules qui cria : « Entrez ! » sans
se retourner.

Adrienne vint à lui résolument. Lorsqu'il aperçut
cette femme masquée, il pensa qu'elle s'était trompée
de porte et il dit en mettant vivement son gilet :

— Qui demandez-vous ?

— Toi, répondit Adrienne en relevant son voile ;
c'est tout ce que tu me dis ?

Et elle ouvrit ses bras.

—Ah ! c'est trop fort ! s'écria-t-il absolument étourdi.

Puis, comme frappé d'une idée subite, il courut à la
porte, et retira la clef de la serrure.

— Oh ! ne crains rien, s'écria Adrienne en s'asseyant sur le canapé ; elle ne viendra pas... elle m'attend chez moi.

— Écoute, lui dit-il en s'asseyant auprès d'elle et
lui prenant les mains, je dois avoir l'air d'une huître,
mais je suis tout abasourdi. Comment, toi ?... toi, tombant chez moi comme une bombe. Mords-moi le doigt.

—Non, tu ne rêves pas. Hier, en passant en voiture,
je t'ai aperçu avec ta Mariotte. J'ai voulu savoir si tu t'é-
tais remis avec ce monstre ; comme j'avais appris qu'elle
ne demeure pas seule, cité Bergère, j'ai envoyé chez
elle ce matin ; tu sais le reste. Est-ce que la surprise
te paraît désagréable ?

— O Dieu, non ! fit-il en l'attirant à lui pour l'embrasser longuement, mais je suis *épaté*... Très bien

faite, ta police. Seulement, si Mariotte nous pinçait
ensemble, je ne dis que ça...

— Est-ce que tu y tiens, à ta Mariotte? fit-elle en
l'embrassant passionnément à son tour.

— A peu près autant que tu tenais à moi,
quand...

Elle lui ferma la bouche par un baiser.

— Du reste, j'avais à te parler de choses sérieuses,
et j'ai profité de l'occasion pour satisfaire mon envie
de te revoir. Il y a longtemps que je te cherche.

— De la pensée, alors?

— Non, du regard; mais Paris est si grand, si en-
combré de monde...

— Dans tes confidences à Mariotte, tu lui as pourtant dit, au contraire, que tu ne cherchais qu'à m'é-
viter?

— Est-ce qu'une femme a jamais dit la vérité à une
autre, dans ces conditions-là?

— Ah! quand on lui donne les cheveux et le portrait de...

— Je pourrais te dire qu'elle me les a *chippés*.
Elle prend volontiers ce qui lui plaît, quand ça l'intéresse ou quand ça vient de toi, ajouta-t-elle en voyant
qu'il la regardait en souriant ironiquement... Mais
j'avoue les lui avoir donnés un peu par dépit. J'étais
vexée d'apprendre que tu m'avais oubliée en si...
mauvaise compagnie.

— Celle-là ou une autre, qu'est-ce que ça pouvait te faire, puisque tu m'avais planté là pour...?

— Pour suivre un homme très riche? Ah! que veux-tu, moi, je n'ai pas été élevée à traîner la misère. Je t'aimais plus cependant quand je t'ai quitté que lorsque je t'avais pris.

— Et, à présent? demanda Jules en lui passant son bras autour de la taille, et en la serrant contre lui.

— A présent, j'ai tout ce qu'il me faut, je suis à peu près libre de mon temps. Quand j'aurai touché ce qui me revient de ma part d'héritage, j'achèterai une petite maison de campagne, et, si tu veux m'y venir voir, tu auras ta chambre d'ami.

— Oh! la tienne me suffira...

Jules avait aimé Adrienne. Elle était restée son type favori : grande, mince, souple, élégante, couverte de dentelles, de satin. Il adorait la toilette. En quelques instants, son cœur reprit feu comme de l'amadou, et il lui dit, en lui rendant avec usure tous les baisers que la pauvre Mariotte lui avait donnés le matin :

— Quand partons-nous?

— Le plus tôt possible, fit Adrienne, qui s'était pelotonnée dans ses bras comme une chatte; mais, à présent, il faut parler raison. Ta Mariotte, que tu ne reverras pas, j'espère, m'a fait signer une reconnaissance de vingt mille francs que je voudrais ravoir.

15

— Vingt mille francs ! en l'honneur de quel saint, bon Dieu ?

— En ton honneur, à toi, mon cher. Je lui ai acheté ces lettres, parce qu'elles étaient compromettantes pour toi.

Et la perfide lui fit lire les lettres écrites par sa mère mourante.

— Diable ! en effet, fit Jules, après les avoir parcourues du regard. Ta mère n'y a pas été de main morte. Il ne faut montrer ça à personne.

— C'est bien mon intention, ajouta-t-elle, en les remettant avec soin dans sa poche. Mon frère consent à me rendre ce qui me revient, de très bonne grâce; aussitôt après, nous déchirerons ensemble ce petit acte d'accusation ; mais comment rattraper le reçu que j'ai donné à Mariotte?

— Dame ! je pourrai peut-être le reprendre... me le faire confier; mais, si tu ne veux pas que je la revoie, elle ne me l'enverra pas avec un paquet de roses.

— Comme je ne serai pas payée avant une quinzaine de jours, nous aurons le temps d'aviser. Viens dîner avec moi ce soir.

— Volontiers, répondit Jules. Je suis absolument libre pendant trois jours et trois nuits. Après ça, comme tu viens de le dire, nous aviserons. Si tu la vois, surtout, tâche qu'elle ne se doute de rien, elle casserait les vitres.

— Sois tranquille : je serai aussi dissimulée, aussi discrète qu'elle.

Comme Adrienne s'était levée pour partir, et qu'il la serrait dans ses bras pour lui dire encore une fois adieu, on frappa plusieurs coups à la porte. Ils se serrèrent l'un contre l'autre dans un même mouvement de terreur folle.

— C'est elle ! murmura Adrienne à voix basse.

— Ça ne serait pas à souhaiter, répondit Jules sur le même ton. Non, ce n'est pas sa manière de frapper, elle ne doit pas venir sans y être autorisée... C'est égal ; il n'y a personne.

— Monsieur Jules est parti ? demanda une voix d'homme à un garçon qui sans doute montait l'escalier.

— Je ne l'ai pas vu sortir, répondit le garçon sans s'arrêter ; regardez si sa clef est en bas.

— C'est mon voisin Gustave, un ami, un bon garçon, il n'y a pas de danger. Comme je ne veux pas sortir en même temps que toi, baisse ta voilette.

Puis il courut à la porte et appela Gustave.

Adrienne était toute frissonnante d'émotion, il lui semblait qu'elle recommençait à se sentir vivre...

Gustave regarda d'un air ébahi. Cette femme dont il ne pouvait pas distinguer le visage, n'était pas son amie Mariotte.

— Mon cher Gustave, offrez donc votre bras à madame pour sortir de la maison, accompagnez-la jusqu'à la rue Rougemont seulement; vous m'obligerez.

Gustave fit un signe affirmatif, offrit le bras à l'inconnue, et ils sortirent ensemble, sans échanger un mot.

Adrienne le remercia, en le quittant au coin de la rue Rougemont. Gustave courut à son magasin, Adrienne chez elle.

Pendant ce temps, Jules se disait en refaisant sa toilette et en se caressant, avec tout l'amour qu'il avait de lui-même, les cheveux, les moustaches, les dents, les ongles, le menton, les lèvres :

— Eh bien, il faut avouer que j'ai une vraie chance. Adrienne me revient, et avec le *sac.* Elle a fait marcher Jujules, mais il tient à présent la corde; chacun son tour. Elle est jalouse de Mariotte, et je la tiendrai par la jalousie... Échec aux dames, mes chéries! Si je n'ai pas les soixante mille francs au complet, j'en palperai une bonne partie. D'abord, je veux qu'on achète la maison de campagne en mon nom. Je ne veux plus être exposé à être fichu à la porte, quand la nouvelle *toquade* d'Adrienne sera passée. Quant à Mariotte... si elle découvre le pot aux roses, je lui ferai entendre raison, en lui disant : « Si tu m'aimes, il ne faut pas m'empêcher de faire ma fortune. Attends un peu; lorsque la colombe voyageuse se sera envolée, tu reprendras son nid. Elle se soumettra. C'est égal, si je puis éviter la scène...

Et il sortit en se dandinant pour faire flotter son pardessus de fin drap gris, la tête haute, le chapeau mis de côté, et, sur la figure, l'air de contentement de lui-même que doit avoir un honnête homme qui vient d'être décoré.

Adrienne remonta chez elle par le grand escalier, et sonna en maîtresse.

— Mariotte est-elle là? demanda-t-elle à Lise à voix basse.

— Oui, Mademoiselle, elle s'est endormie dans le salon comme une grosse buse; elle devait être joliment fatiguée, car elle n'a fait qu'un somme...

En entendant le bruit de la grosse sonnette qui devait avertir soit la bonne dans sa cuisine éloignée de l'appartement, soit madame dans son cabinet de toilette également éloigné de la porte d'entrée, Mariotte fit un bond et regarda autour d'elle, sans se rendre compte aussitôt de l'endroit où elle se trouvait. Sa figure et ses yeux étaient enflés, sa bouche béante, son chapeau aplati sur le côté: Adrienne partit d'un grand éclat de rire en lui disant.

— Vous êtes matinale; il paraît que vous n'étiez pas chez vous à huit heures?

Mariotte se frotta les yeux du revers de ses mains fortes mais bien faites, et chercha à se souvenir; puis la mémoire lui revint, elle pensa que Lise n'avait rien dit, et elle fit en se détirant les bras :

— Vous m'avez réveillée au moment où je faisais un
singulier rêve... Pardon, ajouta-t-elle en se levant, de
m'être étendue ainsi sur votre canapé, mais je n'en
pouvais plus... Je dors mal chez les autres.

— Il n'y paraît pas, répondit Adrienne en quittant
sa pelisse et son chapeau; mais vous êtes ici chez
vous.

— Au fait, pourquoi m'avez-vous fait attendre? il doit
y avoir longtemps que je suis là.

— Trois heures à peine; j'ai attendu pour nos
affaires, mais il paraît que Marius ne se soucie pas
non plus de me voir, il n'est pas venu.

— Tant pis, répondit Mariotte, car j'ai hâte d'en
finir.

— Pas autant que moi, répondit Adrienne en ratta-
chant ses cheveux décoiffés. Vous êtes très dissimulée,
ma chère.

— Il y a tant de vérités qui ne sont pas bonnes à
dire !

— Pourquoi faire du mystère avec moi?... je vous
ai raconté toutes mes affaires.

— Je les savais aussi bien que vous.

— Moi, je devine souvent ce que l'on ne me dit pas,
fit Adrienne en continuant à se coiffer devant la glace.
En vous voyant si gaie, si joyeuse, je m'étais doutée que
c'était Jules qui avait raccommodé les morceaux de
votre cœur cassé.

— Eh bien, si cela était, où serait le mal ? nous
sommes libres tous les deux.

— Oui ; mais pourquoi vous cacher ?

— Lorsque nous sortons ensemble, nous n'avons
à craindre personne.

— Ah ! de quel air furieux vous me répondez ! Vous
ne « déragez » pas, ma chère ?

— C'est que vous avez toujours l'air de vous moquer
des gens... et je n'aime pas qu'on se moque de moi.

— Je suis curieuse, fit Adrienne en se retournant.

— Et moi, peu bavarde ; je ne demande jamais de
comptes à personne, et...

— Oh ! ne posons pas l'une vis-à-vis de l'autre. Vous
êtes plus curieuse que moi, ma chère Mariotte, puisque vous fouillez dans la correspondance d'autrui. J'en
profite, c'est vrai ; mais cela me donne le droit de vous
faire mes réflexions sans que vous ayez celui de vous
emporter.

— Eh bien, oui, je l'ai revu ; nous nous sommes
réconciliés : il m'aime, je l'adore ; êtes-vous contente ?
répondit Mariotte emportée par un mouvement d'amour-
propre froissé. Si vous voulez m'être très agréable, ne
me parlez pas plus de lui qu'il ne s'occupe de vous.
Nous finirons par nous fâcher.

— Mais, ma chère Mariotte, vous semblez oublier
qu'il était mon amant avant d'être le vôtre et que, s'il
me plaisait...

·— De le reprendre, peut-être? s'écria Mariotte s'a-
vançant. Ah! il ne faudrait pas jouer ce jeu-là avec
moi, parce que... Oh! tenez, je vous quitte, car je sens
que la colère me gagne, et, dame! quand elle m'a
gagnée tout à fait, je ne me connais plus; il faut que
je dise ou que je fasse des bêtises.

Adrienne pensa qu'elle avait été un peu loin, et elle
dit en souriant :

— Tout le monde en fait et en dit, ma chère. Ne vous
montez pas inutilement... Au revoir, ajouta-t-elle en
lui tendant la main.

— Au revoir, répondit Mariotte en s'éloignant sans
la prendre. S'il y a quelque chose de nouveau, envoyez-
moi un commissionnaire, mais cité Bergère, je vous
en prie.

— Est-ce que vous ne reviendrez plus ?

— Si, répondit Mariotte, j'ai l'intention de vous garder à vue.

— Parfait, vous allez prendre un billet de logement
chez moi.

— A peu près, fit Mariotte en riant, jusqu'à ce que
nos affaires soient terminées; car, après...

— Vous irez cacher votre bonheur dans une autre
patrie?

— Peut-être.

— Un enlèvement à mes frais, ce sera drôle. Voulez-vous déjeuner avec moi demain pour commencer votre faction, madame la garde du corps ?

— Oui, répondit Mariotte après avoir réfléchi qu'il ne fallait rien brusquer.

D'ailleurs, Adrienne le prenait sur un ton gai qui rassura un peu Mariotte. Ce qu'elle lui avait dit était la conséquence de ce qui était arrivé par hasard le matin. Elle n'avait rien à gagner en se fâchant avec Adrienne pour des mots dits en l'air, et elle partit en répétant :

— A demain !

De son côté, Adrienne se disait qu'il valait mieux la recevoir que de la consigner brusquement sans raison apparente.

Provisoirement, du reste ; comme elle attendait Jules pour dîner le soir, ils décideraient ensemble de ce qu'il fallait faire.

Les jours où Mariotte ne devait pas voir Jules lui paraissaient éternels ; elle ne savait que faire d'elle-même. C'était un corps sans âme.

Dans la crainte d'indisposer contre elle son amant, qui lui avait donné en réalité des raisons très justes pour expliquer la nécessité de vivre ainsi un peu éloignés l'un de l'autre, elle s'était soumise en apparence ; mais elle n'avait pas eu la force de se résigner complètement.

Ainsi, tous les jours, elle espérait une nouvelle visite

15.

supplémentaire, ne fût-ce que d'une seconde ; elle restait chez elle, la moitié du corps tendu en dehors de
la fenêtre, puis une fois les heures écoulées pendant
lesquelles il aurait pu venir lui serrer la main entre
deux courses, elle sortait pour passer et repasser rue
de Trévise ou devant la photographie X... ; mais toutes
ces difficultés irritaient son cœur, sans calmer son
esprit inquiet et chagrin.

— Jules est injuste, se disait-elle, et, moi, je suis
une idiote de passer ainsi mon temps et ma jeunesse
à vivre d'insomnies et de larmes, dont il se moque à
n'en pas douter.

Elle se révoltait alors et formait des projets de re-
présailles, de vengeance, qui n'aboutissaient à rien,
si ce n'est à recommencer le lendemain ce qu'elle avait
fait la veille.

Après avoir passé une nuit affreuse, tourmentée,
agitée par des cauchemars et des visions étranges,
Mariotte se leva toute brisée, s'habilla machinalement
en se reprochant d'avoir encore accepté l'invitation
d'Adrienne, invitation toute banale ; car Adrienne lui
avait avoué qu'elle avait horreur de manger seule, et
que, faute de mieux, elle était capable de placer sa
servante à table en face d'elle.

Une chose que Mariotte ne pouvait parvenir à s'expliquer, c'est qu'elle détestait la sœur de Marius et
qu'une volonté plus forte que la sienne semblait la

pousser en avant de ce côté, lorsqu'elle désirait battre en retraite. Question d'intérêt, pensait-elle en achevant sa toilette, et surtout de désœuvrement :

— Dame ! si j'étais moins seule.

Et c'était presque toujours en se faisant les mêmes réflexions que Mariotte sonnait à la porte d'Adrienne.

Ce matin-là cependant, elle était plus hésitante que d'habitude, et, si la bonne qui sortait pour faire une commission ne l'avait pas trouvée sur le pallier, il est probable que Mariotte serait redescendue sans sonner.

— Entrez, lui dit Lise. Mademoiselle est dans sa chambre.

Puis elle ferma la porte et descendit quatre à quatre l'escalier pour s'acquitter avant le déjeuner d'une commission pressée.

En traversant la salle à manger, Mariotte vit deux couverts très soigneusement mis, sur le buffet, des vins fins, des viandes froides, des fruits.

D'habitude, on faisait moins de frais et de cérémonie pour la recevoir.

Adrienne était encore couchée; sa coiffure et son lit étaient en désordre. En voyant entrer Mariotte, elle attira vivement sous sa tête le second oreiller placé à côté du sien. Mariotte vit tout cela d'un coup d'œil sans y attacher d'importance.

— Je suis rompue de fatigue, fit Adrienne en se détirant les bras; j'aurais voulu dormir plus tard ce matin.

— Je suis venue trop tôt; votre bonne aurait dû me le dire.

— J'avais oublié de la prévenir, reprit Adrienne en étouffant un bâillement. Quelle heure est-il donc?

— Onze heures vont sonner, fit Mariotte en se préparant à quitter son chapeau.

— Onze heures! s'écria Adrienne en sautant à bas du lit, comme une personne qui se souvient tout à coup d'une chose importante, oubliée. Onze heures! continua-t-elle en s'habillant en hâte, et moi qui attends mon amant à déjeuner... Gardez votre chapeau, ma chère...

Puis, courant à son cabinet de toilette, d'un air tout effaré, elle brossa ses cheveux d'une façon brutale, en disant :

— Pardon, je... je... vous avais oubliée lorsqu'il m'a dit qu'il viendrait ce matin.

— Je vous laisse, fit Mariotte en se dirigeant vers la porte de l'appartement; vous n'avez pas à vous gêner avec moi...

— Non, non, pas par là... s'écria Adrienne avec égarement et en lui barrant le passage, vous vous rencontreriez peut-être dans l'escalier.

— Qu'importe? répondit Mariotte : il ne me connaît pas.

— Ah! mon Dieu, on sonne, fit Adrienne en pâlissant... Filez par là, ajouta-t-elle en montrant la porte
perdue du cabinet, vous connaissez le chemin...

Et elle rentra dans son appartement en fermant avec
bruit les portes derrière elle.

— Ce désordre, cette émotion qui ressemblait à de
la terreur... Elle a dû le tromper cette nuit, pensa
Mariotte en prenant la clef suspendue à un clou. Il n'y
a que ces femmes-là qui ont de la chance.

Elle donna deux tours à la serrure, et retira la
clef en se disant:

— Je vais la mettre à présent chez la concierge. Mais
non, cela semblerait drôle. Je la lui renverrai tantôt.

Elle fit diverses emplettes pour son déjeuner, puis
rentra. Vers les quatre heures, elle sortit sans but de
promenade, et naturellement elle passa rue de Trévise.
Le garçon était à la porte de l'hôtel habité par Jules.
Il causait avec une femme qui avait l'apparence d'une
femme de chambre.

Mrriotte était de l'autre côté de la rue.

Il se mit à rire en la désignant du regard.

Elle comprit qu'ils parlaient d'elle d'une façon dés-
obligeante, et, sans réfléchir, pour se donner une con-
tenance peut-être, elle alla droit à lui et lui demanda
si monsieur était là haut.

— M. Jules?... Il est sorti de grand matin, il a
emporté sa clef.

Et il accompagna ces mots d'un sourire si bêtement malin, en regardant la femme de chambre qui dévisageait Mariotte, que cette dernière devint rouge, puis pâle, et se sentit courir un frisson de la tête aux pieds.

— Qu'appelez-vous de bonne heure? lui demanda-t-elle en cherchant à se remettre.

— Je n'en sais rien : je ne l'ai pas vu rentrer.

— Il suffit que vous l'ayez vu sortir.

— Ah ! bien, si vous voulez savoir la vérité à toute force, je ne l'ai pas vu du tout, répondit-il en lui tournant les talons.

Mariotte eut un éblouissement, puis un bourdonnement dans les oreilles, comme si les cloches de Notre-Dame eussent sonné à toute volée dans sa tête...

Jules était peut-être venu chez elle !

Elle y rentra en courant. On ne l'y avait pas vu.

Elle reprit sa course jusqu'à la photographie, où on lui répondit que M. Jules était venu dans la matinée, mais qu'il était resté peu de temps à son bureau...

Elle repartit un peu plus calme ; mais sa demi-tranquillité ne dura pas longtemps.

Le soir, elle passa plusieurs fois devant tous les cafés où Jules avait l'habitude d'aller, dans l'espérance de le voir au moins de loin ; puis elle se cacha dans sa rue pour guetter sa rentrée.

Minuit venait de sonner, elle se sentait brisée de fatigue et d'émotion.

— En vérité, se disait-elle en reprenant le chemin de la cité Bergère, je suis folle de me tourmenter ainsi à propos de la réponse d'un grossier imbécile... Jules viendra demain...

Mais tous ces raisonnements ne diminuèrent point les inquiétudes sourdes et douloureuses qui la torturaient. Elle n'osa cependant rien dire à Jeanne, ce jour-là. Seulement elle passa la nuit à pleurer, en mordant ses draps pour étouffer ses sanglots...

Le jour se levait à peine lorsque Mariotte sortit, comme poussée dehors par une volonté surnaturelle.

Elle voulait voir Jules. Après tout, c'était son amant; on le savait à l'hôtel; sa visite matinale ne pouvait le compromettre, et, s'il criait, s'il se fâchait, elle en serait quitte pour des reproches, une scène, des injures... Elle préférait cela mille fois aux tourments qu'elle avait éprouvés depuis la veille.

Elle sortit tête nue; un fichu de laine blanche sur les épaules.

Il tombait une pluie fine et froide; le temps était sombre; le pavé était gras, glissant. La démarche de Mariotte était saccadée et incertaine comme sa pensée. Elle ralentissait le pas en avançant dans la rue de Trévise, elle voulait savoir la vérité et elle frémissait à l'idée de l'apprendre.

Enfin elle prit son élan, en fermant presque les

yeux, comme doivent faire les gens qui veulent se jeter
du haut en bas de l'Arc de Triomphe.

Le garçon de l'hôtel de Jules balayait le dessous de
la porte d'entrée, et ne s'arrêta même pas en voyant
arriver Mariotte.

— Où allez-vous? lui demanda-t-il en lui barrant
le passage.

— Chez mon amant, répondit la pauvre Mariotte, qui
eut envie de le griffer pour lui apprendre la politesse.

— M. Jules n'y est pas, ou, s'il y est, ce n'est pas à
pareille heure que l'on vient faire des visites à nos
locataires. Le patron n'aime pas ces allées et venues-
là. Quand les jeunes gens amènent des femmes, on
ferme les yeux ; mais les femmes seules n'entrent pas.

Et il la poussa dehors.

Mariotte resta consternée, anéantie, le dos appuyé
au mur, la tête basse, les bras pendants, le regard fixé
à terre, puis elle eut envie de crier, d'appeler Jules ;
mais elle le connaissait : dans un moment de colère, il
aurait donné raison, devant elle, au garçon qui l'avait
insultée.

Il l'avait prévenue, du reste, qu'il donnerait
une consigne sévère pour l'empêcher de venir le déranger à tout propos ; car il tenait à faire sa correspondance à tête reposée. C'est elle qui était dans son tort.

Et la pauvre Mariotte partit sous une pluie battante
qui la pénétra jusqu'aux os.

— D'où viens-tu ? lui demanda Jeanne qui venait de s'éveiller.

— Je viens de prendre l'air... j'ai eu la fièvre toute la nuit.

— Prendre l'air par un temps pareil ?... Tes effets sont trempés. Voyons, fit-elle en se levant, déshabille-toi et fourre-toi dans mon lit. En vérité, je crois que tu as des instants de folie...

Et, disant cela, elle déshabilla Mariotte, qui se laissait faire comme une enfant.

— On t'a fait quelque chose que tu ne veux pas me dire, Mariotte, et c'est mal, parce que tu n'as pas d'a-mie plus dévouée et plus reconnaissante que moi.

— Eh bien, répondit Mariotte après un effort, je crois que Jules me trompe.

— Tu n'es jamais en peine pour te forger des idées qui te font du chagrin. Tu crois... ça n'est pas une preuve, ton opinion !... Voyons, je t'en prie, repose-toi un peu ; on te montera à déjeuner. Je vais aller chez Albert, j'y resterai le moins longtemps possible. Si tu pouvais dormir en m'attendant...

Mariotte se coucha ; ses dents claquaient les unes contre les autres ; elle tremblait.

— Tu as la fièvre, fit Jeanne en la couvrant avec l'édredon ; tu n'as vraiment pas la moindre volonté !

Mariotte se mit à pleurer.

— Pleure, lui dit Jeanne en l'embrassant ; les

larmes dégonflent quelquefois le cœur... Ma chérie,
du courage! Ton Jules doit venir aujourd'hui, n'est-ce
pas ?

— Oui,

— Eh bien, sois raisonnable, tu as accepté cette
situation-là, il faut savoir la supporter. A bientôt !

Jeanne sortit en lui répétant :

— Du courage !... du courage !...

— Je n'en ai plus, se disait Mariotte en serrant à la
briser sa tête entre ses mains brûlantes... Je ne veux
plus, je ne peux plus même tenter d'en avoir... J'aimerais mieux la mort que de pareilles souffrances... Il ne
m'aime pas... On ne fait pas supporter de pareilles
humiliations à la femme qu'on aime. Ma faiblesse a
fait sa force. Eh bien, mon parti est pris... dussé-je
crever à la peine, moi aussi je le quitterai.

Et, à l'idée de ne plus le revoir, elle fut prise d'une
crise nerveuse qui lui serra le cœur et lui tordit les
membres dans de violentes convulsions.

Après s'être longtemps débattue, comme si des êtres
invisibles eussent cherché à lui lier les pieds et les
mains, son corps se détendit, ses yeux se fermèrent et
elle s'endormit.

Lorsque Jeanne rentra, elle fut effrayée de l'immobilité de Mariotte; puis, voyant que sa respiration était
calme, elle attendit son réveil sans oser faire un mouvement.

Mais Mariotte s'éveilla et la regarda fixement, comme si elle eût cherché à la reconnaître ; puis elle se dressa sur son lit en criant :

— Jules n'est pas venu... il m'a quittée ! Pourquoi ?... Quel mal lui ai-je fait ?

— Il n'est pas tard, répondit Jeanne ; il va venir.

— Il ne viendra plus, répondait obstinément Mariotte... Je te dis que tout est fini et qu'il faut que l'un de nous deux meure !

— Si cela est véritablement, répondit Jeanne en lui prenant les mains, ne devais-tu pas t'y attendre ?... Il faut ma patience, ma chérie, pour vivre avec toi. Voyons... tu n'es pas une enfant. A quoi donc te servirait ta force, si tu ne t'en servais que pour conseiller le courage aux autres... Des papiers importants, paraît-il ont été volés chez Albert, et cela le jour même où tu y étais allée pour chercher ton bracelet ; alors on a d'abord supposé...

— Que je les avais pris ? demanda Mariotte en la regardant.

— Oui, répondit Jeanne en baissant la tête... Albert était monté !... Mais, comme il était venu quelqu'un après toi et qu'on avait laissé la clef sur la porte, M. Marius t'a défendue énergiquement... Il sortait, a-t-il dit, de chez un avoué qui l'avait averti officieusement que, s'il ne partageait pas l'héritage de ses parents avec sa sœur, dont lui, avoué, était le manda-

taire, on allait lui intenter un procès qu'il perdrait
certainement... Il a répondu qu'il ne demandait pas
mieux que de rendre ses comptes de succession ; mais
qu'à aucun prix il ne voulait se trouver en présence
de sa sœur.

— Alors tout va s'arranger à l'amiable ? dit Mariotte,
le regard toujours fixé sur la porte d'entrée.

— Oui, et il va épouser Misère, c'est décidé.

— Tant mieux ! répondit Mariotte en ouvrant la fenêtre pour respirer un peu, car elle se sentait étouffer. Il
faut bien qu'il y ait quelques heureuses en ce monde.

Puis elle revint s'asseoir à côté de Jeanne, qui cherchait encore quelque chose à lui dire pour la distraire
un peu.

Six heures venaient de sonner sur le timbre fêlé de
la vieille pendule qui se trouvait sur la cheminée.

Mariotte les avait comptées en frissonnant, comme
si des piqûres aiguës lui avaient percé le cœur. Une
idée subite traversa sa pensée ; en peu de secondes,
elle fut habillée et dit à Jeanne :

— Attends-moi un instant, je vais à côté et je reviens de suite.

Deux minutes plus tard, elle disait à Gustave, en
feignant de regarder quelque chose dans l'étalage de
Godchaux :

— Il faut absolument que je vous parle ; tâchez de
me rejoindre dans la cité Bergère...

Et elle partit en courant sans attendre sa réponse.

Gustave se douta qu'elle avait à lui parler de Jules, et il fut un peu effrayé à l'idée de répondre à des questions délicates.

Aussitôt que Mariotte le vit entrer dans la cité, elle vint à sa rencontre et lui dit en lui prenant le bras :

— Gustave, vous devez tout savoir ; dites-moi la vérité ; Jules me trompe : il a une autre maîtresse.

— Oh! fit Gustave, on peut recevoir la visite d'une dame sans pour cela...

— Ah! il a reçu une femme...

Le pauvre Gustave devint rouge jusqu'aux oreilles. Dès le commencement, il avait dit une bêtise ; il marchait à côté de Mariotte, sans oser relever la tête.

— Oui, répondit Mariotte en cherchant à jouer l'indifférence : dans les affaires, on voit tant de monde. Ça devait être une cliente de sa photographie. Était-elle jolie?

— Quant à ça, je n'en sais rien. Elle avait la tête entortillée dans une gaze marron; on ne distinguait ni son nez ni ses yeux au travers. Lorsque je l'ai accompagnée, elle me dit merci sans lever son voile et...

— Ah! c'est vous qui l'avez accompagnée, mon bon petit Gustave, et où ça?

— Jusqu'au coin de la rue Rougemont.

— Alors ce n'est pas celle que je croyais ; car Jules l'eût accompagnée lui-même.

— Certainement ; mais, comme il n'était pas habillé...

Mariotte fit un mouvement et reprit après une pose :

— Comment ! il reçoit des clients en bras de chemise ? ce garçon-là ne saura jamais vivre !... Savez-vous quel jour elle est venue, cette dame... car c'est moi qui l'avais envoyée ; mais..., comme je ne l'ai pas revue...

— C'était lundi matin. J'ai frappé parce que je croyais que vous étiez encore là...

— Il vous a crié : « Entrez ! » et vous avez dû être bien surpris... de voir une autre à ma place.

— Un peu, c'est vrai ; mais il ne faisait pas de mal, puisqu'il m'a rappelé dans l'escalier pour me prier de reconduire cette dame.

Mariotte réfléchit un instant.

— Je me sauve, fit Gustave, car je serais mis à l'amende pour m'être éloigné de l'étalage.

— Ah ! je ne vous ennuirai plus, allez ! fit Mariotte en le retenant, et d'un air si désespéré, que Gustave perdit la tête.

— Voyons, mademoiselle Mariotte, il ne faut pas vous faire du chagrin. Vous savez bien que Jules est très léger de caractère : il ne m'a même pas encore remboursé le prix de son costume... Quand une femme vient vous voir comme ça, au saut du lit, on ne peut pas la jeter par la fenêtre !

Mariotte poussa un cri étranglé. Il lui sembla qu'un éclair venait de passer devant ses yeux.

— Elle est grande, mince, élégante, n'est-ce pas ? dit-elle en serrant les mains de Gustave à les briser dans les siennes.

Il fit la grimace en répondant :

— Oui, et habillée comme une gravure de modes...

— C'est elle, la coquine ! s'écria Mariotte hors d'elle-même. Ah ! il faut que je le voie, que je lui parle ce soir à tout prix ! Gustave, voulez-vous me permettre de l'attendre chez vous ?

— C'est que..., fit le jeune homme au comble de l'embarras, on m'a dit, lorsque je l'ai demandé ce matin... qu'il n'était pas rentré... et...

Gustave baissa la tête. Le dernier coup était porté ! Mariotte ne lui demanda plus rien, et il partit en courant, sans qu'elle s'aperçût de sa fuite.

— Ainsi, disait-elle, le doute ne m'est plus permis... Il me trompe ! mais avec qui ?... rien ne me prouve que ce soit cette Adrienne... Qui était chez lui ? Ah ! si c'est elle, je le saurai, quand je devrais passer dix nuits couchée en travers de sa porte !

Mariotte monta chez elle ; sans dire un mot elle se laissa tomber sur une chaise et resta quelques minutes dans un état d'immobilité effrayant. Les yeux étaient injectés de sang, comme si elle eût dû en pleurer. Les veines de son cou étaient gonflées et ses muscles tendus. Il se livrait certainement en elle une lutte terrible entre la raison et la folie.

Jeanne la regardait en silence; elle devinait qu'il avait dû se passer quelque chose de terrible entre Jules et Mariotte; sans doute ils s'étaient querellés et brouillés.

— Il te reviendra, dit-elle en se levant. Il est huit heures; est-ce que tu ne veux pas dîner?... J'ai faim, moi; viens... l'air te fera du bien.

— Allons, répondit Mariotte en se mettant autour du cou un foulard blanc que Jules avait oublié chez elle... Viens, pauvre chérie... Comme je te fais souffrir de toutes les façons!

Elles passèrent une partie de la soirée dehors. Mariotte ne prononça pas une seule fois le nom de Jules.

A dix heures, elle quitta Jeanne, après s'être assurée, chez le concierge, que personne n'était venu pendant son absence.

Jeanne n'osa pas lui demander où elle allait. Elle la regarda cependant s'éloigner avec une insurmontable inquiétude.

Elle fit même quelques pas pour la rappeler; mais Mariotte avait disparu dans la foule qui encombrait le faubourg Montmartre.

Mariotte marcha quelque temps d'un pas lourd, indécis, avançant devant elle au hasard, comme si elle n'avait en tête aucune idée de la direction à suivre. Cependant, arrivée au coin du faubourg Poissonnière, elle traversa lestement le boulevard, et rebroussa chemin sur l'autre trottoir, jusqu'à la rue Richelieu. Là, elle s'arrêta quelques minutes : son cœur ne battait pas, il bondissait dans sa poitrine ; puis elle reprit sa marche d'un pas ferme, et entra dans la cour de la maison d'Adrienne pour voir si elle apercevrait de la lumière à l'une des fenêtres de son appartement. Il n'y en avait pas...

Adrienne devait être sortie. Mariotte fit un mouvement pour aller prendre des informations auprès du concierge ; mais il était en train de lire un journal au fond de sa loge et il ne l'avait pas vue entrer ; car il ne pouvait surveiller l'escalier que par l'unique carreau d'une petite fenêtre à côté de laquelle il ne se tenait jamais le soir, son bec de gaz en étant trop éloigné. Puis Mariotte songea qu'il était inutile de lui faire remarquer sa présence à pareille heure. Elle eut envie de monter pour se renseigner auprès de la bonne ; mais elle se souvint que cette fille couchait au cinquième et qu'Adrienne lui avait dit qu'elle la renvoyait journellement à neuf heures pour être plus libre.

Mariotte descendit le premier étage du grand escalier.

16

Une voiture venait de s'arrêter devant la porte cochère, qu'on ne fermait qu'à minuit.

Mariotte s'effaça dans l'ombre en s'appuyant le dos au mur pour ne pas tomber.

Ce n'était pas Adrienne ; elle respira ; mais, levant par hasard de nouveau les yeux vers les fenêtres, elle vit distinctement un filet de lumière passant entre deux rideaux mal fermés, et qui devait partir de la salle à manger pour aller dans le salon.

S'élançant alors d'un bond dans le grand escalier, elle le monta quatre à quatre, et vint appuyer son oreille contre la porte de l'appartement d'Adrienne. Là, elle écouta anxieusement en retenant sa respiration, s'efforçant d'entendre et de comprendre ce qui se disait à l'intérieur.

. . . .

Du jour où Jules avait retrouvé Adrienne, il s'était accroché à elle en rééditant à son intention une de ces scènes déclamatoires qu'il avait apprises pendant le cours de ses excursions théâtrales. Il passait alternativement, et sans nulle transition, de la plaisanterie la plus vulgaire à la phrase la plus poétique, de la comédie au mélodrame, en accompagnant le tout de gestes et d'éclats de voix que Mariotte aurait certainement entendus, s'ils avaient causé dans la première pièce.

Adrienne ne regrettait pas la démarche qu'elle avait

faite ; seulement elle cherchait à calmer l'exaltation de Jules, en lui disant :

— Soit, j'ai eu des torts envers toi ; mais, que veux-tu, mon cher ! la chance ne nous avait pas servis ! Je t'aimais bien cependant... seulement... l'amour et la misère font toujours mauvais ménage. Je n'ai pas, pour ma part, été élevée à « traîner la savate » comme mademoiselle Mariotte ; il me fallait ce que tu ne pouvais me donner ; l'occasion de l'avoir s'est présentée, et j'ai suivi l'*Occasion* qui partait en Belgique.

— Si tu m'avais aimé, j'aurais remué le monde pour te trouver de l'argent, fit Jules en s'admirant dans la glace.

— Peut-être ; mais je n'avais pas l'âge de la patience. Nous comptions chacun l'un sur l'autre pour faire fortune, et tu sais bien que nous ne pouvions arriver à rien ensemble. Voyons, j'ai mal à la tête ; couchons-nous.

— Laisse-moi te regarder... j'ai besoin de rattraper le temps perdu.

En disant cela, Jules tomba sur le canapé et s'y allongea en envoyant en l'air la fumée de son cigare, dont il jetait la cendre sur un magnifique tapis de Smyrne.

— Tu es gris comme plusieurs Polonais, fit Adrienne en riant du bord des lèvres, car c'est à elle surtout que le cœur commençait à tourner.

— Gris ?... un peu ; c'est le bonheur de t'avoir re-

trouvée. Je suis... quelqu'un : Jules... le photographe
de toutes les têtes cou... ronnées de gloire de... l'Eu-
rope. Tous les gens... chics... sont mes... amis.

— Mais, moi aussi, fit Adrienne, j'ai des amis, c'est-
à-dire j'en ai un, très riche, que je tiens à garder.

— Qu'est-ce... qu'il... fait ce parti... culier-là ?

— Il a une maison de banque à lui, une femme et
des enfants...

— Peut-être pas... à... lui. Mais, si ton *monsieur*...
venait, il ferait une... drôle... de... tête ; car je te préviens... que... je ne lui cé... derais... pas... ma place.

— D'habitude, il ne vient jamais le soir, et il me
prévient, quand il a une heure à me donner dans la
journée. Mais, si tu étais ici à cette heure-là, mon
cher, il faudrait te sauver ou te cacher, parce que
j'ai besoin de ses services. C'est très joli, les tant pour
cent par tête, de ton photographe ; mais ça ne suffirait
pas à entretenir ma bonne ; et, comme je tiens à garder
mon appartement pour t'y recevoir toujours comme
aujourd'hui, fit-elle en lui passant ses bras autour du
cou et lui embrassant les cheveux... il faudrait être
raisonnable, souffrir un peu, oh ! pas beaucoup, va, il
n'est pas exigeant !

Jules fit quelques objections pour la forme, mais en
se disant intérieurement qu'il se fourrerait dans une
cheminée, plutôt que de risquer de perdre la possession d'un intérieur aussi confortable.

— J'ai soif, dit-il à Adrienne, en s'approchant du lit. Tu m'as fait boire tant de bonnes choses que j'en ai la bouche empâtée.

— Je vais t'apporter une bouteille de *pale ale* qui doit rester dans la salle à manger.

Adrienne revint prendre une bouteille de bière et c'est à ce moment-là que Mariotte aperçut la lumière.

Après avoir attendu quelques minutes l'oreille collée à la porte de l'appartement sans rien entendre, elle agita brusquement le cordon de la sonnette.

Jules et Adrienne se regardèrent visiblement effrayés; puis, d'un même mouvement, ils sautèrent à bas du lit.

— Qui cela peut-il être, murmura Adrienne d'une voix entrecoupée par la peur?

— Je me le demande, fit Jules en se rhabillant précipitamment.

— Je ne veux pas répondre.

— Moi, non plus; mais encore il ne faut pas se laisser surprendre en chemise : ça a l'air trop bête, reprit-il en continuant de s'habiller.

— C'est assurément quelqu'un qui se trompe, bégaya Adrienne qui se sentait plus morte que vive.

A cet instant, la sonnette s'agita plus violemment encore.

— C'est le diable! s'écria Jules impatienté. D'où vient ce visiteur-là? Veux-tu que j'aille le recevoir?

16.

— Oh! non, non, fit Adrienne en le retenant; il y
a bien un autre escalier, mais il faudrait demander
le cordon; le concierge et toute la maison sauraient
que...

Une troisième volée de coups de sonnette changea
la peur en colère.

— Viens! fit-elle à Jules en l'attirant dans l'obscurité. Je vais te conduire dans la cuisine; elle est
éloignée de l'appartement; tu fermeras la porte de ton
côté et tu ne l'ouvriras que lorsque je t'appellerai. Je
vais demander qui est là: si c'est « Monsieur », je le
fais entrer pendant cinq minutes, et je le reçois de
façon à ce qu'il n'aie jamais envie de recommencer.

Puis elle suivit le couloir à pas de loup. Après avoir
entendu Jules pousser le verrou, et avant d'aller demander: « Qui est là? » elle songea à réparer un peu le
désordre de son lit, afin que, si c'était « Monsieur »,
elle pût le faire entrer avant de se donner le plaisir
de le mettre dehors.

Pendant qu'elle remettait ses deux oreillers l'un sur
l'autre, elle entendit fermer à double tour la porte
qui séparait la chambre à coucher du salon; elle se
retourna brusquement, et se trouva face à face avec
Mariotte, qui, le dos appuyé sur la porte qu'elle venait
de fermer à l'intérieur, les bras croisés, le regard fixe
et menaçant, ne semblait attendre qu'un mot pour
s'élancer sur elle et l'assommer.

— Vous ici, chez moi, à pareille heure? fit Adrienne
en se reculant involontairement. De quel droit et
comment y êtes-vous entrée?

— Par la porte de ton cabinet de toilette, Margot,
puisque tu n'as pas voulu m'ouvrir l'autre.

— C'est vous qui avez sonné?

— Oui, j'ai été assez bête pour ça, quand j'avais
cette clef dans ma poche.

— Ah çà, fit Adrienne, qui commençait à se remettre en pensant que Jules était là pour la défendre
en cas d'attaque, vous volez donc tout ce qui se trouve
à la portée de votre main, lorsque les gens ont la bonté
de vous laisser seule un instant chez eux.

— C'est toi, gueuse, qui m'a forcée de l'emporter
en me chassant par là, pour que je ne me rencontre
pas avec Jules... Si on pouvait se souvenir de tout,
quand on souffre comme tu m'as fait souffrir depuis
quelques heures, je vous aurais surpris là tous les
deux, fit-elle en désignant le lit du regard. Tu as eu
le temps de le faire partir; mais je le rattraperai à son
tour.

Adrienne pensa qu'il valait peut-être mieux tenter
d'apaiser la colère de cette furie amoureuse que de
l'exciter, et elle répondit en s'efforçant de rire :

— Vous repincerez qui?... Ma chère, sur l'honneur,
je ne vous comprends pas!

— Pauvre chérie, fit Mariotte en secouant la tête

et les épaules : tu me crois donc aussi bête que tu es coquine? Jules a eu tort de se sauver; j'aurais voulu te corriger devant lui... pour voir s'il aurait osé te défendre devant moi.

— Il y avait en effet quelqu'un ici, mais ce n'était pas lui, répondit Adrienne qui commençait à s'inquiéter et qui ne savait plus au juste quel parti elle devait prendre.

— Tu vas encore avoir le toupet de me jurer, sur ton honneur, que Jules n'était pas ici?... Ton honneur! à toi qui as volé ta mère, et l'as fait mourir de honte et de chagrin; à toi, une prostituée plus méprisable que celles qu'on jette chaque soir dans les dépôts, après les avoir ramassées dans les rues, où elles ne cherchaient parfois qu'un morceau de pain! Tu veux me mentir effrontément et tu crois que je vais être ta dupe, et prendre le change?... Tu es allée chercher mon amant chez lui... On t'a vue.

— Et vous vous êtes figuré que je l'avais enlevé de force?... La rage vous fait déraisonner. Ma chère, ces hommes-là sont à tout le monde. Je l'avais quitté; s'il me plaisait de le reprendre je n'avais pas besoin de vous demander votre autorisation... Je pourrais appeler les voisins, vous faire arrêter, car enfin on ne s'introduit pas comme ça chez les gens la nuit, mais je ne veux pas faire de scandale ni recommencer la scène des Folies-Bergère. Aussi ressortez par où vous êtes venue : au fond, je ne suis pas méchante, et je ne vous en voudrai pas.

— Anguille de haie ! fit Mariotte en s'avançant vers elle les mains crispées par la colère. Ah ! non, tu ne m'en voudras pas, parce que je vais te tuer, et me débarrasser de toi !

— Si vous me touchez, fit Adrienne en pâlissant et en se reculant aussi loin que le mur le lui permettait, je vais crier, appeler au secours.

— Je te dis que tu n'en auras pas le temps, répondit Mariotte d'une voix sourde, en la saisissant au cou et en l'acculant violemment contre le mur.

Puis, la regardant en face :

— Non seulement tu ne crieras pas, mais encore tu lui as donné ton dernier baiser, car je vais t'étrangler !

Adrienne cherchait vainement à se dégager de cette étreinte qui ressemblait à un collier de fer ; elle articula cependant d'une voix sifflante :

— Jules, Jules,... à moi!... au secours!...

Mais ce dernier cri, Mariotte l'entendit seule. Elle lui posa ses genoux sur le ventre, et la tint en respect comme si elle eût été liée à un poteau.

— Tu deviens laide aussi, lui disait-elle en ricanant sans lâcher prise... Ta nuit d'amour a épuisé tes forces... ma nuit de souffrances, à moi, a doublé les miennes... Oh! tu ne bougeras pas... tu peux me dé-

chirer, avec tes griffes, les mains et le visage... mais tu
ne bougeras pas !...

Et, de toute la force de son corps, elle accablait
Adrienne qui remuait faiblement ses lèvres pour demander grâce.

— Grâce de quoi?... de la vie?... lui disait Mariotte.
Ah!... tu as fait assez de mal en ce monde pour ta part.
Je t'avais dit que j'aimais ce misérable, qui ne vaut
pas mieux que toi... Tu ne l'as repris que pour me
faire souffrir!...

Le regard d'Adrienne devint fixe et terne ; son corps
fléchit si lourdement que Mariotte fut forcée d'en suivre
le mouvement et de la laisser tomber à ses pieds comme
une masse inerte.

— Folle!... dit-elle en se penchant pour la regarder
étendue à terre sans mouvement. Tu as voulu me
briser le cœur... j'ai brisé ta vie!

Puis elle souleva le corps d'Adrienne en le prenant
sous les bras, et le traîna jusqu'au lit sur lequel elle
l'étendit.

— Hier... tout à l'heure... vous étiez deux ici à
vous moquer de moi!... Il ne doit plus y rester qu'un
cadavre!

Et, détachant avec calme, un calme féroce, le foulard
de soie blanche qu'elle avait pris en sortant avec Jeanne,
elle le roula autour du cou d'Adrienne, et le noua en
le serrant à plusieurs reprises de toutes ses forces.

La bouche de la malheureuse sœur de Marius s'ouvrit toute grande, et sa langue enflée, violette déjà, en sortit à moitié, tournée du côté droit de la figure.

— S'il pouvait la voir ainsi !... murmura-t-elle en souriant d'un sourire diabolique. Adieu, Adrienne!... tu m'as donné sa bonbonnière, je te laisse son foulard, nous sommes quittes...

Puis elle se redressa de toute sa hauteur, ouvrit la porte de la chambre, et sortit par celle du cabinet de toilette, plus calme, après avoir commis cet horrible crime, qu'elle ne l'était en arrivant.

Elle frappa du doigt au carreau de la loge du concierge, qui tira le cordon, mais ne lui demanda rien.

Mariotte sortit tranquillement sans presser le pas, sans regarder autour d'elle.

Il était alors quatre heures du matin. Peu de temps après son départ, Jules, qui s'était endormi, assis sur une chaise, dans la cuisine, s'éveilla frissonnant, sans lumière, étourdi par les fumées du vin.

Il ne comprit pas tout d'abord comment il était passé d'un bon lit si élégant et si moelleux, dans une pièce où il se heurtait, en trébuchant à chaque pas, dans les ustensiles de ménage accrochés autour de lui.

Enfin, à force de réflexion, il se souvint à peu près de ce qui s'était passé. Il ouvrit la porte, sortit avec précaution en tâtonnant le long des murs et des meubles, et arriva à la chambre à coucher. La lampe bleue suspendue au plafond jetait ses dernières lueurs dans la pièce sans éclairer le lit; il étendit le bras et sentit sous ses doigts les cheveux épars d'Adrienne.

— Elle dort, pensa-t-il. Tant mieux! car je suis bien malade; nous avions trop bu; j'ai un mal de tête atroce.

Et, après s'être déshabillé, il se glissa dans le lit, doucement, pour ne pas la réveiller; puis il s'endormit bientôt d'un lourd et profond sommeil.

Lorsque la domestique entrait pour ouvrir les rideaux à l'heure accoutumée, elle faisait le tour de la chambre, prenait le costume de Mademoiselle, ses chaussures et celles de « Monsieur », — quand Monsieur il y avait — sans même regarder du côté du lit, si Mademoiselle ne lui parlait pas.

Au bruit qu'elle fit en sortant, Jules ouvrit les yeux avec peine comme les gens qui se sont endormis pris de boisson; puis, s'apercevant qu'il faisait grand jour, il jugea qu'il était temps de se lever. Il se tourna du côté d'Adrienne et se pencha tout doucement pour l'embrasser, sans l'éveiller, avant de partir.

Mais il poussa un cri d'épouvante qui expira sur ses lèvres.

Adrienne était froide comme le marbre, le visage contracté, les traits décomposés; ses yeux, à moitié sortis de l'orbite, semblaient prêts à rouler sur ses

joues gonflées et bleuâtres ; ses lèvres, démesurément
enflées, fermaient à peu près la bouche grande ouverte
et au milieu de laquelle on voyait cependant apparaître une partie de la langue épaisse et violacée.

Pour s'arracher à cet horrible spectacle, qu'il prenait
pour une vision fantastique, Jules se recula d'un bond
et il tomba lourdement du lit à terre en criant :

— Adrienne! Adrienne!... réponds-moi, par grâce
un mot!... réponds-moi... pas de blague... Tu... tu...
me fais peur.

Mais la mort avait achevé son œuvre... Adrienne
avait cessé de vivre et ne devait plus répondre qu'à
Dieu, à l'heure suprême du jugement dernier.

Jules, la face contre terre, le visage caché dans ses
mains, resta quelque temps ainsi, sans oser retourner
la tête ; puis il se releva un peu sur ses genoux, appuya
ses mains sur le bord du lit et regarda fixement le
cadavre.

Un sentiment de terreur profonde s'empara alors de
lui.

Qu'allait-il devenir, s'il était trouvé seul en présence
du corps de cette femme assassinée pendant qu'il était
chez elle?

On lui dirait :

— Si vous ne l'avez pas tuée, pourquoi ne l'avez-
vous pas défendue?

Sa tête se perdait, et il restait là terrifié, ne sachant

17

quel parti prendre, promenant son regard autour de
lui, pour chercher un indice.

Mais par quel endroit et par quel moyen pourrait-
il se sauver sans être vu de la domestique?

Gagner la rue, se sauver et se cacher était sa seule
pensée présente; mais à qui demander un asile avant
que la lumière pût se faire autour de ce crime épou-
vantablement ténébreux?

Alors seulement il commença à se demander quel
autre il pourrait accuser pour se défendre...

Adrienne avait ouvert à quelqu'un dans la nuit, à
son amant sans doute.

Il en était là de ses réflexions, lorsque la porte
s'ouvrit : la domestique parut et se dirigea vers le lit
en disant :

— Une lettre pour mademoiselle, on attend la réponse.

Alors cette fille, épouvantée à son tour à la vue de
son infortunée maîtresse, se mit à crier en se sauvant :

— Au secours! à l'assassin!... on a tué madame...
Au secours!... au secours!...

En moins d'un instant, les voisins et les curieux arrivèrent en foule, se précipitèrent dans la chambre
d'Adrienne, gardèrent toutes les issues, en attendant
que les hommes de la police fussent arrivés.

Le commissaire, suivi de deux agents qui montèrent
avec lui, tandis que plusieurs autres l'attendaient au

bas de l'escalier, fit son entrée dans l'appartement, où chacun disait son avis en chuchotant à voix basse et en regardant alternativement Adrienne et Jules.

Après avoir interrogé le concierge et la bonne qui affirmèrent n'avoir rien vu ni entendu, le commissaire s'adressa à Jules, en ajoutant :

— Cette fille a été étranglée cette nuit.

— On le dirait, répondit Jules sans conscience de ce qu'il répondait.

— Vous étiez son amant? demanda le commissaire en le regardant.

— Oui, monsieur le commissaire, répondit la domestique, qui fondait en larmes, et il couchait ici depuis deux nuits seulement, le gueux ! Hier, après mon service du dîner, à neuf heures, je demandai à mademoiselle, qui était en robe de chambre, si elle avait besoin de moi pour l'habiller ; elle me répondit : « Non, non, nous ne sortirons pas, vous pouvez vous retirer. » Ils étaient ivres tous les deux à rouler sous la table, et je l'ai laissée avec ce scélérat, ajouta-t-elle en désignant Jules du regard, quoiqu'il ne me revînt pas du tout.

— Avait-elle un autre amant?

— Oui, monsieur le commissaire, un homme respectable, marié, père de famille, qui ne venait jamais ici pendant la nuit.

Jules voulut expliquer à son tour ce qui s'était passé ;

mais il se troubla, s'embrouilla si bien, que le commissaire ne crut pas un seul mot de tout son récit et lui répondit en faisant un signe aux agents :

— Vous vous expliquerez plus clairement devant un juge d'instruction ; suivez ces messieurs.

— Mais c'est horrible ! s'écria Jules en faisant mine de vouloir résister. Je ne suis pas coupable, je suis un honnête homme !

Un médecin qui était arrivé au milieu de ces explications, avait dénoué avec peine le mouchoir lié au cou d'Adrienne.

— Connaissez-vous ce foulard ? demanda-t-il à la bonne en le déroulant et le lui présentant.

— Non, monsieur, je ne l'ai jamais vu ici.

— Et vous ? demanda le commissaire à Jules, qui devint d'une pâleur livide en se disant en lui-même : « La malheureuse !... elle m'a perdu pour se venger. » — Je vous demande, reprit sévèrement le commissaire, si vous connaissez ce foulard.

— Oui, répondit Jules d'une voix plus assurée, il est à moi ; mais je ne l'avais pas en venant ici... C'est... c'est... une femme qui... parce que... je l'ai quittée...

— Bien, bien, c'est assez d'une histoire invraisemblable ; emmenez cet homme et veillez bien sur lui, fit le commissaire en s'adressant à ses agents.

— Je vous suis, dit Jules ; mais vous reconnaîtrez bientôt votre erreur.

On apposa les scellés sur les meubles et les armoires
de l'appartement, et Lise, la bonne, en fut nommée
gardienne.

Jules fut conduit au dépôt de la Préfecture de
police, d'où il espérait sortir le lendemain, aussitôt
qu'on aurait entendu sa déposition, fait venir et interroger Mariotte.

Il ne doutait pas que la malheureuse créature,
affolée d'amour et de jalousie, ne se dénonçât cent fois
elle-même plutôt que de le laisser condamner injustement. Son esprit, un moment troublé par l'effroi,
retrouva le calme le plus parfait. Il songeait même
avec plaisir à la réclame qui allait lui être forcément
consacrée dans tous les journaux. Son innocence
reconnue, il devenait le héros du jour. Les drames de
l'amour !... il n'y avait que ça pour *poser* et *lancer*
un homme à la mode. Il se voyait déjà réhabilité,
recherché, adulé, fêté partout. Il arpentait sa cellule
en tous sens, se croyant grandi d'une coudée. Tout à
coup, il s'arrêta subitement, se frappa le front, et
s'écria :

— Ah ! nom d'un chien !... Et les lettres d'A-
drienne... Adrienne ne me les a pas rendues... son
frère... s'il les trouve, deviendra un témoin acca-
blant.. il ne m'épargnera pas... J'aurais dû les déchirer... Triple brute, va !... Pauvre Mariotte ! elle me
les aurait données tout de suite, elle... Elle m'aimait,

celle-là, et elle m'aimait pour moi... Allons, je ne
sortirai pas de là aussi blanc que je l'espérais, mais j'en
sortirai. Et alors...

. . . .

Mariotte, après avoir commis le crime, avait erré de
rue en rue, le reste de la nuit, roulant dans sa pensée
mille projets sans en arrêter aucun. Elle savait qu'elle
serait arrêtée, jugée, condamnée ; car elle ne se
défendrait pas ; elle dirait, au contraire, toute la vérité
à la justice. Mais son idée, son idée fixe était de revoir
Jules, ne fût-ce qu'une minute, et de lui dire : « Tu m'as
poussée au crime : le vrai coupable, c'est toi. » Et elle
riait d'un rire de folle, en disant : « Au moins, il ne la
reverra pas... et, quand je serai prisonnière, je serai
certaine qu'ils ne se moqueront pas de moi ensemble.
Puis, poussée par cette curiosité qui s'impose fatalement à tous les grands criminels, Mariotte revint dans
la rue Richelieu, et s'approcha même sans appréhen-
sion d'un groupe de personnes qui causaient à quelques pas de la maison où s'était accompli le drame,
en se disant : « Si elle n'était pas morte ! » Mariotte
apprit tous les détails de ce qui s'était passé... L'ar-
restation de Jules la combla de joie. « Il était là,
caché dans un coin, le lâche !... il avait pu contempler
son Adrienne livide, épouvantable... » Sa vengeance
était complète. La malheureuse folle en était fière, au
point qu'elle eut envie de crier à tous ces gens :

— C'est moi qui ai fait le coup.

A cet instant, Lise apparut sur le seuil de la maison. Elle aperçut Mariotte et vint à elle en lui disant :

— Vous savez ce qui s'est passé chez nous ?

— On vient de me le raconter.

— Le coquin !... reprit la bonne, si vous l'aviez vu comme moi la manger de caresses, en lui disant des douceurs accompagnées de serments d'amour pour la vie... J'en étais scandalisée en servant le dîner... et elle, la pauvre fille, elle lui rendait ses caresses, le regardait dans les yeux, l'écoutait comme s'il eût parlé de l'Évangile.

La poitrine de Mariotte s'était gonflée, sa respiration était sifflante. Dans sa rage de jalousie, elle aurait voulu pouvoir recommencer. Son seul regret était de ne pas les avoir tués tous les deux.

— Venez avec moi ; mademoiselle était votre amie, reprit Lise, qui n'était pas fâchée de se faire accompagner pour rentrer dans l'appartement. Vous n'aurez pas peur d'elle, comme les autres... vous. C'est un monstre à présent ! elle qui était si jolie...

— La mort n'embellit personne, répondit Mariotte avec un sourire étrange. Quand le décharnement arrive le masque est le même pour tous... ce n'est qu'une affaire de temps, allez... J'ai vu faire le *déménagement* d'un cimetière. C'était un amas de pourriture qui aurait fait reculer des loups affamés.

Lise, qui l'avait précédée sans entendre ce qu'elle disait, entra dans la chambre à coucher d'Adrienne, en marchant sur la pointe des pieds, comme si elle eût eu peur de réveiller sa malheureuse maîtresse ; puis, soulevant le drap de batiste qui recouvrait le visage de la morte, elle dit à Mariotte :

— Regardez !

Mariotte, le corps penché, la tête en avant, fixa son regard de feu sur celui de sa rivale, dont on n'avait pas pu fermer les yeux.

— Monstre !... oui, tu es un monstre ! murmura-t-elle entre ses dents serrées. Ton visage hideux est encore moins laid que ne l'était ton âme... Je ne te dis pas adieu, Adrienne, je te dis au revoir ; car nous nous reverrons certainement en enfer, s'il y en a un autre que celui dans lequel j'ai vécu depuis que je suis en ce monde.

Puis, se redressant, elle sortit sans dire un mot à Lise, qui, à genoux au pied du lit, murmurait une prière, la tête cachée dans ses mains.

Mariotte, traversa lentement le salon et la salle à manger. Il lui semblait que les meubles dansaient autour d'elle, que le plancher tremblait sous ses pas. En ouvrant la porte de sortie, elle crut entendre la sonnette s'agiter frénétiquement comme elle l'avait agitée la nuit précédente. Il n'y avait cependant personne sur le carré. Mariotte descendit un étage, puis deux; le bruit devenait plus fort et paraissait se rapprocher à mesure qu'elle s'éloignait. Elle se retourna en se retenant à la rampe de l'escalier, et descendit à reculons.

— Va-t'en! s'écria-t-elle sous l'empire d'une effrayante hallucination, va-t'en!... J'ai fait justice... Va-t'en!... mais va-t'en donc!... tu n'es donc pas morte?... va-t'en ou je vais encore t'étrangler. Ah! lui!... lui!...

Il lui semblait qu'Adrienne la poursuivait et que Jules cherchait à lui barrer le passage, et, complètement affolée, elle sortit en se bouchant les oreilles et les yeux. Dès qu'elle fut dans la rue, la vision disparut; mais le tintement de la sonnette ne cessa pas : ce bruit dominait celui des voitures. Dans son cerveau enfiévré ne résonnait que le bruit de cette sonnette maudite.

— C'est Jules qui m'appelle, disait-elle en se pressant le front entre ses mains crispées par la peur et par la rage.

Elle descendit la rue Richelieu, poussée par les uns, poussant les autres, sans avoir conscience du chemin qu'elle suivait. Arrivée place du Carrousel, son affolement se calma un peu; mais un bourdonnement continuel retentissait dans sa tête brûlante comme un brasier. Elle promena ses regards quelque temps autour d'elle...puis tout à coup, semblable à un cheval échappé, elle reprit sa course. Arrivée devant la Préfecture, elle

17.

en fit plusieurs fois le tour, l'examinant dans ses moindres détails, en touchant çà et là des pierres comme si elle eût voulu les arracher avec ses ongles.

Deux agents qui avaient observé ce singulier manège s'étaient arrêtés et la regardaient. Un instinct de conservation inconscient la fit s'éloigner de la prison. Elle suivait le quai au bas duquel grondait l'eau boueuse de la Seine. Puis, appuyant ses coudes sur le parapet :

— C'est là-dedans, murmura-t-elle, que je dormirai cette nuit.

Les agents s'étaient éloignés en se promettant toutefois de ne pas la perdre de vue.

...Pendant ce temps, la pauvre Jeanne, qui n'avait pas fermé les yeux, tourmentée qu'elle était depuis le départ de Mariotte, faisait mille conjectures plus tristes les unes que les autres. Il était trois heures, et elle n'osait pas sortir dans la crainte que son amie ne rentrât.

Enfin quelqu'un s'arrêta à la porte... Elle courut ouvrir et se trouva en face d'un agent en bourgeois qui demanda :

— Mademoiselle Mariotte ?

— Je ne l'ai pas vue depuis hier, monsieur, répondit Jeanne en fondant en larmes ; il faut qu'il lui soit arrivé un malheur.

— Je vous crois, répondit l'agent ; mais on la retrou-

vera, soyez tranquille, et, si ce qu'on dit est vrai, on lui
donnera un logement d'où elle ne découchera pas de
sitôt.

— Oh! monsieur, vous me faites peur, murmura la
pauvre Jeanne en devenant blanche comme la cire
d'un cierge, et en se retenant à la cheminée pour ne
pas tomber. Est-ce que Mariotte a fait quelque chose
de mal?

L'homme la regarda en riant. Peu à peu, sa figure
changea d'expression, et il finit par répondre avec douceur :

— Il ne faut pas croire trop vite aux déclarations de
ces bandits-là.

— Mais enfin... Qui donc l'accuse?... Et de quoi l'ac-
cuse-t-on?

— Elle n'est pas ici, je n'ai rien de plus à vous dire ;
et puis ces choses-là se savent toujours assez vite.
Voyons, remettez-vous ; si un confrère la *pince,* on vous
le fera savoir.

Et il partit sans ajouter un mot.

Jeanne resta quelques minutes comme pétrifiée ; puis
faisant un effort sur elle-même, elle mit son chapeau
et sortit en disant :

— Il faut que je voie M. Albert... Il s'agit des lettres
qu'on lui a dérobées... Oh! ma pauvre Mariotte..., je
retrouverai toutes mes forces pour te défendre et te
sauver peut-être.

Elle était arrivée très vite boulevard des Batignolles. Comme à son habitude, la mère Carnet n'était
pas dans sa loge. Jeanne monta à l'atelier. La portière
y était seule.

— Bonjour, ma petite, dit-elle à Jeanne en continuant de balayer... Eh bien, si aujourd'hui vous venez
pour poser, vous poserez deux fois : M. Albert vient de
sortir avec son ami Marius, qui va s'acheter un fonds
d'imprimeur, rue de Rome, et, comme ça n'est pas la
rue d'à côté...

— N'importe, j'attendrai, répondit Jeanne.

— Comme vous voudrez.

Pendant que Jeanne attendait Albert chez lui, le
frère d'Adrienne, accompagné de son ami, se dirigeait
vers la rue de Rome, pour traiter définitivement de
l'achat d'un fonds de commerce d'imprimerie et de
papeterie qu'il désirait acheter.

— Ainsi, c'est sérieux, lui disait Albert, tu es bien
décidé. Tu veux te remettre dans les affaires ?

— Absolument décidé. Blanche s'occupera de la
vente en détail. Le magasin est beau ; elle y sera installée comme une princesse, ma petite Blanche... J'en
suis fou, vois-tu !

— Et elle te le rend bien, heureux mortel. C'est qu'elle
est adorable, en vérité, instruite, distinguée, gracieuse.

— Oui, répondit Marius en riant, mais elle a trop de
reconnaissance pour toi.

— Eh bien, il ne manquerait plus qu'il en fût autrement. Amour, fortune, espérance, joie du ciel, bonheur sans égal, elle doit tout cela à mon parapluie, et tu voudrais qu'elle fût ingrate envers le propriétaire de ce précieux talisman; mais, mon cher Marius, tu es jaloux comme Othello et... tu vas la mettre en montre dans ta *boutique!* mais tu ne dérageras pas...

— D'abord, répondit Marius, ma *boutique* d'imprimerie, à moi, est dans une grande salle séparée du magasin par un vitrage; je pourrai travailler en regardant ma femme tout le temps. Voilà comme j'entends la vie de ménage : le travail à deux, chacun de son côté, en restant ensemble.

— Ça doit être agréable, en effet; mais ne va pas *t'emballer* à la vente.

— Mon cher, je ne m'*emballe* jamais, répondit Marius en pressant le pas.

— Non, fit Albert en riant, mais tu trottes joliment; j'en suis tout essoufflé.

On était arrivé à destination. Le droit au bail, la clientèle, les presses et tout le matériel de l'imprimerie, furent cédés à Marius au prix de vingt-deux mille francs. Quant à la marchandise, elle devait être prise à dire d'experts.

Marius était enchanté de son avantageuse acquisition, et, sans demander à son ami s'il lui plaisait de l'accompagner, il lui prit le bras et l'entraîna du côté de la

rue du Rocher. Marius s'arrêta en face d'une petite
maison à deux étages seulement et de bien modeste
apparence. Il regarda à l'une des fenêtres du second.
Là, comme chez la pauvre vieille madame Caron, il y
avait une caisse garnie de fleurs et de plantes grimpantes sur le rebord de la croisée; mais le rideau de
verdure encadrait la jolie tête de Misère, qui devait attendre ses chers amis. Marius lui fit un gracieux sourire, Albert souleva son chapeau, et ils montèrent les
deux étages en se suivant, car l'escalier était fort
étroit.

Blanche les attendait sur le palier : elle leur tendit
à chacun une main en leur disant :

— Comme vous venez tard !

— Vous m'attendiez? demanda Marius, heureux
d'apprendre que sa visite était un peu désirée.

— On vous attend toujours ici, monsieur, répondit Blanche en souriant et en les faisant entrer dans la
grande pièce où se trouvait sa mère, assise près de la
fenêtre au petit jardin suspendu.

— Je ne puis encore aller au-devant de vous, moi,
fit madame Audray, d'aussi loin qu'elle aperçut les
jeunes gens; mais cela ne tardera peut-être pas.

Cette grande pièce, quoique plus que modestement
meublée, avait cependant un aspect heureux et riant :
la couchette de bois peint de madame Audray était
dans une alcôve à demi fermée par des rideaux de

calicot blanc, relevés au milieu par des nœuds de rubans en percaline bleue ; le couvre-pied, blanc aussi,
était bordé de la même étoffe ; ces deux couleurs, soigneusement assorties, se retrouvaient dans tous les
détails de l'ameublement, aussi bien dans le dessin de
la housse en perse qui recouvrait le petit lit en fer de
Blanche, que dans le dessin de l'armoire et les fleurs
du tapis jeté sur une petite table à ouvrage. Quatre
chaises rempaillées à neuf ; une autre table ronde en
noyer, brillante comme un miroir, et le fauteuil de la
paralytique, complétaient l'ameublement de ce pauvre
réduit ; mais, dans une cage accrochée à la fenêtre, sautillaient en chantant deux pinsons affolés par la joie de
se réchauffer aux rayons de soleil qui se glissaient à
travers le feuillage ; un petit chat tout blanc se roulait
de mille façons gracieuses en jouant à la balle avec
une pelote de laine rouge qu'il avait attrapée sur la
cheminée ; sur les murs, on voyait quelques images
découpées dans des journaux illustrés, et, près de la
fenêtre, en face du fauteuil de madame Audray, dans
un beau cadre doré, se trouvait le portrait de Blanche,
par Albert, merveilleusement réussi. L'idée première
du tableau était seule changée. Ce n'était plus la
Vierge commencée d'abord : c'était une adorable
Mignon retrouvant sa patrie. Rien ne peut exprimer la
joie de la pauvre mère infirme, lorsque le jeune artiste lui apporta ce tableau lui représentant, pendant

ses longues neures de solitude, les traits adorés de sa
fille chérie.

— C'est un double trésor, murmurait-elle en fondant
en larmes de bonheur et de reconnaissance; elle ressemble tant à son père!... Ah! monsieur, avait-elle
dit à l'artiste, lors de sa première visite, si, en échange
de ce portrait, vous me demandiez ma vie, je vous la
donnerais.

— Ce serait un mauvais moyen de profiter du présent; je vous demande seulement de nous considérer,
Marius et moi, comme des amis honnêtes, respectueux
et tout dévoués à vos intérêts.

Quelques jours plus tard il lui disait :

— J'ai encore quelque chose à vous demander...
Ces diables d'artistes, ça ne fait rien pour rien.

Comme madame Audray le regardait avec un peu
d'inquiétude, il reprit d'un air très sérieux :

—J'ai, madame, à vous demander si vous voulez me
faire l'honneur de m'accorder la main de mademoiselle Blanche pour... M. Marius...

—Ah! mon Dieu, que vous m'avez fait peur! répondit madame Audray en souriant, je croyais que
c'était pour vous.

— Eh bien, fit Albert, si j'avais des prétentions...
voilà un cri parti du cœur, qui me forcerait à en rabattre joliment!

— Oh! mais vous êtes charmant aussi, monsieur

Albert, seulement ce n'est pas vous que ma fille m'a dit aimer.

— Ah! elle vous a fait ses confidences?

— A qui voudriez-vous qu'elle les fît?... Nous sommes seules en ce monde, et elle m'a dit seule- lement que...

— Je lui déplaisais...

— Ah! mon Dieu, vous voilà fâché!

— Mais non, je suis ravi, au contraire. J'aime Ma- rius comme s'il était mon frère. Il est aussi brave et aussi loyal qu'il est beau, et puis il a de bonnes petites rentes, ce qui ne gâte rien en ménage.

— C'est vraiment trop de bonheur, avait répondu la pauvre femme, en pleurant et riant à la fois.

Six semaines s'étaient écoulées depuis le jour de cette demande.

Marius avait donc, ce jour-là, annoncé à ses amies qu'il venait d'acheter le fonds d'imprimerie de la rue de Rome; qu'il avait un joli logement à l'entresol, où elles seraient très bien installées, quand il serait fraîchement décoré et meublé tout à neuf.

Quelle joie dans ce modeste intérieur! Blanche embrassait sa mère; Albert et Marius se serraient les mains; les oiseaux sautillaient en chantant, et le chat, tout entortillé de fil de laine rouge, avait l'air de se tordre de rire.

— Il n'y a plus une minute à perdre, disait Marius

à son ami : j'ai tous nos papiers prêts et je cours faire
publier nos bans à la mairie.

— Si tu achetais des dispenses, répondit Albert en
riant, ça irait encore plus vite, et tu me ferais enrager
moins longtemps.

Les deux amis partirent de la rue du Rocher.

Marius regarda encore la fenêtre du second : Blanche
lui envoya un baiser du bout de ses jolis doigts, et il
s'éloigna tout joyeux, en défiant la destinée de pouvoir
lui causer un seul chagrin.

A leur arrivée boulevard des Batignolles, la concierge remit à Albert une lettre apportée, disait-elle,
par le *chien* du commissaire, sans songer à lui dire
que Jeanne l'attendait chez lui.

— Adrienne morte!... s'écria Marius, morte assassinée par le misérable qui nous l'avait volée.

Et il se mit à pleurer en silence dans les bras de
son ami.

— Ce n'est pas drôle, répondit Albert; mais, que
veux-tu!... il ne faut pas se faire un chagrin exagéré
pour ceux des nôtres dont l'abandon est une mort an-
ticipée... Mais, par respect pour toi-même, tu dois venger la mémoire de ta sœur, et faisant cela tu vengeras
celle de ta mère.. Allons!... du courage... A présent,
tu as charge d'âme : Blanche...

— Oui, c'est vrai, dit Marius en essuyant ses yeux.
Mais viens avec moi... Je veux aller de ce pas chez le

commissaire... Pour toute réponse Albert fit un signe au cocher d'une voiture qui passait et ils se dirigèrent vers la rue Richelieu.

La nuit était déjà venue, et, pendant que le commissaire racontait aux deux jeunes gens ce qui s'était passé chez Adrienne, qu'il leur lisait son rapport et celui des agents, Mariotte se glissait furtivement le long de la Seine, et s'arrêtait sous l'arche d'un pont, convaincue qu'on avait perdu ses traces. Malgré son délire fiévreux qui ressemblait à de la folie, elle s'était bien aperçue qu'elle était suivie. Elle avait hâté le pas, et les agents, qui ne pouvaient s'éloigner du quartier où ils étaient de service, s'étaient résignés à ne plus s'occuper d'elle. Quand elle fut bien certaine qu'on l'avait perdu de vue, elle revint, sans quitter la rive du fleuve, en face du dépôt de la préfecture. Son regard semblait voir à travers les murs noirs et épais. Son imagination lui représentait Jules, pâle, défait, désespéré, pensant à elle peut-être !

Oui, il devait penser à elle, parce qu'elle seule pouvait le sauver.

— Et si je vivais, s'écria-t-elle avec fureur, je serais assez lâche pour le faire ! Je suis d'une famille maudite ; mon âme a été prise dans la fange ! mon Dieu ! pourquoi m'avez-vous forcée à ne plus croire en vous, en votre intervention, en votre justice...

Il lui sembla qu'une voix mystérieuse lui répondait :

« Dieu t'avait donné un guide pour t'enseigner le devoir et le bien ; pourquoi n'as-tu pas suivi les conseils de la mère Caron ? »

— C'est vrai, murmura Mariotte ; mon Dieu, ayez pitié de mon âme !...

Le bruit que la chute de son corps fit en tombant dans l'eau, attira l'attention d'un homme arrêté sur le quai.

— Au secours ! cria-t-il de toutes ses forces. Au secours ! quelqu'un vient de se jeter à l'eau !

En peu de secondes, cent personnes étaient descendues et cherchaient à la fois, du regard, une trace, un indice, tandis que deux sauveteurs qui avaient démarré un canot ramaient avec précaution en suivant le courant très rapide en cet endroit.

On avait allumé des torches, des lanternes.

Au bout d'une heure, les curieux se dissipèrent, fatigués d'attendre ; seuls les sauveteurs et les agents continuèrent inutilement leurs recherches.

— Ce doit être la femme de tantôt, dit l'un des deux agents qui avait suivi Mariotte. Je regrette de ne pas l'avoir arrêtée.

— Elle ne faisait aucun mal, répondit l'autre.

— C'est vrai.

Et ils s'éloignèrent tranquilles et indifférents.

. . . .

Pendant que la voiture ramenait Albert et Marius

au boulevard des Batignolles, Jeanne avait pris un
livre sur lequel elle n'avait pas tardé à s'endormir,
brisée par les émotions et vaincue par la fatigue. Au
bruit que fit Albert en ouvrant la porte, elle s'éveilla :

— Oh ! dit-elle en allant à lui, excusez-moi d'être
restée chez vous si tard ; mais j'ai si grand'peur, je
suis si tourmentée !... ma pauvre Mariotte a disparu
depuis hier.

Les deux amis se regardèrent. La même pensée
leur était venue qu'il ne fallait pas lui répéter ce que
le commissaire leur avait dit au sujet de Mariotte.

Jeanne reprit :

— Il faut que je la trouve... Je n'oserais pas rentrer chez nous sans elle.... Je me fais des idées ridi-
cules peut-être... mais je souffre... je souffre beaucoup... Oh ! je vous en prie, si vous savez où elle
est, dites-le moi ; si vous ne le savez pas, je vous en
supplie, aidez-moi à la retrouver.

Les deux hommes gardèrent le silence.

— Il lui est arrivé un malheur ! s'écria Jeanne en
pâlissant... Vous le savez ?... Elle est morte, peut-
être... Elle souffrait trop... elle s'est tuée.

— Cela vaudrait peut-être mieux pour elle, répondit Marius en se parlant à lui-même.

— Oh ! vous êtes sans cœur et sans charité, murmura Jeanne en s'affaissant sur le divan.

Et elle fondit en larmes.

Albert lui prit les mains.

— Voyons, Jeanne, du courage ! vos forces ne vous permettent pas de supporter de si grandes émotions.

— Du courage ?.... mais c'est elle qui m'en donnait pour supporter la vie. Vous savez bien que je suis seule en ce monde, et, si ma pauvre Mariotte est morte, je la suivrai de près, allez !

Albert lui serra plus tendrement les mains en lui disant :

— Et moi, vous me comptez donc pour rien ?...

Jeanne le regarda à travers ses larmes.

— Je ne vous abandonnerai pas, reprit-il.

Il se fit un silence. Marius n'avait pas perdu un mot de la conversation. Il s'arrêta, regarda Jeanne avec intérêt, et, s'adressant à Albert, il lui dit :

— Rends-moi le service, mon cher, de venir passer deux ou trois jours avec moi à l'hôtel. J'ai tant de choses pénibles à faire, que j'aurai besoin de toi à chaque minute. Pendant ce temps, mademoiselle Jeanne restera ici pour répondre aux personnes qui viendraient te demander.

Albert comprit sa pensée, et il ajouta en s'adressant à Jeanne, qui avait fait un mouvement de surprise :

— Oh ! vous ne pouvez pas me refuser ce service... C'est le premier que je vous demande.

— Nous passerons chez vous prévenir votre portière, interrompit Marius en faisant un signe à son ami.

— Non; car si Mariotte rentrait,... dit Jeanne qui se reprochait d'avoir eu un secret mouvement de joie.

— On vous l'enverrait, fit Albert en se levant pour suivre Marius, qui avait pris son chapeau. Mais attendez-moi, ne sortez pas. Je vais dire à la mère Carnet de vous monter ici tout ce qu'il vous faut.

— Soit, fit Jeanne; mais vous ferez des recherches pour retrouver Mariotte?

— Nous vous le promettons, et, comme nous ne serons pas les seuls, il est certain que nous la retrouverons.

— Elle doit être chez M. Jules; il n'y a que lui pour qui elle puisse m'oublier.

— L'amour est un grand consolateur, dit Marius en regardant Albert.

— Oui, fit Albert en se préparant à sortir avec son ami... Allons, Jeanne, reposez-vous sans crainte; vous êtes ici chez vous.

Jeanne était si émue, qu'elle ne trouva rien à répondre, et les deux jeunes gens sortirent sans ajouter un mot.

Ainsi que l'avait dit Albert, il prévint sa concierge, et, une fois dans la rue, il se mit à rire comme un fou, en disant :

— Me voilà avec une femme sur les bras, une femme chez moi, et une femme amoureuse de moi... C'est joli. Pour un sage, tu as des idées d'un leste!...

— Il y aura sans doute une descente de police dans
le logement qu'elle habitait avec Mariotte. Cette fille
est accusée par ce misérable d'être l'auteur du
meurtre, ou tout au moins la complice, et cette
pauvre Jeanne...

— Serait morte de peur. Tu as raison ; rentre chez
toi, je te rejoindrai dans un instant ; je vais passer
cité Bergère.

— J'y vais avec toi, répondit Marius.

La concierge, interrogée, répondit que mademoiselle
Mariotte n'avait pas reparu, mais que la police était
à ses trousses, que très probablement ce n'était pas à
l'hôtel que cette coquine-là serait ramenée, et que,
quant à l'autre, si elle se présentait, on la ficherait à
la porte.

— Oui ; mais elle ne rentrera pas, répondit Albert
en serrant les bras de son ami, pour lui indiquer
qu'il avait eu raison de loger Jeanne chez lui.

Ils rentrèrent à l'hôtel Geoffroy-Marie. Marius demanda s'il y avait une chambre disponible près de
la sienne. On lui en offrit une à l'étage supérieur, qui
fut acceptée. Après avoir causé des doux et tristes
événements de la journée, ils se séparèrent en se serrant la main, et allèrent prendre un repos dont ils
avaient grand besoin.

Le lendemain, il fallut s'occuper des tristes formalités des funérailles d'Adrienne. Marius ne voulut pas

monter chez elle. Pendant qu'Albert s'occupait de la levée du corps, il rentra chez lui, revêtit un costume noir, fit mettre un crêpe à son chapeau et revint rue Richelieu, à l'instant où le corbillard se mettait en marche. Trois personnes seulement l'accompagnèrent jusqu'au cimetière Montmartre : Albert, Marius et Lise. Adrienne fut déposée dans le caveau de famille où reposait sa mère, et c'est au souvenir de celle-ci que Marius versa un torrent de larmes.

Il fallut retourner à la maison mortuaire : Marius, étant le seul héritier de sa sœur, ne pouvait se dispenser d'assister à la levée des scellés. Au milieu des papiers et de la correspondance d'Adrienne, le juge d'instruction découvrit les lettres prises chez Albert et celles qui avaient été écrites par Jules à la malheureuse Adrienne.

C'étaient autant de preuves accablantes et irrécusables à la charge de Jules Signard.

— Je savais bien qu'il était seul coupable, fit le commissaire en s'adressant au juge d'instruction ; il n'avait dénoncé la fille Mariotte que pour donner le change ; mais pourquoi diable s'est-elle sauvée ? Il a été impossible de mettre la main dessus.

Tout le monde était descendu et, au moment où l'on allait se séparer, un agent s'approcha et dit :

— On vient d'envoyer un avis relativement à une femme qu'on a repêchée dans la Seine ce matin, et qui

pourrait bien être celle que nous cherchons. On l'a
portée à la Morgue, et, comme elle n'est pas défigurée,
il sera facile de la reconnaître.

— Allez chez la fille Mariotte, et dites à son concierge de vous accompagner.

— C'est inutile, répondit Albert, j'irai moi-même.

— Vous la connaissez ?

— Au point de la reconnaître en ne voyant même
que son bras.

— Je vais avec toi, répondit Marius.

Ils montèrent en voiture avec l'agent et se rendirent
à la Morgue. Il y avait une telle affluence de curieux,
que les trois hommes eurent de la peine à se frayer un
passage. Enfin Albert aperçut le premier Mariotte
étendue sur une dalle.

— C'est elle, fit-il en se retournant brusquement
pour empêcher Marius d'avancer... Viens, ne la regarde
pas, tu as le cœur assez déchiré comme ça depuis deux
jours. Elle n'est pas changée. Seulement on dirait
qu'elle dort les yeux ouverts.

Et il entraîna Marius du côté du greffe, où il fit sa
déclaration en ajoutant qu'il se chargeait des frais de
l'enterrement de son ancien modèle.

Le lendemain, à la première heure, Jules Signard
fut interrogé pour la seconde fois. Il persistait à
dénoncer Mariotte comme étant seule l'auteur du crime
dont il était accusé. Il était certain, du reste, disait-il,

qu'elle en conviendrait elle-même. Le juge d'instruction lui répondit impatienté :

— Elle ne pourra ni se défendre ni vous accuser, elle s'est jetée à l'eau ; elle est morte. On l'a reconnue hier à la Morgue.

Jules devint d'une pâleur effrayante et murmura :

— Morte!... morte!... et exposée où j'avais été si souvent chercher l'autre!

— Vous persistez toujours à la déclarer coupable du crime de la rue Richelieu?

Jules le regarda en face, et baissa les yeux sans répondre.

— Ah! vous faites un retour sur vous-même. Réfléchissez : le mensonge ne servira qu'à aggraver votre situation. Vous aimiez passionnément la fille Adrienne, à en juger par votre correspondance. Vous vous étiez enivré la nuit du meurtre, et, dans un accès de jalousie, sans doute, vous l'avez étranglée avec votre foulard. Avouez donc la vérité, c'est le seul moyen qui puisse vous procurer le bénéfice des circonstances atténuantes.

— C'est aussi le seul moyen de me délivrer de vos persécutions morales, n'est-ce pas? répondit Jules. « Mariotte morte, pensait-il je suis perdu ; eh bien, perdu pour perdu, j'aime mieux en finir! » Et il répondit :

— Oui, j'avoue... Écrivez tout ce que vous venez de dire, monsieur, et je vais signer *votre* déclaration.

Le greffier écrivit et Jules signa son acte d'accusation en disant ironiquement au juge d'instruction :

— Toutes mes félicitations, monsieur, pour votre parfaite clairvoyance.

En revenant de la rue du Rocher, où Marius avait oublié une partie de ses peines, Albert lui disait :

— Tout cela finira bien quand même, pour toi. Mais moi, que vais-je faire de Jeanne?

— Il faut d'abord lui cacher la vérité avec le plus grand soin, ne pas laisser traîner de journaux et lui dire que Mariotte est partie.

— C'était mon intention; de cette façon, nous gagnerons quelques jours... Mais après?

— Après?... Elle est malade : nous la conduirons dans une maison de santé.

— Malheureux! et mes affaires, à moi? et mon tableau?

— Tu y travailleras dans la journée, et, puisque tu rentres chez moi le soir...

— Ma réputation d'homme vertueux ne sera pas compromise... ou si peu!... Allons, viens avec moi lui dire bonsoir.

Quoique la clef fût sur la serrure, Albert frappa discrètement.

— Entrez! répondit Jeanne, qui était assise, et en train de coudre près de la table.

A la vue d'Albert, elle devint très rouge.

— Que diable faites-vous là? lui demanda-t-il en lui voyant, enfilée dans la main gauche, une chaussette qu'elle n'avait pas eu le temps de cacher. Vous raccommodez mes...? Eh! chère prisonnière, si vous vous chargez de mettre en ordre toutes mes nippes avant de sortir de chez moi, vous y resterez longtemps!

Jeanne fit un sourire qui semblait dire: « Aussi longtemps que vous le voudrez... » Puis le sourire disparut, et elle leur demanda s'ils avaient des nouvelles de Mariotte.

— Oui, répondit Marius, elle est partie avec...

— Avec Jules? interrompit-elle en secouant tristement la tête. L'ingrate!... Quand il l'aura bien fait souffrir, elle reviendra... Mais où serai-je, moi?

— Ici, répondit Albert, vous serez ici; l'air est bon, et avec un peu de tranquillité...

— Et beaucoup d'affection, votre santé se rétablira vite, fit Marius en lui tendant la main.

— Je le crois aussi, répondit-elle avec une naïveté d'enfant; il me semble que je vais déjà mieux.

— Et puis Albert est un peu médecin ; espérez, ajouta-t-il plus bas.

— Au revoir, ma petite ménagère, interrompit Albert en lui montrant une déchirure à la manche de son veston; demain, je vous rapporterai ceci à rafistoler.

Et ces quelques mots, dits en l'air, en plaisantant,

avaient comblé de joie le cœur souffrant et mélanco-
lique de la pauvre Jeanne.

Pendant les trois mois que dura sa prévention,
Jules Signard ne revint pas une seule fois sur la
déclaration qu'il avait signée. Il en était même arrivé
à persuader à ses compagnons de captivité qu'il avait
tué sa maîtresse, dans un accès de jalousie, par crainte
qu'elle ne le quittât encore ; et, loin de le rendre
odieux, cette fable lui avait attiré l'admiration des uns
et l'intérêt des autres. Tout cela faisait encore le
compte de sa stupide vanité. L'un d'eux lui dit un jour :

— On ne raccourcit plus ; tu seras déporté et j'espère que nous ferons un bon voyage ensemble, **du**
côté de *la Nouvelle.*

Les aveux de Jules, confirmés par sa correspondance, avaient simplifié beaucoup la marche du procès.
Il fut condamné à vingt ans de travaux forcés.

Marius et Albert étaient plus émus que lui, en
entendant prononcer l'arrêt de la Cour.

Tous deux étaient heureux cependant de n'avoir
plus à s'occuper de cet ignoble misérable.

Marius avait inauguré son imprimerie, en installant
à la caisse Blanche, devenue sa femme. En sortant du
Palais de Justice, les deux amis montèrent en voiture.

— Rue de Rome ! dit Marius au cocher.

— Non, répondit Albert, chez moi d'abord : Jeanne
doit être inquiète.

— Ma femme l'est aussi, répondit Marius.

— Ta femme a sa mère, tandis que Jeanne...

— N'a que toi, répondit Marius en souriant; mais il faut avouer qu'elle t'accapare en toute propriété.

— La faute à qui?...

— A moi. Enfin sa santé est revenue comme par miracle et tu devrais régulariser ta situation...

— En épousant Jeanne?

— Oui ; quand ce ne serait que pour avoir le droit de la présenter à ma femme.

— Mon bon ami, ta femme t'a connu chez moi ; ma maison sera toujours la vôtre ; mais, s'il fallait choisir entre le mariage et la reconnaissance de Misère...

— Albert! fit Marius en fronçant le sourcil.

— Mon Dieu! les gens qui vous doivent tout finissent par se croire vos protecteurs, quand ils ne sont que vos obligés. J'aime Jeanne, il est probable que nous resterons ensemble jusqu'à la mort de l'un de nous deux ; mais je ne lui donnerai jamais mon nom. Si votre pruderie ridicule est offusquée, nos relations finiront et se détendront peu à peu, et...

— Blanche ne m'a jamais dit qu'elle ne voulait pas recevoir Jeanne; c'est moi qui...

— C'est toi qui as pris ça sous ton chapeau. Eh bien, mon bon Marius.... Alors tout peut s'arranger. Viens avec moi chercher Jeanne, et nous te reconduirons ensemble chez toi.

— C'est que ma belle-mère...

— La fait à la pose aussi ? répondit Albert en riant. Tiens, vous êtes à mettre sous cloche!

On était arrivé. Albert sauta lestement hors de la voiture, et dit à Marius :

— Adieu!... Bien des choses chez toi.

Marius partit sans rappeler son ami. Arrivé chez lui, il raconta à Blanche tout ce qui s'était passé.

Blanche ne lui répondit pas ; mais, s'adressant à la domestique :

— Marie! donnez-moi ma visite... mon chapeau. Puis vous mettrez cinq couverts. Viens, ajouta-t-elle en prenant le bras de son mari.

— Où allons-nous donc?

— Chercher Jeanne et Albert.

FIN

Imprimeries réunies, B, Puteaux

NOUVEAUX OUVRAGES EN VENTE

Format in-8°.

A. BARDOUX   f. c.

LE COMTE DE MONTLOSIER ET LE GALLI-
CANISME, 1 vol. 7 50

BENJAMIN CONSTANT

LETTRES A MADAME RÉCAMIER, 1 vol.   7 50

L'ABBÉ GALIANI

CORRESPONDANCE, 2 vol. .... 15 »

LORD MACAULAY

ESSAIS D'HISTOIRE ET DE LITTÉRA-
TURE, 1 vol. .... 6 »

L. PEREY ET G. MAUGRAS

JEUNESSE DE MADAME D'ÉPINAY 1 vol.   7 50

MADAME DE RÉMUSAT   f. c.

MÉMOIRES, 3 vol. 22 50

ERNEST RENAN

L'ECCLÉSIASTE, 1 vol. .... 5 »
MARC-AURÈLE, 1 vol. 7 50

G. ROTHAN

L'AFFAIRE DU LUXEMBOURG, 1 vol. 7 50

PAUL DE SAINT-VICTOR

LES DEUX MASQUES, 2 vol. .... 15 »

THIERS

DISCOURS PARLEMENTAIRES. T. I à XIII. 97 50

VILLEMAIN

LA TRIBUNE MODERNE. T. II 7 50

Format gr. in-18 à 3 fr. 50 c. le volume.

ADOLPHE BADIN   vol.

PETITS COTÉS D'UN GRAND DRAME...... 1

TH. BENTZON

LE RETOUR.......................... 1

BRET HARTE

CROQUIS AMÉRICAINS................. 1

HENRY CAUVAIN

ROSA VALENTIN...................... 1

E. DENOY

PAR LES FEMMES..................... 1

ÉDOUARD DIDIER

LES DÉSESPÉRÉES.................... 1

A. DUMAS FILS

LA QUESTION DU DIVORCE............ 1

GEORGE ELIOT

DANIEL DERONDA.................... 2

O. FEUILLET

HISTOIRE D'UNE PARISIENNE.......... 1

OCT. FOUQUE

RÉVOLUTIONNAIRES DE LA MUSIQUE..... 1

A. GENEVRAYE

LE THÉÂTRE AU SALON............... 1

J. DE GLOUVET

LE BERGER......................... 1
HISTOIRES DU VIEUX TEMPS 1

GYP

PETIT BOB.......................... 1

LUDOVIC HALÉVY

L'ABBÉ CONSTANTIN................. 1

A. HOUSSAYE

MADEMOISELLE ROSA................. 1

CH. JOLIET

CRIME DU PONT DE CHATOU.......... 1

VICTOR JOLY

CRIC-CRAC.......................... 1

EUGÈNE LABICHE

THÉÂTRE COMPLET.................. 10

H. LAFONTAINE   vol.

L'HOMME QUI TUE.................... 1

LAFORÊT

AVENTURES DE DÉSIRÉ COURTALIN...... 1

DANIEL LESUEUR

MARIAGE DE GABRIELLE.............. 1

PIERRE LOTI

LE ROMAN D'UN SPAHI............... 1

MARY LAFON

CINQUANTE ANS DE VIE LITTÉRAIRE..... 1

RAOUL NEST

LES MAINS DANS MES POCHES.......... 1

E. NOEL

FIANCÉS DE THERMIDOR.............. 1

G. DE PEYREBRUNE

GATIENNE.......................... 1

A. DE PONTMARTIN

SOUVENIRS D'UN VIEUX CRITIQUE....... 1

ERNEST RENAN

CONFÉRENCES D'ANGLETERRE......... 1

VICOMTE RICHARD (O'MONROY)

COUPS DE SOLEIL.................... 1

HENRI RIVIERE

LA JEUNESSE D'UN DÉSESPÉRÉ.......... 1

GEORGE SAND

CORRESPONDANCE................... 2

FRANCISQUE SARCEY

MISÈRES D'UN FONCTIONNAIRE CHINOIS. 1

E. TEXIER ET LE SENNE

LADY CAROLINE..................... 1

MARIO UCHARD

LA BUVEUSE DE PERLES.............. 1

LOUIS ULBACH

LE MARTEAU D'ACIER............... 1

PIERRE VÉRON

CES MONSTRES DE FEMMES.......... 1

CLAUDE VIGNON

UNE PARISIENNE.................... 1

Paris. — Imprimerie Ph. Be??, 3, rue Auber

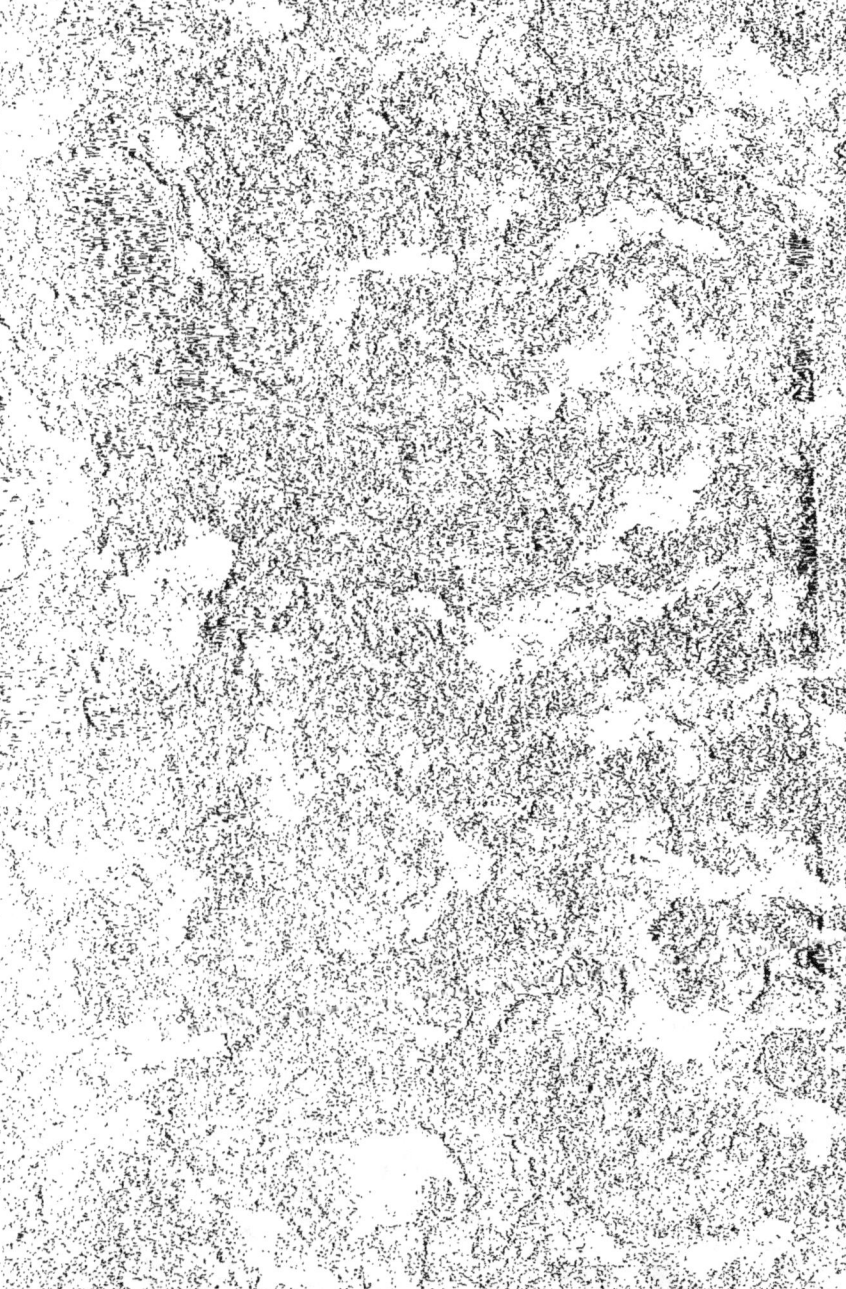

www.ingramcontent.com/pod-product-compliance
Lightning Source LLC
Chambersburg PA
CBHW050143030726
47505CB00005B/1217